LUNE D'AUTOMNE

Clarissa Goenawan

LUNE D'AUTOMNE

Traduit de l'anglais (Singapour)
par Aude Carlier

LES ESCALES

Avec le soutien du

NATIONAL ARTS COUNCIL
SINGAPORE

Titre original : *Rainbirds*

En association avec la Pontas Literary & Film Agency

Édition française publiée par :

12, avenue d'Italie
75013 Paris – France
Courriel : contact@lesescales.fr
Internet : www.lesescales.fr/

ISBN : 978-2-36569-320-2
Dépôt légal : février 2019
Imprimé en France

Couverture : Hokus Pokus créations

Mise en pages : Nord Compo

1

Elle s'est effondrée en un tas de cendres

Au début, rien d'anormal.

J'étais au téléphone avec ma sœur. Elle était assise à son bureau près de la fenêtre, dans la chambre qu'elle louait à Akakawa. Le soleil brillait à travers les rideaux, projetant des reflets châtains sur ses longs cheveux sombres. Elle me posait question sur question, mais je ne marmonnais que des réponses monosyllabiques, impatient que la conversation se termine. Et puis, sous mes yeux, elle s'est effondrée en un tas de cendres.

Je me suis réveillé dans une berline noire ; le rêve aurait aussitôt quitté mes pensées sans l'urne en porcelaine blanche sur mes genoux. Elle ressemblait à un petit vase cylindrique, où étaient peints un coucou en plein vol et des chrysanthèmes. À l'intérieur, les cendres de ma sœur, Keiko Ishida, morte à trente-trois ans.

J'ai desserré ma cravate et demandé à Honda :

— C'est encore loin ?

— On y est presque, a-t-il répondu en tournant le volant.

— Ça t'embêterait de mettre de la musique ?

— Non, bien sûr, répondit-il tout en appuyant sur un bouton.

La radio s'est mise à diffuser *Summertime,* de Billie Holliday.

Pour un vendredi après-midi, le trajet était agréable. Le soleil était haut dans le ciel, pas un embouteillage en vue. Même la musique était relaxante, du genre à donner envie de pianoter en rythme, du bout des doigts.

Mes mains se sont resserrées involontairement autour de l'urne, que je ne quittais pas des yeux. Honda m'a jeté un coup d'œil avant de reporter son attention sur la route.

— Keiko adorait le jazz, a-t-il déclaré.

J'ai hoché la tête, incapable de parler. La petite pile de cassettes qui constituaient sa collection, qu'allait-elle devenir, maintenant ?

— Le plus drôle, c'est qu'elle ne connaissait pas un seul nom de musicien de jazz, a-t-il ajouté.

Je me suis raclé la gorge pour répondre :

— On n'a pas besoin de s'y connaître pour apprécier le jazz.

— Bien dit, Ishida.

En fait, c'est ma sœur qui m'avait dit ça un jour.

À cet instant encore, je la revoyais assise à son bureau, la main entortillant le cordon du téléphone. Un sourire satisfait sur les lèvres, elle murmurait :

— On n'a pas besoin de s'y connaître pour apprécier le jazz.

Bizarre que cette image soit gravée dans mon esprit, alors que je n'ai jamais vu son logement – je ne savais pas du tout à quoi il ressemblait.

— Nous y sommes, m'a annoncé Honda devant l'entrée de l'hôtel Katsuragi.

— Merci de m'avoir aidé à organiser l'incinération.

— De rien. Keiko a fait beaucoup pour moi, par le passé.

J'ai acquiescé et suis sorti de voiture en tenant toujours fermement l'urne. Je me dirigeais déjà vers la porte lorsque je l'ai entendu m'appeler :

— Ishida.

Je me suis retourné. Honda avait descendu la vitre côté passager.

— Qu'est-ce que tu vas faire avec...

Il s'est gratté la nuque, les yeux rivés à l'urne.
— Je ne sais pas encore.
— Si tu veux disperser les cendres en mer, nous pouvons demander au personnel du crématorium. Ils s'en chargeront pour une somme modique.
— Impossible. Ma sœur avait peur de l'eau. Elle ne savait pas nager.

Honda et ma sœur enseignaient dans le même *juku*, une école de perfectionnement scolaire privée[1]. C'était lui qui m'avait trouvé un hôtel.
— Les chambres sont un peu rudimentaires, mais c'est pas cher et correct, m'avait-il expliqué – description parfaitement fidèle.
Un lit de 160 centimètres, une petite télé, une armoire et une coiffeuse avec fauteuil assorti – c'était tout. Des meubles anciens mais fonctionnels. Relativement propre malgré l'odeur d'humidité, la chambre était pourvue d'une salle de bains attenante.
Avant de regarder ma montre, j'ai posé l'urne sur la coiffeuse. Il était deux heures trente, j'avais une heure pour me rendre au commissariat. J'ai enlevé mon costume et l'ai flanqué sur le dossier de la chaise. J'avais besoin d'une douche, pour me débarrasser de l'odeur de l'encens funéraire.
Tout en faisant coulisser la porte de la salle de bains, j'ai jeté un coup d'œil à la coiffeuse. L'urne s'y dressait, silencieuse.

Quand je suis arrivé au commissariat, j'ai été accueilli par un jeune agent assis derrière le bureau de la réception. J'étais le seul visiteur. Lorsque je lui ai donné mon nom, il s'est levé pour m'ouvrir une porte.
— Suivez-moi.
J'ai obéi, surpris qu'il déserte son poste à la réception.
Il m'a entraîné dans un couloir étroit et m'a fait signe d'entrer dans une pièce sur la droite. Après avoir frappé

1. Au Japon, environ la moitié des élèves suivent des cours de perfectionnement, après l'école. NdT.

deux fois à la porte, j'ai inspiré profondément et j'ai tourné la poignée.

— Excusez-moi, ai-je dit.

Un homme d'une cinquantaine d'années était assis derrière un bureau où s'empilaient des dossiers. Un peu dégarni, il portait une veste de costume noire délavée sur une chemise blanche froissée. Pour un représentant de l'ordre, cet homme s'habillait sans soin.

La pièce, qui n'avait pas de fenêtre, était plus petite que je m'y attendais. Elle avait peut-être été conçue pour rendre les visiteurs claustrophobes. Le bureau allait d'un mur à l'autre, divisant l'espace en deux. Je me suis demandé comment l'agent arrivait jusqu'à son fauteuil tous les matins. Devait-il grimper dessus, ou passait-il plutôt en dessous ?

Il a levé les yeux vers moi.

— M. Ren Ishida ?

— Oui ?

— Asseyez-vous, je vous prie, a-t-il déclaré en me montrant les deux chaises vides. Toutes mes condoléances, pour votre sœur. Ce doit être un moment difficile, pour vous et votre famille.

Il a déplacé les dossiers sur le côté et m'a tendu sa carte professionnelle.

— C'est moi qui suis l'affaire de Mlle Ishida. Appelez-moi Oda.

J'ai hoché la tête en lisant la carte : Hidetoshi Oda, inspecteur en chef.

— M. Ishida, j'ai besoin que vous me donniez le plus d'informations possible, a-t-il poursuivi avant de sortir un magnétophone. Est-ce qu'on peut commencer ?

— Oui.

L'inspecteur a appuyé sur le bouton de l'enregistreur, a regardé sa montre puis a récité les formules d'usage. Il a donné l'heure, la date et le lieu de l'entretien avant de nous présenter tous les deux. J'ai confirmé mon identité puis il a commencé l'interrogatoire officiel.

— Parlez-moi de votre sœur. Vous étiez proches ?

— J'imagine. Elle m'appelait au moins une fois par semaine.

— Quand lui avez-vous parlé pour la dernière fois ?

— Lundi dernier.

Il a tourné son calendrier de table vers moi.

— C'était donc le 6 juin ?

— Oui.

— Le 6 juin 1994, a-t-il marmonné au-dessus du magnétophone. Et de quoi avez-vous parlé ?

J'ai regardé le mur blanc derrière lui.

— De rien de spécial, juste la routine.

— Pourriez-vous être plus précis ?

J'ai pris un instant pour me rappeler notre dernière conversation. De quoi avions-nous parlé ? Ah si, bien sûr. De mon rendez-vous.

— Tu es sorti avec Nae, ce week-end ? m'avait demandé ma sœur.

— Mmm. Le rendez-vous obligatoire du samedi soir.

— Vous êtes allés où ?

— À un restaurant italien.

— Plutôt chic ?

— On peut le dire.

— Vraiment ? Je ne savais pas que tu avais des goûts de luxe.

— C'était l'idée de Nae, pas la mienne. Elle avait trouvé l'adresse dans un magazine de mode.

— Et c'était bien ?

— Pas vraiment, avais-je ricané.

— Pourquoi ?

Par où commencer ?

— Le service était lent, les pâtes étaient fades et c'était trop cher. J'aurais dû m'y attendre, dans un restaurant recommandé par un magazine de mode.

Ça l'avait fait rire.

— Tu es sûr que tu n'es pas trop difficile, plutôt ?

— Crois-moi, c'était mauvais.

— Et ensuite, vous êtes allés où ?

J'avais marqué une pause.

— Nulle part.

Elle avait haussé le ton :

— Quoi ? C'est tout ?

— Oui. C'est tout, avais-je répété.

— Tu te moques de moi ?

— C'est moi, ou tu es déçue ?

— Je *suis* déçue. Tu es très barbant, pour quelqu'un de ton âge.

— Ne parle pas comme si tu étais vieille. Nous n'avons que neuf ans d'écart. De toute façon, tu t'attendais à quoi ?

— À ton âge, on va faire une promenade romantique, après le dîner. À moins que tu me caches le meilleur de la soirée ?

— Désolé de te décevoir de nouveau : elle est rentrée directement chez elle.

Je ne mentais pas, mais l'histoire ne s'arrêtait pas là. Nae et moi, nous nous étions disputés pendant le dîner. Pour être honnête, j'étais déjà de mauvaise humeur. La nourriture insipide du restaurant et le service déplorable n'avaient fait qu'aggraver les choses. Du coup, quand Nae m'avait harcelé de questions sur mes projets d'avenir – sur *nos* projets d'avenir, selon elle – j'étais devenu nerveux.

— Tu veux désespérément te marier, non ? Tu as peur à ce point d'être la dernière célibataire de la ville ?

J'avais compris que j'étais allé trop loin quand elle s'était levée en prenant son sac à main. Elle n'avait même pas touché à son plat.

— Je ne t'adresserai plus la parole tant que tu ne te seras pas excusé, avait-elle dit avant de partir au pas de charge.

J'avais soupiré. Nae était têtue. Elle mettrait sa menace à exécution, mais ce n'était pas grave. J'avais besoin d'une pause. Ces derniers temps, toutes nos conversations tournaient autour du mariage, alors même que je lui avais dit que je n'étais pas prêt. Un peu de distance nous ferait peut-être du bien.

J'étais sorti du restaurant peu après elle. Sur le chemin de la gare, j'avais aperçu un bar, de l'autre côté de la rue. J'étais entré pour commander une bière. Une femme s'était assise à côté de moi. Nous avions commencé à discuter et j'avais fini par boire plus que je n'en avais eu l'intention. Elle était assez séduisante, même si je pense que l'alcool et la lumière tamisée y étaient pour beaucoup. Une chose en amenant une autre, je m'étais retrouvé dans son lit, dans son studio luxueux.

Après, elle s'était endormie pendant que je me douchais. Comme le dernier train était parti, j'avais passé la nuit chez elle. Elle dormait encore profondément quand je m'étais réveillé vers quatre heures du matin. Pour ne pas m'impliquer davantage avec elle, je m'étais éclipsé en silence.

Bien sûr, je n'avais rien dit de tout ça à ma sœur. Elle m'aurait interrogé sur cette femme, et je me souvenais à peine de son visage, et encore moins de son nom. Nous avions discuté pendant des heures mais mes souvenirs s'étaient volatilisés. Je n'étais sûr que d'une chose : elle avait un grain de beauté minuscule sur la nuque.

— Ren, pourquoi tu ne dis rien ? m'avait demandé ma sœur.

— Je suis fatigué, avais-je menti.

Elle avait continué comme si elle ne m'avait pas entendu.

— Pourtant, tu aimes la cuisine italienne, non ? Je me souviens que tu finissais toujours le plat de spaghetti bolognaise, quand je t'en faisais.

— Je n'aime ça que si c'est bien préparé.

— Je connais un très bon restaurant italien. Pas aussi luxueux que celui où tu as été – juste un petit resto familial tenu par un vieux couple. Je t'y emmènerai, quand tu viendras à Akakawa. C'est un peu loin de la ville, mais ça en vaut le détour.

J'avais souri en percevant son enthousiasme.

— D'accord, avais-je fait, et c'était la dernière fois qu'on s'était parlé.

— Vous pensez à quelque chose ? m'a demandé l'inspecteur.

Je doutais que ma vie privée ait un quelconque rapport avec la mort de ma sœur.

— Nous avons parlé de mes études. Rien d'important.

— Est-ce qu'elle a mentionné des soucis ? Professionnels ou personnels ?

— Pas que je me souvienne, ai-je dit en secouant la tête.

— Vous savez ce qui l'a amenée à Akakawa ? C'est une ville plus provinciale que Tokyo, et elle vivait seule, ici.

J'ai hésité avant de répondre :

— Mes parents ne s'entendent pas. Ma sœur ne le supportait plus.

Il a vérifié son dossier.

— Elle a quitté Tokyo juste après avoir reçu son diplôme universitaire, à vingt-deux ans. C'est exact ?

— Oui.

— Il y avait donc onze ans qu'elle vivait ici, a-t-il ajouté en me regardant. Pourquoi êtes-vous le seul de votre famille à être venu assister aux funérailles ?

Je n'ai pas pu lui expliquer. Il me regardait droit dans les yeux, attendant ma réponse, mais j'ai gardé la bouche fermée. Je ne voulais pas divulguer trop d'informations concernant nos problèmes familiaux, qui relevaient de la sphère privée et qui n'avaient aucun lien avec la mort de ma sœur. L'inspecteur a soupiré avant de griffonner quelques notes sur son calepin. La feuille était couverte de son écriture illisible.

— Votre sœur, elle voyait quelqu'un ?

— Non.

J'étais sûr que ma sœur ne fréquentait personne, ces derniers temps. Pas parce que quelque chose clochait chez elle – elle avait un bon caractère, une silhouette élancée et de bonnes manières. En bref, Keiko Ishida était le genre de femme que l'employé moyen rêve de prendre pour épouse. Durant ses années de lycée et d'université à Tokyo, quelques types corrects avaient voulu sortir avec elle, mais elle les avait tous éconduits poliment.

— Ça ne sert à rien, si je ne suis pas amoureuse, m'avait-elle expliqué.

— Ne fais pas ton éternelle romantique. Tu ne te marieras jamais, à ce rythme-là.

Elle avait écarté ma remarque d'un éclat de rire. Pourtant, même si elle ne l'aurait jamais avoué, il y avait une pointe de vérité dans mes paroles.

— Vous en êtes certain ? a insisté le policier, me tirant de mes pensées.

Il a sorti quelques photos d'un tiroir et les a étalées sur le bureau. L'une d'elles montrait un sac à main beige, que j'ai reconnu comme celui de ma sœur. Le sac était trempé et couvert de sang. Le tissu était déchiré et griffé à plusieurs endroits. À le voir, j'aurais dû me sentir triste, mais non. J'étais insensibilisé.

J'ai examiné les autres photos. Rien d'inhabituel. Son portefeuille, un foulard rouge, des clefs où pendait un petit lapin, des médicaments, un agenda et des stylos.

— Regardez ça.

L'inspecteur a pointé du doigt les médicaments.

Vu de plus près, il s'agissait d'une plaquette de pilules contraceptives.

— Et ça, a-t-il ajouté en me montrant la photo du foulard. À quoi ça ressemble, à votre avis ?

— À un foulard, ai-je répondu sans y réfléchir vraiment.

— Les médecins légistes ont découvert l'un de ses cils, dessus. Nous avons aussi trouvé des marques profondes sur ses poignets, comme si on les avait attachés avec une corde.

Une boule s'est formée dans ma gorge.

— Ça veut dire qu'elle avait les yeux bandés et les poignets liés quand elle a été tuée ?

— Notre enquête suggère que c'est arrivé bien avant le meurtre. Vu ses blessures, il semble qu'elle ait essayé de bloquer son assassin avec son sac à main.

Il a fait une moue songeuse avant de reprendre :

— Désolé d'être brutal, mais c'est mon boulot de regarder cette affaire sous tous les angles.

Je suis resté silencieux, dans l'attente de la question suivante.

— Est-il possible que Mlle Ishida ait été mêlée à une organisation ? Un groupe se livrant à certaines... pratiques sexuelles ?

Il a détourné le regard, gêné.

— Ce que je veux dire, c'est qu'elle était séduisante et que, comme vous l'avez dit, elle était célibataire.

Cette idée était tellement absurde que j'ai dû me retenir de rire.

— Je la connaissais très bien. Elle n'était pas du genre à coucher avec n'importe qui.

Il a soupiré, sans toutefois insister sur ce sujet.

— Elle ne vous a jamais parlé de quelqu'un qu'elle appréciait ?

Je me suis efforcé de me rappeler quelque chose du genre, au cours de nos années de conversations téléphoniques hebdomadaires.

— Un ex-petit ami, peut-être ?

— Il y a eu un homme. Il y a environ quatre ans. Je ne sais pas vraiment si elle sortait avec lui mais elle m'a dit qu'elle passait beaucoup de temps avec quelqu'un.

L'inspecteur s'est penché vers moi, la main tendue vers son stylo.

— Donnez-moi son nom.

— Elle ne me l'a jamais dit, et c'est la seule fois où elle m'a parlé d'un homme qu'elle voyait. Quelques mois plus tard, ils ont eu un désaccord.

— Quel genre de désaccord ?

— Aucune idée.

Il a jeté son stylo sur le bureau.

— Qu'est-ce que vous pouvez me dire d'autre, sur cet homme ?

— Qu'il conduit. Je sais qu'ils ont fait plusieurs balades à la campagne, ensemble.

L'inspecteur s'est gratté le menton.

— Vous savez où ils sont allés ?

— Elle ne me l'a jamais dit.

— Autre chose ?

Je me suis tortillé dans mon fauteuil, mal à l'aise. Je savais tellement peu de choses sur les amis de ma sœur, ou les hommes avec qui elle était sortie... Elle ne s'était jamais confiée à moi, et je ne l'avais pas assez interrogée. Est-ce que j'avais toujours été si peu prévenant ?

— Désolé. J'aimerais pouvoir vous aider davantage.

Il a éteint le magnétophone.

— Pour être honnête, c'est la même chose pour tous ceux à qui j'ai parlé. Son supérieur, ses collègues, le propriétaire de son logement. Personne ne sait rien de sa vie privée. Elle devait être très secrète.

Non, ce n'était pas le problème. Ma sœur se préoccupait trop des gens autour d'elle. C'était toujours elle qui prenait des nouvelles des autres, elle ne se mettait jamais au centre de la conversation.

À moins qu'il n'ait raison. Peut-être qu'elle était *vraiment* secrète, et c'est moi qui me fourvoyais depuis le début. D'ailleurs, je ne comprenais même pas pourquoi elle gardait des pilules et un foulard dans son sac.

— Nous ferons de notre mieux. Appelez-moi si vous pensez à quelque chose qui pourrait nous aider dans notre enquête. Le moindre truc, appelez-moi. Compris ?

J'ai vaguement hoché la tête. Si c'était là leur méthode d'investigation, il ne résoudrait jamais cette affaire.

— Est-ce que vous avez des questions ?

J'en avais tellement... Je ne savais pas par où commencer. Je n'arrivais toujours pas à croire qu'elle n'était plus là.

Trois jours plus tôt, j'avais reçu l'appel de la police. Et puis je m'étais retrouvé devant son cercueil. L'employé des pompes funèbres avait fait du bon travail. Elle avait l'air de dormir.

— J'aimerais savoir ce qu'il s'est passé, ai-je confié au détective.

— Vous voulez dire les détails concernant sa mort ? m'a-t-il demandé, tête penchée en avant.

— Oui.

— C'est plus ou moins ce qu'on a pu lire dans les journaux. Mlle Ishida marchait seule, de nuit, lorsqu'elle a été agressée avec un objet coupant. Nous avons trouvé un couteau plein de sang sur la scène du crime et ses entailles correspondent à des blessures par arme blanche. L'ADN retrouvé sur le couteau correspond au sien.

Serait-il possible que... ? Je me suis raclé la gorge :

— Est-ce que je pourrais voir le couteau ?

— C'est un couteau de cuisine banal.

Il a sorti une nouvelle photo de son tiroir. Le couteau, comme il l'a dit, était ordinaire. Ce n'était pas celui auquel je pensais.

— Vous avez trouvé des empreintes ?

— Seulement celles de votre sœur.

— Est-il possible que le couteau lui ait appartenu ? Et si elle l'avait eu sur elle comme arme d'autodéfense, et que son agresseur s'en était emparé ?

Il a fait une moue dubitative.

— Nous ne pouvons pas écarter cette possibilité, même si Akakawa est une ville sûre. S'il y a bien quelques crimes, rien ne justifie qu'une jeune femme se promène avec un couteau pour se protéger.

Je me suis tu. Si la ville était si sûre, ma sœur serait encore en vie.

— Rien ne manquait dans son sac, a repris l'inspecteur. Son portefeuille et ses bijoux n'ont pas été touchés. Ça ne ressemblait pas à une tentative de vol qui aurait mal tourné. Son assaillant s'est acharné sur elle.

Je me suis souvenu d'une phrase provenant d'un des articles que j'avais lus : *La victime était couverte de blessures graves à l'arme blanche, sauf au visage.* Mais je n'avais vu aucune de ces blessures. Alors que je me tenais près du cercueil, où elle gisait, pâle et impassible, j'avais eu envie de la secouer et de hurler : « Réveille-toi, allez ! Qu'est-ce que tu fiches ici ? »

Keiko Ishida avait toujours été prévenante et appréciée. Je ne m'imaginais pas que quelqu'un puisse la haïr au point de la tuer de façon si horrible. Ou bien est-ce que je me trompais sur elle ? Si j'avais fait un effort pour comprendre ma sœur, aurais-je pu changer son destin ?

Il était trop tard pour que ces questions aient la moindre importance. Keiko Ishida était tombée dans un sommeil irréversible. Même un tsunami ne pourrait la tirer de son rêve éternel.

2

Comment faire du riz au curry

Je me suis réveillé à huit heures trente. Ébouriffé et dans le même costume que j'avais porté pour me rendre au commissariat. Il m'a fallu quelques secondes pour me rappeler que je n'étais pas à Tokyo. Puis j'ai eu très faim. J'aurais préféré faire la grasse matinée et sauter le petit déjeuner, mais mon corps refusait de transiger.

Même si les clients de l'hôtel pouvaient se servir du thé, du café ou du jus d'orange dans le hall, l'hôtel Katsuragi ne proposait pas de petit déjeuner. Je n'avais aperçu qu'un seul autre client, un homme d'âge mûr dégarni. À en juger par son costume et sa mallette en cuir élimé, il était sans doute en voyage d'affaires.

Selon Honda, l'hôtel n'occupait que le rez-de-chaussée et le premier étage du bâtiment. Les trois autres niveaux étaient inoccupés.

— Ne t'inquiète pas, il n'est pas hanté, ni rien, m'avait-il rassuré. Il serait inutile d'entretenir davantage de chambres. Akakawa n'est ni une ville touristique, ni un centre d'affaires. Pas de sources chaudes, pas de jolis parcs ou de montagnes verdoyantes. Pour être honnête, je suis même étonné qu'un petit établissement comme l'hôtel Katsuragi ait réussi à tenir.

Cela expliquait sans doute leurs tarifs bas. Depuis mon arrivée, je n'avais vu que deux employées. La première était une dame d'une cinquantaine d'années, menue, qui se chargeait de l'accueil. Elle portait chaque jour un kimono différent. Les motifs étaient toujours simples, ce qui lui donnait un air élégant et raffiné. La deuxième employée, c'était la femme de ménage. Elle avait pour éternel compagnon son chariot de détergents et de papier toilette, qui la suivait comme Hachiko, le chien fidèle[2].

Mon estomac a grogné de plus belle. À contrecœur, je me suis levé, j'ai enfilé des vêtements propres et je suis sorti.

Même si c'était l'heure de pointe, il n'y avait pas trop de voitures sur la route. La plupart des employés se déplaçaient à vélo. Pas étonnant que l'air semble plus pur ici qu'à Tokyo.

J'ai marché jusqu'au *konbini* au coin de la rue. Une clochette a tinté quand j'ai ouvert la porte vitrée de la supérette. La boutique était petite, les articles entassés les uns contre les autres sur les étagères. J'ai pris un sandwich au thon dans la section réfrigérée et je me suis approché de la caisse, prenant au passage le journal du matin et, sur un coup de tête, un guide d'Akakawa.

Un groupe de lycéennes est entré au moment où je sortais de l'épicerie. L'une d'elles m'a bousculé et s'est excusée, en rougissant, pendant que ses copines gloussaient. En les voyant, j'ai repensé à ma sœur au même âge. À cette époque, elle et moi mangions toujours des plats tout préparés achetés au *konbini* du coin. Nos parents n'étaient presque jamais à la maison ; ils refusaient de se regarder en face, et de regarder en face leur mariage agonisant.

— S'ils se haïssent tant, ils n'auraient jamais dû se marier, avais-je dit un jour à ma sœur en l'aidant à trier le linge.

— Ils s'entendaient mieux, avant.

Il y avait très très longtemps, alors, parce que je ne m'en souvenais pas du tout.

---

2. Chien célèbre au Japon pour avoir attendu chaque jour pendant dix ans son maître à la gare, après la mort de celui-ci. NdT.

— Comment les choses ont-elles pu se dégrader à ce point ?

Ma sœur avait inspiré profondément.

— La première dispute, c'était une question de cheveux. Après t'avoir eu, maman a commencé à les perdre. Un matin, en passant, papa a déclaré que les cheveux qu'elle perdait bouchaient le lavabo. Ça a rendu maman folle et elle a répondu en criant. Ils se sont hurlés dessus puis papa est parti.

— Je ne m'en souviens pas du tout.

Elle chargeait le linge clair dans la machine à laver.

— Normal. Tu étais encore bébé. Tu pleurais beaucoup, à cause de leurs cris, mais maman ne voulait pas te prendre dans ses bras, et j'avais trop peur d'elle pour lui parler.

— Est-ce que maman a fini chauve ?

Keiko avait appuyé sur le bouton « démarrer » de la machine en éclatant de rire.

— Ce n'était pas si prononcé.

— Et ensuite ?

— Je pensais que tout s'arrangerait quand papa est revenu le lendemain matin, mais je me trompais. Son entreprise traversait une période difficile et il croyait qu'il allait perdre son travail. Les choses n'ont fait qu'empirer, après cette première dispute. Il se fâchait pour la moindre contrariété, comme quand la viande était un peu trop cuite ou qu'il trouvait un pli sur sa chemise.

— Alors c'est la faute de papa ?

— Pas vraiment, maman a sa part de responsabilités. Elle était trop émotive. Cela dit, mon avis est peut-être biaisé. Je suis plus proche de papa. Il a toujours été plus gentil avec moi que maman. Parfois, j'ai l'impression qu'elle s'en prend à moi de façon injuste. Est-ce que je suis trop sensible ?

— Peut-être, avais-je répondu, les yeux baissés. C'est donc moi, la cause de leurs problèmes.

— Qu'est-ce qui te fait penser ça ? m'avait-elle demandé, tête penchée.

— Tu viens de dire que leur première dispute avait eu lieu après ma naissance.

— Ne dis pas n'importe quoi, Ren. Ce n'est pas ta faute, m'avait-elle rassuré en me tapotant la tête. Je t'interdis de penser ça. Tu es né pendant une période difficile, c'est tout.

— Mais papa a un bon travail, maintenant, alors pourquoi est-ce qu'ils se disputent encore ?

— Peut-être que c'est devenu une habitude. Ils sont tellement têtus, tous les deux. Si seulement ils apprenaient à faire la paix... Parfois, on a le droit d'être d'accord sur le fait qu'on n'est pas d'accord.

— Tu devrais le leur dire.

— Oui, je devrais.

Pour être honnête, même à neuf ans, je savais que ma sœur n'oserait jamais parler franchement à nos parents. Nous gardions nos opinions pour nous. Nous espérions que ces problèmes disparaîtraient tout seuls si nous les ignorions assez longtemps, mais ça n'avait pas marché.

Bien au contraire. Ils évitaient la maison, tous les deux. Papa rentrait souvent après minuit, titubant dans une odeur d'alcool et de sueur. Maman passait son temps à jouer au mah-jong ou à faire du karaoké chez des amies. Les rares occasions où ils étaient à la maison au même moment, ils se hurlaient dessus et se balançaient des objets.

Quand ça arrivait, je me glissais dans la chambre de ma sœur et nous jouions à des jeux de société. Nous faisions semblant de ne pas entendre le boucan. Keiko ne disait rien et moi non plus.

Au bout du compte, maman avait arrêté de cuisiner, et nous avions fini par ne manger que des plats préparés du *konbini*. Elle laissait de l'argent près de la télé et ma sœur était chargée d'acheter le repas. Ça n'était sans doute pas facile pour elle mais, un soir, j'en avais eu assez.

— Je mangerai pas, lui avais-je dit quand elle avait posé les deux barquettes sur la table.

— Tu n'as pas faim ?

— Pas pour ces trucs. Sérieusement, qui mange des plats à emporter tous les jours ?

Elle s'était forcée à sourire.

— Aujourd'hui c'est le menu spécial anguille. Ou, si tu préfères, tu peux prendre mon menu poulet à la place.

— Je ne veux ni l'un ni l'autre.

Son sourire avait disparu.

— Ren, ne sois...

— J'ai dit que je mangerais pas ! avais-je crié.

— Très bien, comme tu veux.

Elle avait ouvert la boîte de mon menu anguille et séparé ses baguettes en bois.

— Tu es sûr ?

Les poings serrés, je n'avais rien dit. Elle n'arriverait pas à me convaincre, cette fois-ci. Ma sœur avait pris une bouchée d'anguille avant de reposer ses baguettes. Son expression s'était durcie. Je m'étais crispé, pensant qu'elle allait m'engueuler.

— Tu sais quoi, je pense que tu as raison. Moi aussi, j'en ai assez, avait-elle ajouté en souriant. Allons faire des courses. Je vais préparer quelque chose.

J'avais cru que j'avais mal entendu.

— T'as dit quoi ?

— J'ai dit que j'allais préparer quelque chose. Mets tes chaussures. On va au supermarché.

La nuit était tombée quand nous étions partis de la maison. En arrivant au magasin du quartier, quelques étagères étaient déjà vides mais cela ne nous avait pas découragés. Cette nuit-là, j'ai connu la virée au supermarché la plus excitante de toute ma vie. Je me souviens que je souriais jusqu'aux oreilles quand nous avions traversé les rayons des légumes.

— Alors, qu'est-ce que tu veux, pour le dîner ?

— Du riz au curry.

C'était l'un de mes plats préférés.

— D'accord. Je vais te cuisiner le meilleur riz au curry que tu aies jamais dégusté.

Là, je m'étais dit que je ne l'avais jamais vue cuisiner.

— Tu sais comment faire ?

— Bien sûr, avait-elle affirmé tout en remplissant le panier d'ingrédients variés.

Les problèmes avaient commencé quand elle avait essayé de faire cuire le riz. La première fournée n'était pas cuite, la seconde était pleine d'eau. Je l'avais regardée se débattre avec le cuiseur à riz pendant plus d'une heure. Il était si tard que je n'avais même plus faim.

— Tu sais vraiment faire marcher ce truc ?

— Laisse-moi un peu de temps. Les réglages sont différents de celui qu'on utilise en cours de cuisine. Je me demande où est le mode d'emploi.

Ma sœur avait inspecté les placards un par un sans parvenir à le trouver. En la voyant s'agiter comme ça, je m'en étais voulu de m'être emporté contre elle, un peu plus tôt. Alors que j'allais m'excuser, elle m'avait pris de court :

— Je suis désolée, Ren. Tu dois mourir de faim.

J'avais baissé la tête. Après sa remarque, je me sentais encore plus mal. Je ne voulais pas pleurer mais je n'arrivais pas à me contrôler. J'avais beau essuyer mes larmes, elles revenaient sans cesse.

— Ne pleure pas, avait-elle murmuré. Je vais te préparer quelque chose.

Elle parlait d'une voix tremblante. Quand j'avais levé la tête, j'avais vu que ses yeux étaient rouges et bouffis.

— Idiote, tu pleures aussi.

— Tais-toi, avait-elle répondu en s'essuyant les yeux.

Mon cœur s'était serré. Je ne l'avais jamais vue pleurer avant. Elle était toujours impassible et calme. J'avais détourné le regard puis j'étais allé me laver le visage dans la salle de bains.

À mon retour, le riz était cuit, chaud et moelleux. Ma sœur souriait en fredonnant. J'avais poussé un soupir de soulagement. Elle avait fait chauffer de l'huile dans une poêle pour y faire sauter des oignons. Ses gestes étaient lents et maladroits. Elle n'était pas très douée, pourtant elle n'arrêtait pas de me dire de sa voix enjouée que tout était sous contrôle. Je m'étais assis sur ma chaise et je l'avais observée de dos. Elle me semblait plus petite que d'habitude. Le temps qu'elle ait terminé, il était déjà dix heures du soir.

Elle avait posé le curry sur la table.

— Goûte. Dis-moi ce que tu en penses.

J'avais examiné son chef-d'œuvre. Ça ressemblait à des patates écrasées baignant dans de la soupe de carotte, où flottaient des bouts de viande. Elle avait pris une assiette, y avait versé du riz qu'elle avait recouvert de sauce. La nourriture était encore fumante, mais j'y avais plongé ma cuillère pour goûter.

— C'est comment ? avait-elle demandé, les yeux brillants.

— Délicieux, avais-je répondu en levant un pouce.

— Vraiment ?

J'avais hoché la tête. Pour moi, son sourire satisfait était le plus important.

— Et toi ? Pourquoi tu ne manges pas ?

— Plus tard. Je veux d'abord te regarder te régaler. Tu as l'air si heureux.

— C'est bon, alors évidemment que je suis heureux, avais-je dit avant d'en reprendre une grosse bouchée. Tu pourras recuisiner, la prochaine fois ?

— Pas de problème. À partir de maintenant, je cuisinerai tous les jours. Qu'est-ce que tu voudras manger d'autre ?

— J'avalerai tout ce que tu fais si c'est aussi bon que ça.

Elle avait rougi. Je ne me souviens plus du goût du plat mais je sais que, en le mangeant, je m'étais senti bien.

Le lendemain, ma sœur était allée acheter quelques livres de cuisine. Au fil du temps, elle s'était améliorée. Même si ses plats étaient simples, ils ne manquaient jamais de me réchauffer de l'intérieur. C'est à elle que je le dois, si notre maison est devenue un vrai foyer.

Pour son vingtième anniversaire, je lui avais offert un couteau de cuisine. Un couteau de chef cuistot, avec un manche en bois et une mitre blanche, le cadeau le plus cher que j'avais jamais acheté à qui que ce soit. Elle s'en servait tous les jours et l'avait emporté quand elle avait quitté Tokyo.

Lorsque l'inspecteur avait parlé d'un couteau, j'avais pensé à celui que j'avais offert à ma sœur. Il se trouvait peut-être toujours dans sa chambre de location. Quelques mois plus tôt, elle m'avait annoncé qu'elle avait quitté son ancien logement. Elle ne m'avait pas donné sa nouvelle adresse mais son employeur l'aurait sans doute. De toute façon, il fallait que j'appelle le *juku* où elle travaillait, au cas où il y aurait des effets personnels à récupérer.

Ma montre indiquait neuf heures quinze. L'école ne serait pas ouverte si tôt.

Je suis retourné à l'hôtel, où je me suis servi une tasse de café dans le hall. J'ai jeté un coup d'œil vers la femme de ménage en m'asseyant dans un des fauteuils. Elle a fait comme si je n'étais pas là quand j'ai sorti mon sandwich sous plastique. J'ai décollé l'opercule puis j'ai mordu à pleines dents dans le pain moelleux. Le céleri était froid et croquant, le thon débordait sur les côtés. Savoureux. Mon café fumait encore quand j'en ai avalé les dernières miettes, si bien que j'ai pris un journal pour parcourir les gros titres.

Deux hommes masqués à moto avaient volé un sac à main, mais la propriétaire avait expliqué qu'il ne contenait qu'une bible. Un article sur la sécurité routière, un autre sur l'ouverture d'un centre commercial. Rien de marquant. Comme l'avait dit l'inspecteur, Akakawa était une ville sûre. Je n'ai rien pu trouver sur le meurtre. Les gens passent si vite à autre chose…

J'ai replacé le journal dans le sac plastique dont j'ai tiré le guide. La première page contenait une carte en pop-up pleine d'icônes colorées. J'ai trouvé une liste bien utile des lignes de bus. Ensuite, il y avait plusieurs pages sur les principaux sites de la ville : des temples, des bâtiments historiques, des parcs publics et des quartiers commerçants. La ville avait une superficie totale de 252,136 kilomètres carrés et se trouvait en altitude. Pas étonnant que j'aie froid.

Je m'étais toujours demandé pourquoi, parmi toutes les villes du Japon, ma sœur avait choisi Akakawa. Elle n'y avait jamais été avant. J'avais eu l'intention de l'interroger, sans jamais m'y résoudre.

En feuilletant le guide, j'ai aperçu plusieurs publicités concernant l'éducation. Une résidence universitaire, plusieurs *jukus*, un professeur donnant des cours de musique particuliers et deux écoles d'anglais. C'était sans doute en voyant ces opportunités professionnelles que ma sœur avait décidé de s'essayer à l'enseignement.

Quand j'ai de nouveau porté mon café à mes lèvres, il était déjà froid. Je l'ai jeté puis suis allé me reposer dans ma chambre.

Lorsque je suis redescendu dans le hall, à une heure de l'après-midi, il n'y avait personne. Un téléphone payant était posé en équilibre au bord du comptoir de l'accueil. J'ai glissé une pièce dans la fente avant de composer le numéro de l'employeur de ma sœur. Aussitôt, j'ai eu les mains moites. Depuis sa mort, j'avais évité de passer des coups de fil ; cela me faisait penser à elle, et je m'attendais presque à entendre sa voix. Heureusement, je n'ai pas eu besoin d'attendre longtemps. Une femme a répondu d'un ton gai à la première sonnerie.

— Merci d'appeler l'école Yotsuba, m'a-t-elle déclaré. Abe à l'appareil. Que puis-je faire pour vous ?

— Je suis Ren Ishida, ai-je dit. Le petit frère de Keiko Ishida.

Un court silence s'en est suivi avant qu'elle reprenne la parole :

— Toutes mes condoléances, pour votre sœur. En quoi puis-je vous être utile ?

— Pourrais-je venir prendre ses effets personnels ? Et auriez-vous son adresse dans vos fichiers ? J'ai cru comprendre qu'elle avait déménagé récemment.

— Un instant, s'il vous plaît.

Elle a dû couvrir le combiné avec sa main car j'ai entendu des voix étouffées. Elle parlait avec une autre femme.

— M. Ishida ?

— Oui.

— Vous pouvez venir demain, à l'heure qui vous conviendra. Nous fermons à vingt et une heures.

— Merci.

En raccrochant, j'ai vu la dame au kimono derrière le comptoir. Est-ce qu'elle m'avait entendu parler au téléphone ? L'affaire du meurtre avait dû faire la une des journaux locaux toute la semaine passée.

La femme s'est inclinée devant moi.

— Bonjour.

Très professionnelle, si elle avait entendu ma conversation, elle n'en a rien laissé paraître. Je ne voyais pas le moindre changement dans son air sérieux, assorti à son kimono sombre. Je me suis détendu, rassuré par son manque d'intérêt apparent.

— Hmm.

Je m'étais raclé la gorge malgré moi, ce qui a attiré son attention.

— Je me demandais si vous aviez entendu parler du meurtre récent. Je connaissais la victime.

— J'en déduis que vous êtes venu pour les funérailles.

J'ai hoché la tête.

— Attendez un instant, s'il vous plaît.

Elle a disparu dans le bureau derrière le comptoir avant de revenir avec un journal datant de quelques jours.

— Voilà, vous pouvez le garder.

— Merci.

J'ai pris le journal. L'article sur le meurtre s'étalait en première page. Je l'ai glissé sous mon bras tout en essayant de garder une contenance.

— Excusez-moi, vous êtes… ?

— Natsumi Katsuragi, m'a-t-elle appris dans un sourire. Si je peux faire quelque chose pour vous, n'hésitez pas.

Je l'ai remerciée de nouveau avant de partir déjeuner dans le café le plus près. Sur le chemin du retour, je me suis arrêté à l'épicerie pour faire un stock de nouilles instantanées.

Le tonnerre grondait à travers le ciel gris cendre lorsque je suis sorti du *konbini*. Je me suis dépêché de rentrer et j'ai atteint l'hôtel juste avant qu'il ne commence à tomber des cordes. La tension et le temps exécrable m'avaient épuisé. Je suis retourné à ma chambre pour faire une sieste. Six heures plus tard, la faim m'a de nouveau réveillé. Après avoir rempli l'un des bols de ramen avec l'eau chaude de la salle de bains, j'ai attendu que les nouilles ramollissent.

La pluie tombait toujours drue quand j'ai ouvert les rideaux. Si cela continuait comme ça, je ne ferais jamais rien. Quel que soit le temps, le lendemain, je me rendrais sur les lieux où ma sœur avait trouvé la mort, c'était décidé. J'évitais de penser à ce qui pourrait m'attendre là-bas.

3

L'homme qu'elle aimait sentait la fumée de cigarette

Des nuages gris s'amassaient dans le ciel, bloquant le lever du soleil. L'asphalte sombre de la route scintillait encore après le déluge de la veille. J'ai ouvert le guide pour étudier la carte d'Akakawa, avant de le glisser dans la poche intérieure de ma parka.

Devant moi, une femme très bien habillée oscillait sur des talons hauts. Comme le trottoir était étroit, je devais caler mon pas sur le sien. Je regardais autour de moi les rangées de boutiques encore fermées. Rien ne me semblait familier. Mais c'est vrai que je n'étais venu qu'une fois, pour quelques heures, et c'était sept ans plus tôt.

Par une journée venteuse d'avril, ma sœur était venue me chercher à la gare. Nous avions fait une rapide promenade avant de nous installer dans un café tout proche. J'avais dit à ma mère que j'allais étudier chez un ami, du coup je ne pouvais rester là qu'un après-midi.

Pendant que nous attendions notre commande, ma sœur m'avait interrogé sur mes études. La plupart du temps, je ne répondais que par monosyllabes. Pour moi, l'école n'était rien d'autre qu'une routine.

Puis elle m'avait demandé :

— Alors, est-ce que tu as déjà une petite amie ?

— Oui.

Comme la plupart des jeunes de dix-sept ans. Elle avait pourtant eu l'air surprise.

— Pourquoi tu ne me l'as pas dit ?

— Je viens de te le dire, non ?

Je n'avais pas pris la peine de lui expliquer que j'étais déjà sorti avec plusieurs filles, avant même qu'elle parte pour Tokyo. Je ne cherchais pas à le cacher. C'est juste qu'elle ne m'avait jamais posé la question, et je n'avais pas senti le besoin d'aborder le sujet.

— À quoi ressemble-t-elle ? m'avait-elle demandé.

— Elle est pas mal, avais-je expliqué dans un haussement d'épaules.

— Promets-moi de me la présenter bientôt.

— Si tu veux.

Je n'avais jamais tenu ma promesse. Au final, je l'avais quittée avant que ma sœur n'ait l'occasion de la rencontrer, et le cas s'était répété avec toutes les autres filles, jusqu'à Nae.

Avec Nae, c'était différent. J'avais parlé d'elle à ma sœur avant qu'elle me questionne à ce sujet. Je voulais qu'elles se rencontrent. Maintenant, ma sœur n'était plus là et j'étais dans une situation compliquée avec Nae. Je ne lui avais pas parlé depuis l'incident au restaurant italien. Après la mort de ma sœur, notre dispute me semblait lointaine, futile. Je n'avais pas envie de discuter avec Nae, ni avec qui que ce soit. Je voulais qu'on me laisse tranquille, tout seul, dans cette ville inconnue.

Je suis passé chez un fleuriste, à quelques minutes à pied de l'hôtel Katsuragi, et j'ai demandé de la lavande, la fleur préférée de ma sœur.

— Désolée, mais nous n'en avons pas, m'a appris la vendeuse. Puis-je connaître l'occasion ? Ou peut-être à qui elles sont destinées ?

J'ai hésité un instant avant de répondre :

— C'est pour une femme.

— Une femme chère à vos yeux ? a-t-elle lancé, le visage illuminé. Laissez-moi voir.

Elle a pris des tiges ornées de fleurs blanches minuscules.

— Que pensez-vous des gypsophiles ? On les surnomme « souffle de bébé ». Elles symbolisent l'amour éternel.

— D'accord, ai-je dit dans un sourire. Je vais les prendre.

La fleuriste les a arrangées en un joli bouquet qu'elle a attaché avec un ruban de satin.

En sortant de la boutique, j'ai senti la morsure du froid. J'entendais le tonnerre gronder au loin. Comment pouvais-je oublier qu'on était déjà en juin ? La saison pluvieuse longue de six semaines venait de commencer. J'ai fourré les mains dans mes poches et j'ai pressé le pas.

J'ai marché encore quinze minutes avant d'atteindre une large descente en pente douce. D'un côté, une vallée encaissée. De l'autre, une végétation luxuriante. C'était peut-être parce qu'il était tôt, mais aucun véhicule ne circulait. De là où je me trouvais, la route semblait se poursuivre indéfiniment alors que, comme je l'avais vu sur la carte, elle tournait vers la gauche pour se fondre à l'autoroute.

La police avait placardé un appel à témoin à l'endroit même où ma sœur était morte. Statistiquement, quelles étaient les probabilités ? Si quelqu'un avait vu le meurtre, il serait allé trouver la police depuis longtemps, sauf s'il ne voulait pas s'en mêler. Auquel cas, il ne parlerait jamais, pancarte ou non.

La vie représentait pour moi un mystère insondable. Qui aurait pu deviner que, de tous ceux que je connaissais, ma sœur partirait si tôt et de façon si tragique ? Même si je ne l'avais pas vue depuis sept ans, elle restait la personne dont j'étais le plus proche. Personne ne pourrait jamais la remplacer. Ma vie ne serait plus jamais la même.

Je me suis accroupi afin de poser le bouquet au sol. Une arabesque de fumée blanche s'élevait de derrière la pancarte. Qu'est-ce que ça voulait dire ? Je me suis penché pour mieux voir. Sur le sol humide gisait une cigarette Seven Stars.

Jadis, ma sœur avait aimé un homme qui fumait des Seven Stars, même si, sans elle, je n'aurais jamais su que c'était un fumeur.

M. Tsuda était mon instituteur, quand j'étais en CE2. C'était le plus jeune enseignant de l'école et l'un des rares à connaître quelques trucs pour rendre les leçons distrayantes. Sans surprise, il était très populaire. Ma sœur l'avait rencontré pour la première fois en allant chercher mon bulletin scolaire.

— Ren, tu as vraiment bien travaillé, m'avait-elle félicité en rentrant à la maison.

Elle disait toujours la même chose, peu importe mes notes.

— Merci d'être venue, avais-je répondu.

— De rien, avait-elle soufflé en m'ébouriffant les cheveux. Les grandes sœurs, ça sert à ça.

— Arrête, avais-je bougonné en la repoussant.

Je savais qu'elle mentait. Je haïssais mes parents, parce qu'ils la contraignaient à assumer leurs responsabilités, mais, comme je ne voulais pas contrarier ma sœur, je m'étais tu.

— Ton professeur a l'air compréhensif. Il n'a pas posé de questions inutiles lorsqu'il m'a vue.

— Ouais, il est plutôt cool.

— M. Tsuda semble jeune, pour être enseignant. Sais-tu quel âge il a ?

— Trente-trois ans.

— Tu sais, il est tout à fait mon genre. Grand, gentil, avec un sourire amical.

Je m'étais arrêté de marcher.

— Ne me dis pas qu'il t'a tapé dans l'œil.

— Pourquoi ? Tu as dit toi même qu'il était plutôt cool.

— Il est trop vieux.

— L'âge n'est qu'un nombre, avait-elle rétorqué dans un haussement d'épaules.

— Et il va bientôt se marier.

— Vraiment ?

Elle avait soupiré, sans sembler trop déçue pour autant.

— Quel dommage... Enfin, il aurait été étonnant qu'un homme comme lui soit encore célibataire.

— Ce n'est pas comme si tu pouvais l'intéresser. Pour lui, tu n'es qu'une gamine.

— Pas besoin d'être méchant, avait-elle rétorqué en me donnant un coup de coude.

Je l'avais fusillée du regard mais, ensuite, je n'avais plus trop repensé à cette conversation.

Lorsqu'un camarade de classe m'avait affirmé qu'il avait vu ma sœur avec M. Tsuda, j'avais refusé de le croire.

— Tu as dû la confondre avec quelqu'un d'autre.

Peu après, d'autres camarades m'avaient rapporté la même chose. Malgré tout, je me disais que jamais elle ne pourrait sortir avec lui. Entre-temps, M. Tsuda s'était marié. Et ma sœur n'était pas du genre à faire n'importe quoi. Ce devait être un malentendu.

Et puis, un jour, je les avais vus, moi aussi, dans un café du quartier de Koenji. Ils souriaient, riaient, sans savoir que je me trouvais de l'autre côté de la rue.

Je ne savais pas que ma sœur buvait du café. Et M. Tsuda semblait différent. À la place de ses vêtements formels habituels, il portait un jean et un tee-shirt. Le plus déroutant, c'était l'expression de ma sœur. Je ne l'avais jamais vue si heureuse. Elle ne se ressemblait pas, et ça ne me plaisait pas du tout.

Des années plus tard, j'ai su que cette expression était celle d'une personne amoureuse. Mais, à l'époque, je n'y connaissais rien. Les yeux écarquillés, au milieu de la route, j'avais l'impression qu'une main invisible me remuait les entrailles. Je ne pouvais pas aller leur dire leurs quatre vérités. J'étais pétrifié. Du coup, j'étais rentré à la maison comme si je ne les avais jamais vus, hanté par cette image.

Dès que je voyais M. Tsuda à l'école, la scène se répétait dans mon esprit et cette sensation horrible revenait. J'essayais de ne pas y penser, ça ne changeait rien. J'avais fini par me dire que je ferais aussi bien d'en parler à ma sœur.

— Tu apprécies toujours M. Tsuda ?

Nous mangions des spaghetti au bœuf, un midi, juste elle et moi. C'était le moment ou jamais. C'est drôle que je me souvienne si bien du menu de ce jour-là, tant d'années après.

Son expression n'avait pas changé.

— Pourquoi cette question ?

— Tu m'as dit qu'il était tout à fait ton genre.

— Il *est* tout à fait mon genre. Tu ne trouves pas qu'on formerait un beau couple ?

J'avais beau me taire, elle avait continué à me regarder, attendant une réponse. Comme si elle me défiait de poursuivre.

— Il est vieux, avais-je lâché en entortillant mes spaghetti autour de ma fourchette. On croirait que tu sortirais avec ton père.

— Ne dis pas de bêtises. Pour ça, il aurait fallu qu'il ait un enfant à seize ans.

— Tu viens juste d'admettre qu'il avait presque le double de ton âge.

— Ça ne fait plus tant de différence, quand on vieillit, avait-elle insisté. Comme une femme de cinquante-trois ans avec un homme de soixante-neuf.

Je n'arrivais pas à en croire mes oreilles.

— Mais tu as dix-sept ans, et il en a trente-trois. C'est répugnant.

Elle m'avait fixé droit dans les yeux.

— En plus, il est marié, avais-je ajouté.

Ma sœur s'était levée brusquement pour sortir de la pièce. J'avais haussé les épaules avant de continuer mon repas. Dans ma tête, je l'avais empêchée de s'enfoncer un peu plus dans une relation problématique. Certaines choses ne sont pas faites pour arriver.

Le lendemain, elle s'était comportée comme si la conversation n'avait jamais eu lieu. Elle n'avait rien dit, je n'avais rien dit non plus. Ni elle ni moi n'en avons reparlé. Tout allait bien, du moins c'est ce que je pensais jusqu'à ce que, quelques semaines plus tard, un midi, elle prépare une portion de plus.

— Je ne pourrai pas manger avec toi ce soir, m'avait-elle appris. J'ai préparé du riz au curry. Tu pourras le réchauffer tout seul ?

— Je me débrouillerai.

Il était très rare qu'elle ne dîne pas avec moi mais je n'avais pas pensé à lui demander où elle comptait aller. J'aurais dû deviner qu'il y avait anguille sous roche.

En début de soirée, j'avais réchauffé le plat préparé par ma sœur. Mon assiette semblait toute petite, sur la table, et le riz au curry n'était pas aussi bon que d'habitude. J'en avais vidé la moitié dans la poubelle avant de me mettre à mes devoirs. Après avoir étalé mes livres autour de moi, j'avais essayé de faire mes exercices. J'avais étudié jusqu'à tomber de sommeil. Elle n'était toujours pas rentrée quand j'étais allé me coucher.

Un bruit m'avait réveillé au beau milieu de la nuit.

Je m'étais levé pour aller voir dans la cuisine. Les lumières étaient éteintes et les rideaux tirés, mais mes yeux s'étaient accommodés rapidement à l'obscurité. Ma sœur était assise par terre. J'avais couru vers elle.

— Qu'est-ce qui ne va pas ?

— Rien du tout, avait-elle murmuré. Tout va bien, Ren. Retourne te coucher.

Même dans le noir, je voyais les sillons humides sur son visage.

— Pourquoi tu pleures ?

— Je ne pleure pas, avait-elle menti en s'essuyant la figure avec ses poignets. Pas du tout.

— Qu'est-ce qui s'est passé ?

— Rien.

— C'est lui, n'est-ce pas ? avais-je grogné, les poings serrés.

Pour toute réponse, elle avait juste continué à pleurer. J'étais retourné dans ma chambre pour m'habiller. J'allais sortir de la maison quand ma sœur m'avait rattrapé par la main.

— Où vas-tu ?

— Je vais trouver M. Tsuda. Je vais le forcer à s'excuser.

Elle avait baissé les yeux.

— Ren, il n'a rien fait de mal. C'était mon idée et je n'ai aucun regret. Personne n'a besoin de s'excuser, alors, s'il te plaît, ne rends pas les choses plus compliquées qu'elles ne le sont déjà.

J'avais tenté de dégager ma main mais elle m'avait tenu fermement. Je me demandais d'où lui venait une telle force. Elle n'était pas tellement plus grande que moi.

Nous nous tenions près de la porte. Nous n'avions pas dit un mot. Le chant des cigales résonnait dans l'air tiède de cette nuit d'été.

— Lâche-moi la main, d'accord ? avais-je fini par dire. Je n'irai nulle part.

Ma sœur avait obtempéré et nous étions retournés dans la cuisine. Elle s'était assise à table, la tête enfouie dans ses bras croisés. Elle ne faisait aucun bruit, mais ses épaules tremblaient.

Qu'est-ce que j'étais censé faire ? La prendre dans mes bras ? Ça nous aurait mis mal à l'aise, si bien que, pour finir, je n'avais rien fait.

Cette nuit-là, elle avait pleuré toutes les larmes de son corps en silence. Je n'avais jamais vu quelqu'un pleurer comme ça, pas même dans une série télé. Elle avait dû verser en une seule fois l'équivalent de plusieurs années de larmes.

Quand le soleil avait brillé entre les épais rideaux de brocart, elle s'était essuyé les yeux pour me demander :

— Quelle heure est-il ?

— Cinq heures quinze, avais-je répondu en jetant un coup d'œil vers la pendule derrière elle.

Singeant sa question habituelle, je lui avais lancé :

— Dis-moi, as-tu au moins appris quelque chose ?

Elle avait réussi à sourire et à murmurer :

— J'ai appris qu'il fumait des Seven Stars.

— T'es bizarre, avais-je soupiré. Ou stupide, ou peut-être les deux. Bizarre et stupide.

Ma sœur avait éclaté de rire. À voir son expression, je devinais qu'elle était triste et heureuse en même temps.

Elle s'était levée, s'était étirée.

— Tu veux que je te prépare ton petit déjeuner ?

— Oui, merci, avais-je répondu en dissimulant mon sourire.

J'étais content que la nuit soit finie.

— Et il a intérêt à être bon. À cause de toi, je n'ai pas assez dormi.

Ma sœur s'était mise à rire puis avait préparé des *omuraisu*. Elle avait dessiné un visage souriant au ketchup sur mon omelette fourrée au riz, et cette image m'avait aidé à finir mon année sans frapper mon instituteur.

Je savais que M. Tsuda n'avait plus rien à voir avec ma sœur. Je doutais qu'il sache qu'elle avait quitté Tokyo, et encore moins qu'elle était morte. Il ne se souvenait peut-être même pas d'elle. Pourtant, cette cigarette Seven Stars m'apportait un étrange réconfort.

La cigarette était à moitié consumée. Celui ou celle qui l'avait laissée là était passé par ici peu de temps avant moi. J'ai regardé autour de moi, sans voir personne.

De l'autre côté de la vallée se dressaient des rangées de maisons modernes sur deux niveaux, toutes banales et compactes. Avec leurs toitures à quatre pans et leurs clôtures en pierre, on ne sentait dans leur architecture qu'une touche de tradition japonaise.

J'imaginais une famille de quatre personnes vivant dans l'une de ces maisons. Le père, la mère et deux enfants. Le père était chirurgien, la mère une femme au foyer qui adorait préparer des cookies. La fille aînée jouait du piano, le frère cadet était un supporter du Verdy Kawasaki. Qu'est-ce que cela faisait d'appartenir à une famille parfaite ? Si nous étions nés dans une telle famille, est-ce que ma sœur serait toujours là ?

Des gouttes d'eau se sont écrasées sur ma peau. Des nuages noirs de mauvais augure ont envahi le ciel et le grondement du tonnerre a annoncé une averse imminente.

J'ai relevé la capuche de ma parka et j'ai dévalé la pente jusqu'à un kiosque qui donnait sur la vallée. Je n'étais pas le seul à chercher un abri. Une jeune fille en pull blanc et legging noir y était déjà. Ses longs cheveux ondulés voletaient dans le vent qui forcissait. Je lui ai souri mais elle s'est détournée. Assis sur le banc, j'ai chassé les gouttes d'eau de mes mains. La pluie a redoublé. Elle n'avait pas l'air de vouloir s'arrêter de sitôt.

La fille a sorti un paquet de Seven Stars de sa poche. Mon cœur a fait un bond dans ma poitrine. Était-ce elle qui avait laissé le mégot que j'avais vu tout à l'heure ? Elle a porté une cigarette à ses lèvres pour l'allumer avec un Zippo doré.

Elle en a pris une bouffée en plissant les yeux. L'odeur du tabac s'est mêlée au parfum de l'orage. Elle a soufflé la fumée droit vers le rideau de pluie à quelques centimètres de son visage en faisant tourner la cigarette entre ses longs doigts fins. Elle était vraiment très belle. Vingt-cinq ans ? Vingt ? Non, plus jeune encore, trop jeune pour fumer.

Elle m'a regardé, j'ai détourné les yeux. Comme mes mains commençaient à être moites, je les ai essuyées à l'intérieur de mes poches.

— Vous en voulez une ? m'a-t-elle demandé.

— Je ne fume pas, ai-je répondu en secouant la tête.

J'avais essayé quelques fois, au lycée, mais ça me rappelait M. Tsuda, et du coup je n'y prenais jamais plaisir.

La fille a continué à fumer face à la pluie. C'était peut-être l'atmosphère – elle semblait drapée d'un voile d'élégance. Je ne parvenais pas à la quitter des yeux.

Quand elle est arrivée au bout de sa cigarette, elle l'a laissée tomber au sol et l'a écrasée avec sa Converse. Elle en a allumé une autre. Puis encore une autre. Elle les enchaînait. J'en ai compté huit en tout. Elle s'en est allée à la faveur d'une accalmie. Livré à moi-même, je me suis attardé là un moment avant de rentrer à l'hôtel.

Pour une raison inconnue, j'étais incapable de me sortir cette jeune fille de la tête. Si j'avais été dupe, j'aurais pris ça pour un coup de foudre. Mais, non, ce n'était pas si simple.

4

Comment je me suis retrouvé à Yotsuba

L'établissement où ma sœur avait travaillé était un bâtiment de trois étages au sein d'un campus. Difficile de le rater. À l'entrée, une grande enseigne indiquait : YOTSUBA, et des témoignages d'anciens élèves ayant fait de brillantes carrières étaient exposés derrière la devanture.

Un groupe de filles en uniforme scolaire est entré dans l'école. J'ai inspiré profondément avant de les suivre. Lorsque la porte vitrée automatique s'est ouverte, un courant d'air froid m'a fouetté le visage. J'y ai décelé une touche de jasmin.

Le hall d'entrée contenait deux chaises en plastique et un canapé deux places. Une femme d'âge mûr bien en chair était assise derrière le comptoir.

— Mlle Abe ? ai-je demandé.

Elle s'est levée et m'a regardé à travers ses lunettes.

— Vous êtes M. Ishida ?

— Oui, ai-je répondu en parvenant à sourire.

Elle a contourné le comptoir pour s'approcher de moi.

— Je vais vous conduire au bureau.

Nous avons grimpé les marches jusqu'en haut, à contre-courant des étudiants. Ils riaient et se bousculaient, vivants et insouciants. L'idée que j'avais été un jour comme eux me semblait étrange.

Au troisième étage, des cloisons basses séparaient des rangées de tables où s'empilaient livres et papiers. L'espace de travail de ma sœur était situé près de la fenêtre. Comparé aux autres, son bureau bien rangé paraissait impersonnel. Pas une seule photo ni la moindre peluche. Personne n'aurait pu deviner que c'était elle qui occupait cet endroit. N'importe qui aurait pu s'asseoir là.

— Prenez votre temps, m'a dit Abe. Si vous voulez boire quelque chose, n'hésitez pas à vous rendre dans la salle des professeurs. Le principal est encore en réunion. Dès qu'il aura terminé, il vous transmettra le dossier de Mlle Ishida.

— Merci.

Elle s'est inclinée avant de partir.

Assis au bureau de ma sœur, j'ai feuilleté ses documents. Des manuels d'enseignement, des devoirs d'étudiants et des cahiers. Lesquels lui appartenaient et lesquels étaient à son employeur ? Je ne savais pas ce que je pouvais prendre et ce que je devais laisser.

Quand je me suis relevé pour m'étirer, je me suis rendu compte que les gens me fixaient. Parmi eux, une petite femme menue assise près de moi. Lorsque nos regards se sont croisés, elle a aussitôt baissé les yeux vers son clavier. Tous les autres l'ont imitée et, soudain, j'ai eu l'impression que c'était moi qui les fixais. J'ai inspiré un bon coup avant de me rasseoir. Je sentais toujours leurs coups d'œil en coin, ce qui m'oppressait.

Dès que quelqu'un me regarde, j'éprouve un genre de malaise. Je ne l'avais jamais remarqué avant que ma sœur me le signale. Presque quatorze ans plus tôt, elle m'avait emmené au zoo d'Ueno pour mes dix ans. Nous observions une otarie en train de prendre le soleil sur une plateforme en pierre.

— Tu crois que les animaux nous détestent ? m'avait demandé ma sœur.

— Pourquoi le feraient-ils ? avais-je répondu dans un haussement d'épaules.

— Regarde cette otarie. Elle vit dans un espace confiné, tous les regards braqués sur elle. Ça ne te gênerait pas que tant de personnes te scrutent toute la journée ?

Comme elle s'était tournée vers moi, j'avais esquivé son regard.

— Surtout toi, Ren. Dès que quelqu'un te fixe, tu deviens nerveux et tu détournes les yeux.

— Je ne suis pas nerveux. J'aime pas qu'on me regarde, c'est tout. Et ces animaux ont la belle vie, ils passent leurs journées à manger et dormir. Pas de devoirs ni de contrôles. Ils ne devraient pas se plaindre.

Elle avait passé son bras autour de mes épaules.

— Tu n'as pas tort.

Une autre otarie avait sauté sur la plateforme et avait observé un instant les visiteurs avant de replonger.

— Peut-être que, pour ces animaux, le zoo est un endroit où ils voient des humains en exposition, avait-elle ajouté.

Même à l'époque, ma sœur avait sa propre façon de penser.

J'ai respiré un bon coup avant d'aller voir la petite femme menue.

— Excusez-moi, ai-je lancé, ce qui l'a fait sursauter. Je suis désolé de vous déranger, mais pourriez-vous m'indiquer où se trouve la salle des professeurs ?

— Hum, allez tout droit puis tournez à gauche.

Elle m'a montré du doigt une porte flanquée de deux classeurs cabossés.

Tandis que je m'éloignais, je sentais les regards des anciens collègues de ma sœur me suivre. La plupart ne me jetaient qu'un coup d'œil, alors que d'autres me fixaient ouvertement. Je me suis essuyé les mains sur mon pantalon.

La salle des professeurs était assez rudimentaire : une petite table, un évier, une fontaine à eau et un mini-réfrigérateur, mais pas de chaise où s'asseoir. Une boîte de sachets de thé Sencha et un pot rempli de dosettes de café soluble trônaient sur la table.

— Vous avez besoin d'aide ?

En me tournant, j'ai découvert une femme tenant un mug Hard Rock Café. Elle portait un chemisier blanc sur une jupe droite beige, et ses cheveux étaient ramenés en une haute queue-de-cheval.

— Puis-je trouver une tasse quelque part ?

— Bien sûr, a-t-elle répondu en se penchant pour ouvrir le placard sous l'évier, révélant une dizaine de tasses en porcelaine. Si j'étais vous, je la rincerais avant. On ne sait pas qui s'en est servi en dernier ni si elle a été lavée correctement.

J'ai pris une tasse, que j'ai passée sous l'eau du robinet. Comme il n'y avait pas de torchon pour l'essuyer, je l'ai secouée au-dessus de l'évier.

La femme a rincé sa tasse près de moi.

— Vous devez être le petit frère de Keiko.

Ne sachant que dire, j'ai juste hoché la tête avant de tendre la main vers le café soluble.

— Toutes mes condoléances. Elle était vraiment adorable. Vous aussi, vous êtes professeur ?

— Je n'ai pas fini mes études, ai-je expliqué en remplissant ma tasse avec l'eau la plus chaude possible de la fontaine. Je suis en dernière année.

— Vous devez être bien occupé. Combien de temps pensez-vous rester ici ?

— Deux semaines, peut-être. J'ai rendu ma thèse, du coup je peux me permettre de faire une pause.

À en juger par sa peau lisse et son teint lumineux, j'ai deviné qu'elle devait avoir le début de la trentaine.

— Vous enseignez ici ? ai-je demandé.

— Oui, a-t-elle soupiré. Mais depuis peu de temps.

Je ne m'attendais pas à ce qu'elle soit nouvelle, puisqu'elle avait appelé ma sœur par son prénom. Seuls les couples et les amis proches se le permettent, normalement.

— Vous étudiez quoi ? s'est-elle enquise.

— La littérature britannique et américaine.

Comme ma sœur.

— Vous êtes aussi à l'université Keio ? a-t-elle enchaîné, les yeux écarquillés.

— Oui. Vous y avez étudié ?

— Non, ce n'est pas ça, a-t-elle répondu avant de m'offrir un grand sourire. Dites-moi, vous ne voudriez pas travailler ici ?

Sa proposition m'a pris de court.

— Ne me regardez pas avec cet air étonné, m'a-t-elle taquiné. Keiko était l'une des rares de nos enseignants titulaires. Elle se chargeait de la plupart des cours d'anglais. Nous avons essayé de nous répartir son travail, alors que nous étions déjà bien occupés. Ce serait génial si vous pouviez nous rejoindre, pour un temps. Nous devrions avoir trouvé un remplaçant d'ici les vacances d'hiver.

— Hum...

— Cette idée ne vous plaît pas ? m'a-t-elle lancé, la tête penchée de côté.

— C'est un peu soudain, non ?

— Je sais, nous sommes désespérés, m'a-t-elle expliqué en toute franchise. Ce n'est pas un mauvais plan. La paie est correcte, je vous assure. Grâce à son ancienneté, Keiko avait ses dimanches de libres. Si ce travail ne vous convient pas, vous pourrez toujours démissionner. Cela dit, je suis certaine que vous vous en sortirez très bien. Les jeunes professeurs ont toujours la cote, chez les étudiants.

Je ne savais quoi répondre.

— C'est tentant, mais le directeur de l'école ne voudra peut-être pas m'embaucher.

— Ne vous en faites pas, lui aussi, il est désespéré, a-t-elle rétorqué en riant.

À l'entendre, son offre n'avait que des bons côtés. Je devais bien l'admettre, c'était plus motivant que passer ma journée à manger et à traîner au lit comme une otarie.

J'ai plissé le front.

— Du coup, vous allez me présenter au directeur et...

— Dirigez-vous d'abord vers le bureau du principal quand vous aurez fini votre café. Il est juste au coin, derrière la grande cloison. Je vais lui parler tout de suite.

Elle a repris son mug avant de s'éloigner. Au dernier moment, elle s'est tournée vers moi pour me dire :

— Au fait, le directeur, c'est moi.

Oh, super.

J'ai pris une gorgée de café. Infect.

Appeler l'espace de travail du principal un « bureau » était exagéré. En vérité, c'était une petite section du troisième étage, isolée par des cloisons amovibles.

Le principal était un homme d'âge mûr aux cheveux blancs – trait sans doute davantage dû à la génétique qu'au stress. À vrai dire, ce qui a le plus attiré mon attention, c'est la plante en pot sur son bureau. Elle avait des feuilles brillantes, étranges et multicolores. Je n'avais jamais rien vu de pareil.

— Vous devez être Ren Ishida, m'a-t-il salué en me faisant signe de prendre un siège. Hiroko m'a dit que vous finissiez vos études à Keio.

— En effet.

— Parfait. Keio est une université de premier ordre. On ne peut pas se tromper en fréquentant la fac de Ryutaro Hashimoto. Personnellement, je pense qu'il sera le prochain Premier ministre.

Le principal a ouvert un tiroir avant de fouiller dedans.

— Pourriez-vous commencer ce lundi ?

C'était *très* rapide. Je n'avais même pas de logement.

— Est-ce qu'il serait possible que je commence plutôt le mercredi ?

— Mercredi, dans ce cas.

Il a sorti deux formulaires identiques et en a ouvert un. Le doigt appuyé au milieu, il l'a posé sur le bureau puis y a dessiné un tout petit *X*.

— Veuillez signer ici.

Il voulait que je signe le contrat sans le lire ? Ignorant la voix de la raison, j'ai obéi. Le principal a repris la copie que je venais de signer et m'a tendu l'autre.

— J'allais oublier, a-t-il repris en sortant une chemise cartonnée du même tiroir. Voici le dossier de Keiko.

— Merci.

Il m'a serré la main avec fermeté.

— Bienvenue à Yotsuba. Nous nous reverrons la semaine prochaine. Je vous prierais d'arriver avant quatorze heures trente.

Et c'était tout. Je venais d'obtenir mon premier vrai emploi. Au final, je n'ai pas emporté le moindre objet du bureau de ma sœur.

Ce soir-là, Honda m'a appelé.

— J'ai entendu dire que tu allais travailler avec nous, a-t-il déclaré avec entrain.

J'ai éclaté de rire.

— Les événements ont pris une drôle de tournure, non ? Ce ne sera que pour quelques mois.

— Essaie. Tu pourrais finir par aimer ce boulot.

— Peut-être. La directrice, c'est vraiment Mlle Hiroko ?

— En un sens, oui. Pourquoi ?

— Elle a l'air jeune.

— Cette école, c'est une affaire de famille. Elle a été fondée par son grand-père. Son père s'en occupait, avant. Depuis quelque temps, il a des problèmes de santé, du coup Hiroko a repris le flambeau. Mais, ne t'inquiète pas, malgré son âge, elle est parfaitement compétente.

C'était donc un poste dont elle avait hérité, pas un choix.

— Je ne suis pas inquiet, juste curieux.

— Alors c'est elle qui t'a recruté ? C'est vrai qu'elle nous répète que nous devrions attirer plus de beaux jeunes hommes pour motiver les étudiantes. La plupart des enseignants ne sont plus tout jeunes.

J'ai répondu d'un rire sec.

— Hé, Ishida, est-ce que tu es libre ce dimanche ? C'est mon jour de congé. On pourrait aller déjeuner pour fêter ton nouveau boulot.

J'ai soupiré.

— Dimanche, ça ne va pas être pratique. J'ai rendez-vous dans la matinée avec le propriétaire de ma sœur, pour aller récupérer ses affaires. Je ne sais pas quand j'aurai fini.

— Si tu veux, je peux t'y conduire. C'est plus facile de déménager avec une voiture.

Honda s'était déjà montré très serviable, je ne voulais pas le solliciter davantage.

— Ne t'embête pas, je prendrai un taxi.

— Ne gaspille pas ton argent. Je n'ai rien de prévu, de toute façon. Et si tu m'invitais à déjeuner, ensuite ?

À l'évidence, il ne voulait pas entendre de refus.

— Seulement si cela ne te dérange pas.

— Pas de problème. C'est où ?

J'ai sorti de mon portefeuille le papier où j'avais gribouillé l'adresse en vitesse.

— C'est dans le quartier de Segayaki.

— Segayaki ? Un coin plutôt chic. Je n'aurais jamais deviné que Keiko habitait là-bas. Son propriétaire doit être très riche.

— C'est un certain Kosugi Katou, ai-je murmuré en fixant le bout de papier.

— Kosugi Katou ? Tu rigoles ?

— Tu le connais ?

— Bien sûr. Tout le monde le connaît, à Akakawa.

— Il est célèbre ?

— J'imagine qu'on peut dire ça, s'est-il esclaffé.

5

L'homme politique et sa femme

Kosugi Katou était effectivement une sorte de célébrité.

— C'est un homme politique, m'a expliqué Honda. Ici, tout le monde le connaît. Il vient d'une famille de notables et de politiciens établis. Tu as entendu parler de Ryu Katou, le député ? C'est son oncle.

Ce nom m'était familier mais je ne m'intéressais pas trop à la politique.

— Regarde sa maison. Elle est immense.

Nous nous tenions devant une villa blanche de style occidental dotée d'une terrasse, dans un quartier agréable et tranquille. J'ai hoché la tête puis j'ai appuyé sur la sonnette.

Quand la porte s'est ouverte, un homme d'une cinquantaine d'années nous a accueillis. Il portait un costume sombre froissé, bizarrement associé à une paire de pantoufles beiges. J'ai aperçu des chaussettes blanches épaisses.

Kosugi Katou semblait contrarié par notre présence. Cependant, au bout d'un moment, j'ai compris que c'était juste les rides profondes sur son front qui lui donnaient un air grincheux. Nous nous sommes présentés. Il a hoché la tête une fois avant de nous faire entrer. Un homme de peu de mots, visiblement. Après avoir ôté nos chaussures, nous l'avons suivi à l'intérieur.

Le salon était spacieux. Tout le mobilier était de style occidental, peint ou recouvert d'un capitonnage blanc. Les grandes baies vitrées étaient ornées de rideaux en dentelle. Leurs ondulations dans l'air me rappelaient les queues des poissons rouges.

Dans un couloir, nous sommes passés devant une salle de lecture et un bureau. Des rangées de peintures à l'huile étaient accrochées au mur. Toutes représentaient des paysages ruraux et, à en juger par leur style similaire, elles avaient été composées par la même personne.

— Sont-elles de vous ? a voulu savoir Honda.

— Non, c'est ma femme, a-t-il répondu – ses premiers mots depuis notre arrivée.

Son ton était exactement le même que celui qu'il avait employé au téléphone : plat et sérieux. Il me paraissait froid. J'avais entendu dire que les hommes politiques étaient très solitaires. Il devait y avoir un fond de vérité là-dedans.

La chambre que ma sœur avait louée était spacieuse pour une seule personne. Un lit avec un chevet assorti occupait le milieu de la pièce, tous deux décorés de roses anglaises peintes au pochoir. Il y avait également une armoire blanche en bois près de la porte et un bureau à côté de la fenêtre, exactement comme je me l'étais imaginé. Un poids comprimait ma poitrine.

— Je serai dans la bibliothèque, a annoncé M. Katou avant de nous laisser seuls.

Nous sommes restés là, gênés, à nous regarder.

— Alors, c'est quoi, le plan ? m'a demandé Honda.

— Je vais trier ses affaires. J'en donnerai la plupart aux bonnes œuvres.

— T'es sûr que tes parents ne voudront rien récupérer ?

J'ai pensé à eux un instant.

— Non, je ne crois pas.

Ils ne voudront plus avoir affaire à elle, ni à ses souvenirs.

J'ai commencé par l'armoire. Elle était composée d'une tringle surmontée d'une étagère et d'un tiroir en bas. Des robes habillées remplissaient la penderie. Ma sœur les avait rangées par couleur. Du noir au gris jusqu'au blanc, suivis des bruns et des beiges, puis des couleurs plus vives. Un rangement strict et pourtant émouvant. En dessous, des chemisiers, des tee-shirts et des pyjamas bien pliés et rangés en quatre piles. La plupart de ses affaires ne me disaient rien, ce qui m'a rappelé à quel point nous nous étions peu souvent vus depuis son emménagement à Akakawa.

J'ai remarqué que ma sœur n'avait ni pantalons ni shorts. J'ai essayé de me rappeler si je l'avais déjà vue dans ce genre de vêtements. Non, jamais, si on exceptait le jogging qu'elle portait pour le cours de sport.

Sur l'étagère, elle rangeait des serviettes, des draps et des sacs à main. Elle avait rempli tous ses sacs de mouchoirs en papier pour qu'ils gardent leur forme. Je savais que ma sœur avait toujours été organisée mais j'étais surpris par ce degré de méticulosité.

En ouvrant le tiroir du bas, j'ai trouvé des sous-vêtements, des collants et des foulards. Aussi rangés par couleur. Me souvenant des paroles de l'inspecteur, j'ai frémi à l'idée que ces foulards aient pu être utilisés comme accessoires sexuels. Aurait-il mieux valu que je ne le sache jamais ?

J'allais refermer le tiroir lorsque j'ai aperçu quelque chose de brillant parmi des collants roulés. Je l'ai sorti pour mieux l'inspecter. Un flacon à moitié vide de parfum Estée Lauder. Je l'ai ouvert pour le humer. C'était une senteur fraîche, musquée, un classique de l'élégance américaine. La fragrance m'a rappelé le claquement des draps propres par un jour venteux au début de l'été.

Après l'armoire, je suis passé à la table de nuit. Le tiroir du haut était divisé en deux. La partie gauche contenait un tas de piles et de câbles, la droite plusieurs rangées bien ordonnées de cassettes de jazz. J'ai ouvert la porte dissimulant l'étagère en dessous et j'ai découvert une radiocassette. J'imaginais ma sœur allongée sur son lit, écoutant du jazz les yeux fermés. J'ai inspiré profondément pour étouffer une bouffée d'émotion.

Sur son bureau, il n'y avait rien à part une lampe d'architecte et un téléphone rouge. Le téléphone, lisse et brillant, reflétait la lumière du soleil. Le côté face à la fenêtre s'était décoloré et le cordon était un peu emmêlé. J'avais du mal à le regarder. La semaine passée encore, ma sœur s'était servie de ce téléphone pour m'appeler, et maintenant, elle n'était plus.

— Ça va ? s'est inquiété Honda.

— Oui.

En ouvrant le tiroir de gauche sous le bureau, j'ai trouvé deux livres et des dossiers. Je les ai sortis pour les étudier. Ils concernaient tous son travail.

— Tu crois que je vais devoir les rendre ? ai-je lancé à Honda.

Il a jeté un coup d'œil par-dessus mon épaule.

— Ça m'étonnerait. Tout le monde a ses propres exemplaires. L'école t'en donnera des nouveaux lorsque tu commenceras à bosser.

Malgré tout, je les ai inspectés un par un. Alors que je feuilletais l'un des livres, un bout de papier en est tombé. Quelque chose m'a dit que ce pouvait être important. Sans le regarder, je l'ai glissé dans ma poche. J'ai jeté un regard en coin vers Honda, qui tournait la tête de l'autre côté et n'avait rien vu.

J'ai fait le tour de la pièce pour être certain de n'avoir rien oublié. Il y avait une corbeille à papier, sous le bureau, ainsi qu'un panier à linge près de l'armoire, tous les deux vides. Et c'était tout.

— J'ai fini.

— C'était rapide, a commenté Honda. Qu'est-ce que tu comptes garder ?

— Sans doute le poste et les cassettes de jazz. Il va me falloir des cartons pour ranger tout le reste.

— Nous en avons au bureau, mais ça veut dire que nous ne finirons pas aujourd'hui. Et si tu allais voir M. Katou, pour vérifier que ça ne l'embête pas ?

Je suis sorti de la chambre de ma sœur pour me rendre dans la salle de lecture. Le doux tintement d'un carillon résonnait dans la villa au moindre coup de vent. Je ne l'aurais pas entendu si la maison n'avait pas été aussi incroyablement silencieuse.

— À quoi penses-tu ? a voulu savoir Honda.

— C'est vraiment calme, ici.

— Je crois savoir pourquoi. Il n'y a pas de télévision.

Effectivement, je n'en avais pas vu. Pourtant, tout le monde avait la télé, à notre époque. Je me suis dit qu'elle devait être cachée dans une autre pièce.

Plus tard, j'ai appris qu'il n'y avait effectivement pas de télévision. M. Katou avait fait de sa maison son sanctuaire, où il pouvait se libérer des pressions du monde extérieur. Il s'était débarrassé de tout ce qui pouvait le contrarier ; il ne voulait pas être dérangé chez lui par des nouvelles de ses adversaires ou par les changements récents du cabinet. Visiblement, les hommes politiques étaient bel et bien les gens les plus solitaires au monde.

La bibliothèque était impressionnante, pour un particulier. Des rayonnages couvraient les murs du sol au plafond. Au milieu de la grande pièce, quatre canapés de cuir encerclaient une table basse portant un coffret orné de pierreries.

M. Katou était assis sur un canapé, en train de lire. En nous voyant, il a reposé son livre et nous a invités à nous asseoir.

— Avez-vous pu faire ce que vous vouliez ?

— Je m'excuse, mais nous sommes venus mal préparés. Pourriez-vous nous laisser quelques jours de plus ? Nous reviendrons avec des cartons pour tout emballer.

— Il n'y a pas d'urgence, puisque la chambre n'est pas occupée.

— Est-ce que je dois vous régler un loyer ?

Même si je n'avais pas beaucoup d'argent sur moi, il me semblait important de me renseigner.

— Ne vous inquiétez pas, il n'y a jamais eu de loyer à payer.

— Pardon ?

Il est resté un instant silencieux.

— J'avais un arrangement avec Mlle Ishida.

Je n'étais pas certain de comprendre ce qu'il sous-entendait.

— Un arrangement ?

— Oui, un arrangement personnel.

Il s'est tu et j'ai senti qu'il ne voulait pas en parler. L'atmosphère s'est tendue. Je me suis tourné vers Honda, qui me fixait déjà. Nous sommes restés un moment silencieux tous les trois.

— Votre femme est à la maison ? a fini par demander Honda.

— Oui, elle est là, a répondu M. Katou, ses rides se creusant sur son front.

— Nous devrions aller la saluer.

— Inutile. Elle préfère la solitude.

— Je vois… a fait Honda en laissant sa phrase en suspens.

J'ai pris le temps de regarder les étagères. La bibliothèque était majoritairement constituée de livres en anglais, d'une encyclopédie anglaise et de quelques dictionnaires anglo-japonais.

— Vous m'avez dit être le collègue de Mlle Ishida, a lancé M. Katou à Honda. À tout hasard, enseignez-vous aussi l'anglais ?

— Nous étions bien collègues, mais je suis prof de maths.

— Vous aimez la littérature anglaise ? ai-je demandé. Il y a beaucoup de livres dans la langue de Shakespeare, ici.

M. Katou a secoué la tête.

— Ce sont ceux de ma femme.

— Vous devriez présenter Ishida à votre épouse, a suggéré Honda. Ce jeune homme ici présent étudie la littérature anglaise et américaine à Keio.

— C'est vrai ?

J'ai vaguement hoché la tête.

— Oui, j'ai bientôt terminé mes études.

M. Katou ne me quittait pas des yeux. Il semblait vouloir me dire quelque chose, mais ses lèvres sont restées pincées. Il me mettait mal à l'aise. Je me suis excusé pour aller aux toilettes, juste pour échapper à cette atmosphère.

En remontant le couloir, j'ai jeté un coup d'œil aux peintures à l'huile. Elles ne ressemblaient pas à des paysages japonais. Malgré la maîtrise technique, elles étaient dépourvues de vie. Elles donnaient l'impression d'avoir été copiées sur un calendrier.

Je me suis arrêté devant la cuisine et j'ai regardé par la porte vitrée. Personne à l'intérieur. Sur un coup de tête, je suis entré.

La cuisine semblait sortir tout droit d'un magazine de décoration intérieure. Elle était immaculée, sans la moindre vaisselle sale ni la moindre tache de nourriture. J'ai fait glisser mes doigts sur les placards laqués. J'allais en ouvrir un lorsque j'ai entendu des bruits de pas qui s'approchaient. En me tournant, j'ai vu M. Katou. Était-il fâché que je me sois faufilé jusqu'ici sans permission ? Impossible à dire, il restait impénétrable.

— Vous avez une bien belle cuisine.

Il a hoché la tête avant de répondre :

— Elle ne sert presque jamais.

— Votre femme ne cuisine pas ?

— Plus maintenant. Avant, oui, a-t-il ajouté avant de se frotter le nez. Votre ami m'a dit que vous alliez travailler à Yotsuba ?

— Oui, c'est ce qui est prévu pour le moment.

— Où logez-vous ?

— À l'hôtel Katsuragi.

Il a levé les sourcils avant de hocher doucement la tête, mais j'avais l'impression qu'il ne m'écoutait pas.

— Dites-moi, vous aimez cette maison ?

— Oui, ai-je répondu en me disant que, si le propriétaire d'une villa vous posait cette question, vous étiez obligé de répondre par l'affirmative, malgré ce que vous pouviez en penser en réalité.

— Elle est lumineuse et bien ventilée.

— Ma femme travaillait dans un hôpital, avant. Pour elle, il était important qu'une maison soit très claire et que l'air y soit sain.

Il a marqué une pause avant de m'interroger de nouveau :

— Vous aimez vraiment cette maison ?

— Oui, oui, ai-je répété, dérouté qu'il continue sur ce sujet.

— J'ai une proposition à vous faire. Si vous voulez, vous pouvez utiliser n'importe quelle chambre inoccupée en échange d'une faveur.

Je n'ai rien dit, attendant qu'il s'explique.

— Ma femme a des soucis de santé qui l'empêchent de quitter sa chambre. Une femme de ménage passe deux fois par semaine, mais j'ai besoin de m'organiser pour ses repas. Ce serait formidable si vous pouviez l'aider pour le déjeuner, ce qui m'éviterait de prendre sur mon temps de travail pendant la semaine.

Sa révélation m'a surpris. Est-ce là l'arrangement qu'il avait avec ma sœur ? C'était logique, vu qu'elle adorait cuisiner, sauf que ce n'était pas mon cas.

— M. Katou, j'ai bien peur d'être un très mauvais cuisinier.

— Je ne vous demande pas de lui préparer à manger. Vous avez accès à la cuisine si vous le souhaitez, autrement, vous pouvez tout à fait lui acheter des plats tout prêts.

Je ne savais pas quoi dire. L'idée me semblait à la fois logique et bizarre. Pourquoi inviter un quasi-inconnu à vivre chez soi ?

— Vous vous demandez peut-être pourquoi je n'envoie pas ma secrétaire, s'il s'agit juste d'acheter à manger ? En vérité, il y a autre chose. J'ai besoin que quelqu'un lui fasse la lecture.

— La lecture ? ai-je repris, sourcils froncés.

— Ma femme adore les livres en anglais. Elle serait ravie que quelqu'un lui lise quelques pages chaque jour.

— Votre femme, puis-je savoir ce... ?

Je n'ai pas réussi à finir ma phrase.

— Elle n'est pas bien, mais sa maladie n'est ni contagieuse ni mortelle.

— Je vois, ai-je dit en hochant doucement la tête, luttant pour trouver une réponse appropriée. M. Katou, c'est généreux de votre part, sauf que, voyez-vous, pour l'instant...

— Je ne vous demande pas de vous décider tout de suite, m'a-t-il coupé. Mais j'apprécierais que vous me donniez votre réponse bientôt.

Nous avons convenu de nous revoir le dimanche suivant. Ayant visiblement oublié que j'avais prétexté un besoin d'aller aux toilettes, il m'a fait signe de le suivre dehors, où Honda attendait déjà.

Avant de partir, M. Katou m'a serré la main en disant :

— J'espère que vous réfléchirez sérieusement à ma proposition.

Je sentais le regard de Honda sur moi.

Quand nous nous sommes retrouvés tous les deux en voiture, il m'a demandé :

— De quelle proposition parlait-il ?

— De me loger gratuitement chez lui.

Honda m'a jeté un coup d'œil sceptique.

— Un logement gratuit, ça n'existe pas.

— Bon, pas vraiment gratuit. En échange, il souhaiterait que j'aille acheter à manger à sa femme à midi, comme elle est malade et incapable de sortir seule. Tu la connais ?

— Pas personnellement, même si je l'ai vue deux ou trois fois. Elle était toujours souriante. C'est une petite ville, après tout. Ici, tout le monde connaît tout le monde, a-t-il conclu avant de changer de vitesse. Maintenant que tu en parles, je me souviens avoir entendu dire qu'elle souffrait de dépression. Ils avaient une fille assez jeune, qui est décédée il y a quelques années.

— Je vois.

— Ishida, tu devrais accepter. Même si ça semble bien trop beau pour être vrai, quelqu'un comme M. Katou ne ferait rien de douteux qui pourrait ruiner sa réputation. Les nouvelles vont vite, par ici.

— Je vais y réfléchir.

Honda pouvait se montrer un peu paternaliste, parfois, peut-être parce qu'il était plus âgé que moi.

— Qu'est-ce qui te retient ?

— La maison, ai-je expliqué en posant ma main gauche sur la vitre. Le calme ne me dérange pas, mais il y a quelque chose d'étrange, là-bas.

— Cet endroit est trop propre et bien rangé, c'est ça qui le rend bizarre.

— Qu'est-ce que tu as pensé de la chambre de ma sœur ?

— Qu'elle correspondait à sa personnalité.

Je n'ai pas protesté. Keiko avait toujours été organisée et concentrée. Pourtant, sa chambre semblait trop froide et distante. D'habitude, les gens personnalisent leur espace de vie avec leurs livres, leurs photos, leurs objets préférés. On peut apprendre beaucoup de choses des gens en étudiant leurs chambres. Elles portent la signature de leurs occupants.

En comparaison, celle de ma sœur manquait de couleurs. Mis à part ses cassettes de jazz et un flacon de parfum, aucune touche personnelle. Sa chambre, comme son bureau de Yotsuba, était anonyme, comme si elle avait voulu s'effacer elle-même.

J'ai repensé au boulot à Yotsuba et à la proposition de M. Katou. Si je suivais les voies que ma sœur avait prises dans la vie, je comprendrais peut-être enfin les choses qu'elle ne m'avait jamais dites.

6

Le couteau manquant et le feu de circulation

Dans l'intimité de ma chambre d'hôtel, j'ai ressorti le papier que j'avais pris sur le bureau de ma sœur. La feuille était chiffonnée, comme si elle avait été lue encore et encore. J'ai reconnu son écriture.

Elle avait noté :

L'amour arrive quand on s'y attend le moins. C'est pour ça que les gens disent qu'on tombe amoureux. On ne peut pas apprendre à tomber, pas plus qu'on ne le prévoit.

On tombe, et c'est tout.

Ça nous capture comme une plante carnivore, en une seconde. Il n'y a pas d'espace pour réfléchir et encore moins réagir. Quand on comprend ce qui s'est passé, on sait qu'il n'y a pas d'échappatoire. On est déjà tombé trop bas.

J'ai fixé la feuille. Était-elle venue à Akakawa pour suivre quelqu'un, ou échapper à quelqu'un ? Mais le fait qu'elle ait quitté la maison juste après l'obtention de son diplôme n'avait pas été une surprise. J'avais toujours su que cela arriverait.

Pour son dix-neuvième anniversaire, ma sœur avait acheté dix-neuf oiseaux à l'animalerie. Je m'en souviens bien car j'y étais allé avec elle, après le dîner.

Je ne me rappelais plus le nom de ces oiseaux, juste qu'ils avaient des plumes noires. Le propriétaire de l'animalerie les avait placés dans trois cages. Ma sœur en portait deux, et moi, une. Je ne savais pas du tout ce qu'elle avait en tête. Les oiseaux n'étaient pas très jolis, et ils poussaient des cris agaçants.

Dès que nous sommes sortis de la boutique, je n'ai pas pu faire taire ma curiosité plus longtemps.

— Pourquoi est-ce que tu les as achetés ?

Un petit sourire s'était dessiné sur ses lèvres.

— C'est mon anniversaire et j'avais envie d'acheter des oiseaux.

— Pour quoi faire ? Ils sont trop bruyants. Maman va être furieuse et je ne veux pas être mêlé à ça.

Son sourire avait disparu.

— Je ne compte pas les rapporter à la maison.

— On va les manger ?

— Ne dis pas n'importe quoi.

Je l'avais suivie jusqu'au canal qui traversait le quartier. Il y avait de grandes pelouses de chaque côté, où j'allais souvent jouer au foot avec mes amis. Alors que dans l'après-midi l'endroit grouillait de joggeurs et d'enfants, à la nuit tombée, il était presque désert.

Nous avions posé les cages sur le sol et ma sœur les avait ouvertes. Nous avions attendu que les oiseaux s'envolent mais ils n'avaient pas bougé. Ils étaient restés bien sagement à l'intérieur.

— C'est étrange, avait soufflé ma sœur dans un demi-murmure. Pourquoi ne s'envolent-ils pas ?

Elle avait sifflé pour les amadouer, sans succès. Elle avait tapé très fort dans ses mains. En vain. Contrariée, elle avait fini par soulever une cage pour la secouer. Un oiseau s'était envolé. Les autres avaient suivi. Elle les avait regardés s'élever dans le ciel avec un sourire satisfait.

Un vieil homme qui promenait son golden retriever s'était approché d'elle pour lui dire :

— Jeune fille, vous n'auriez pas dû relâcher ces oiseaux. Vous ne leur faites pas une faveur. Ils ne savent pas se nourrir ni s'abriter. Ils mourront bientôt.

Sur ces mots, il s'était éloigné avec son chien.

Ma sœur avait eu l'air bouleversée.

— Ce n'est peut-être pas si mal, avais-je rétorqué pour essayer de lui remonter le moral. Même s'ils meurent bientôt, ils auront vécu plus heureux que s'ils étaient restés en cage toute leur vie. En plus, ce vieil homme se trompe sans doute. Les oiseaux s'adaptent, non ?

Elle n'avait pas répondu. Nous étions rentrés à la maison en silence.

J'avais souvent l'impression que cet événement avait été un catalyseur.

Trois ans plus tard, ma sœur avait rassemblé ses affaires et avait acheté un aller simple pour une ville qu'aucun d'entre nous n'avait jamais vue. Elle voulait peut-être se libérer. Et, comme ces oiseaux, elle avait fini par mourir prématurément.

Le jour où ma sœur avait quitté Tokyo, quand j'étais rentré du collège, c'était le chaos dans la maison. Des papiers éparpillés, des couverts, des assiettes et des verres brisés partout par terre. L'une des lampes avait perdu son abat-jour. Au milieu du salon, ma mère balayait le sol.

— Qu'est-ce qui s'est passé ? avais-je lancé. C'est quoi, ce bazar ?

Elle avait continué à nettoyer en m'ignorant.

J'étais resté immobile près de la porte. Je n'osais pas bouger, avec tous ces éclats de verre partout.

— Où est ma sœur ?

— Qu'est-ce que tu racontes, Ren ? m'avait-elle demandé en se tournant vers moi. Tu es fils unique.

Sa réponse avait déclenché une avalanche de frissons le long de ma colonne vertébrale. J'avais filé vers la chambre de ma sœur, à l'étage. J'avais ouvert la porte, mais elle n'était pas là. Quelques affaires à elle traînaient sur le lit et le sol. L'armoire était ouverte et la moitié de ses vêtements avait disparu. La réalité m'avait explosé au visage. Ma sœur était partie.

Les jambes en coton, je m'étais assis par terre et j'y étais resté pendant des heures, abasourdi. Je n'en étais ressorti que lorsque ma mère m'avait appelé pour le dîner. Contre toute attente, elle avait préparé à manger. Elle n'avait rien dit sur Keiko, et je ne l'avais pas interrogée non plus. J'avais mangé mes ramen tête basse. Ça n'avait aucun goût.

Ma mère avait fini par prendre la parole :

— Pourquoi es-tu encore en uniforme ? Il est déjà sept heures. Va prendre une douche, tu sens la transpiration.

Allongé sur le lit de ma chambre d'hôtel, j'ai passé en revue la liste des personnes que je devais contacter.

Qui devrais-je informer ? Mes parents, bien sûr, même si je doutais qu'ils s'en soucient. Après le départ de ma sœur, une règle tacite s'était imposée : il ne fallait pas parler d'elle. Je n'avais pas besoin de prévenir Keio puisque les partiels étaient terminés et que j'attendais simplement mon diplôme. Et Nae ? Il faudrait bien que je me réconcilie avec elle, sauf que ce n'était pas le bon moment. J'ai décidé que, pour l'instant, je ne préviendrais que mes parents.

Au début, je comptais les appeler, mais il était plus facile de leur écrire une lettre. Je suis descendu chercher une enveloppe et quelques feuilles de papier à la réception. Même si les pages vierges étaient intimidantes, une fois les premières lignes écrites, le reste a coulé de source.

Mes chers parents,

J'espère que vous allez bien tous les deux.

La veillée, les funérailles et la crémation sont maintenant terminées. Il y a encore quelques arrangements à faire, je resterai donc six mois de plus. Ne vous inquiétez pas pour moi. J'ai trouvé un travail et un logement temporaires.

Prenez soin de vous. Je vous donnerai bientôt ma nouvelle adresse.

Après avoir terminé la lettre, je l'ai relue une dernière fois. Pourquoi avais-je écrit « six mois » ? Je pourrais quitter Yotsuba plus tôt sans retenue de salaire. Disons que cela me paraissait suffisamment long pour régler toutes les affaires de ma sœur, et j'avais suffisamment d'économies pour tenir jusque-là si l'enseignement ne me convenait pas.

J'ai signé la lettre et l'ai glissée dans l'enveloppe. Après l'avoir mise dans la boîte aux lettres près du *konbini*, je suis rentré à l'hôtel où je me suis servi du téléphone pour appeler M. Katou. Je l'ai informé que j'avais décidé d'accepter sa proposition. Je savais que je ne pourrais pas trouver de meilleur arrangement. Et, même si cela ne se passait pas bien, je pourrais partir quand je le voulais. Rien à perdre.

— Je me félicite que vous acceptiez, m'a répondu M. Katou de sa voix monocorde habituelle. Quand pensez-vous emménager ?

Dès que possible, pour arrêter de payer au plus tôt la chambre d'hôtel.

— Quel jour vous arrangerait ?

— Pourquoi pas aujourd'hui ?

Je n'allais pas me plaindre.

— En revanche, la seule chambre libre pour l'instant est celle de Mlle Ishida. Si cela vous gêne, je peux m'arranger pour en libérer une autre dans quelques jours.

— Ne vous embêtez pas, cette chambre ira très bien.

Cet accord était parfait et servait mon objectif : explorer la vie de ma sœur à Akakawa. J'ai réglé ma note à l'hôtel Katsuragi pour emménager à Segayaki en début d'après-midi. Avant mon départ, j'ai offert des gâteaux achetés à la pâtisserie du coin à la dame au kimono, qui a semblé agréablement surprise. La boîte ornée de branches de cerisier était assortie à son kimono rose.

La chambre de ma sœur était telle que dans mon souvenir : spacieuse et largement éclairée par le soleil qui brillait à travers la fenêtre.

— Mettez-vous à votre aise, m'a prié M. Katou. Je dois partir pour une réunion. N'hésitez pas à vous servir de la cuisine, à prendre à manger et à boire dans le réfrigérateur. Je vous présenterai à ma femme demain matin.

— Merci, ai-je répondu avant de m'incliner.

Quand il est sorti de la pièce, j'ai commencé à installer mes affaires. Puisque je n'avais pas prévu de rester à Akakawa plus de deux ou trois semaines, je n'avais pas emporté grand-chose. Je n'avais qu'une valise et une sacoche. J'ai ouvert la sacoche pour en sortir l'urne en porcelaine. Dans l'armoire, j'ai réarrangé les habits de ma sœur pour dégager une étagère.

— Sois de nouveau la bienvenue dans ta chambre, ai-je murmuré en y plaçant l'urne.

J'ai refermé l'armoire avant de grimper sur le lit. Les bras derrière la tête, je suis resté là, à contempler cette chambre blanche. Un abat-jour opaque blanc entourait l'ampoule du plafonnier. Le soleil de l'après-midi projetait de minces ombres, qui s'étiraient et fonçaient au fil du temps. J'ai inspiré profondément, remarquant un léger parfum sucré. Est-ce qu'il venait des fleurs du jardin, apporté par la brise de l'après-midi ? Ou s'attardait-il là depuis longtemps, écho de la présence de ma sœur dans la chambre ? La fragrance me rappelait vaguement le parfum Estée Lauder trouvé dans son tiroir. Je ne me souvenais pas qu'elle se parfumait, à Tokyo. Mais les gens changent.

J'ai fermé les yeux et, avant de m'en rendre compte, je me suis mis à rêver.

Je me tenais sur le bord d'une route passante, que je voulais traverser. J'attendais que le bonhomme vert du feu de signalisation apparaisse, mais la lumière restait rouge et le flot de voitures ne cessait jamais. Est-ce que le feu était en panne ? Est-ce que je devais marcher jusqu'au suivant ? Il n'était peut-être pas loin.

Tout en réfléchissant, j'ai remarqué une petite fille de l'autre côté de la route. Âgée de quatre ou cinq ans, elle devait mesurer environ un mètre. Elle était vêtue de l'uniforme de maternelle des enfants – chemise blanche et robe chasuble bleu marine – et avait des couettes. Sans hésiter, elle s'est avancée vers moi.

C'était toujours rouge pour les piétons, et les voitures fonçaient entre nous. L'une d'elles allait la renverser. Je voulais lui hurler de s'arrêter, mais j'étais paralysé. La fillette avançait calmement. Ses petits pas étaient réguliers, comme s'ils suivaient le rythme d'un métronome. Malgré son imprudence, elle a rejoint mon côté de la route saine et sauve. Elle s'est arrêtée à quelques pas de moi, et nous nous sommes regardés droit dans les yeux.

J'ai essayé de lui demander : « Qui es-tu ? » Mais, dès que j'ai ouvert la bouche, ma voix s'est envolée. À la façon dont elle me regardait, j'ai compris que mes pensées l'avaient atteinte. Pour toute réponse, elle a esquissé un sourire.

Quand j'ai rouvert les yeux, les ombres avaient complètement envahi la pièce. J'avais l'impression de n'avoir fermé les paupières que quelques minutes, alors que plusieurs heures avaient dû s'écouler.

D'habitude, j'oublie mes rêves dès que je me réveille. Or, je n'arrivais pas à effacer l'image des couettes de la petite fille, bondissant à chacun de ses pas au milieu du trafic. Je ne l'avais jamais vue, pourtant elle me semblait étrangement familière.

De nouveau gagné par la faim, je me suis levé pour aller à la cuisine. Dans le frigo, j'ai trouvé un pack de lait chocolaté. J'ai cherché une grande tasse que j'ai remplie, avant de boire la boisson fraîche en quelques gorgées. J'ai rincé la tasse et l'ai posée sur l'égouttoir. C'était le seul accessoire de cuisine visible, ce qui m'a rappelé le couteau que j'avais offert à ma sœur pour son anniversaire. Je savais qu'elle l'avait emmené à Akakawa, il devait bien être quelque part.

J'ai inspecté les trois tiroirs sous la plaque de cuisson. Celui du haut était rempli de couverts argentés, le deuxième d'ustensiles de cuisine. Le plus bas contenait des planches à découper et un assortiment de cinq couteaux de cuisine en inox plantés dans un bloc de bois. Mais le couteau que je cherchais ne s'y trouvait pas.

Ouvrant les autres placards, j'ai découvert d'autres équipements de cuisine, depuis la poêle à frire jusqu'au panier vapeur en bambou. Tout semblait neuf. Et le couteau de ma sœur restait introuvable.

J'ai laissé tomber et je suis retourné dans ma chambre. Je me demandais où il pouvait bien être. Je savais qu'elle le chérissait. Elle ne l'aurait jamais donné à quelqu'un d'autre.

La lumière du réverbère s'immisçait à travers les rideaux, soulignant le téléphone rouge sur le bureau. Je l'ai fixé, et ma sœur m'a manqué. Sa voix, son rire, ses appels. Pourquoi n'avais-je compris qu'après sa disparition à quel point elle comptait pour moi ?

J'ai décroché le combiné et l'ai plaqué à mon oreille. Le plastique était froid. J'ai entendu un *tut, tut, tut,* avant que cela fasse *biiiiiip*, et que je raccroche. Qu'est-ce que j'espérais ? Je n'entendrais plus jamais sa voix. Elle était morte. Sa vie avait été brutalement interrompue, et elle avait rejoint un endroit que je ne pouvais atteindre.

Ren Ishida, qu'est-ce que tu cherches ?

7

La femme qui ne parlait plus

M. Katou m'a présenté à son épouse le lendemain matin. Ils faisaient chambre à part. La chambre de Mme Katou, la plus éloignée de l'entrée, était plus vaste que la mienne. Par sa fenêtre, j'ai vu un jardin à l'occidentale, où des iris violets et des roses blanches s'épanouissaient.

Mme Katou était assise dans son lit, adossée à un coussin. Elle portait un cardigan beige à manches longues sur un chemisier blanc. Je l'avais imaginée maigre, les yeux creusés. Cependant, son expression neutre et sa peau pâle mises à part, elle semblait plutôt en bonne santé.

— Voici mon épouse, a déclaré M. Katou avant de se tourner vers elle. Je te présente Ren Ishida. Il va nous aider, à partir d'aujourd'hui.

— Ravi de vous rencontrer, ai-je ajouté en m'inclinant devant elle.

J'ai attendu qu'elle réponde mais elle est restée silencieuse. Elle ne faisait pas attention à nous. Pour être plus précis, c'était comme si elle ne remarquait pas notre présence.

Nous sommes restés immobiles, à la fixer sans un mot. Elle remuait un peu, de temps en temps. Parfois, elle regardait dehors. Puis elle retournait son attention vers le mur.

— Je vais discuter de notre arrangement avec Ishida, a déclaré M. Katou avant de sortir.

Je l'ai suivi après m'être incliné de nouveau devant Mme Katou.

— Ma femme n'est ni sourde, ni aveugle, ni muette, au cas où vous vous interrogeriez, m'a-t-il expliqué. Elle a un problème psychologique qui l'a conduite à choisir de ne plus parler.

— Un problème psychologique ?

— Oui. Je préférerais que nous n'abordions pas le sujet.

Il a fouillé dans sa poche pour en sortir un trousseau de clefs.

— Ce sont des doubles car la police a gardé les originales, mais elles devraient très bien marcher.

J'ai pris les clefs pour les glisser dans ma poche.

— Laissez-moi vous résumer ce que j'attends de vous, a-t-il poursuivi. Vous pouvez acheter un plat préparé chaque jour au *konbini*. Si vous suivez la route principale vers l'est, vous le verrez sur votre droite. Mlle Ishida avait l'habitude d'y acheter les repas avant d'aller au travail.

Voilà qui m'étonnait.

— Elle ne cuisinait pas ?

— Pas à ma connaissance. C'est trop compliqué, de cuisiner juste pour deux.

Même si je savais que ce ne l'était pas pour elle, je ne l'ai pas détrompé.

— Avant que j'oublie, ce n'est pas la peine d'entrer dans sa chambre. Vous pouvez juste frapper deux fois et laisser le sac devant la porte. L'argent pour les repas se trouve dans le coffret sur la table basse de la salle de lecture.

J'ai hoché la tête.

— Voulez-vous que je garde les tickets de caisse ?

— Inutile. Je n'aurai pas le temps de les vérifier.

— Compris.

— Pour la lecture, choisissez le moment qui vous convient le mieux. Prenez n'importe quel livre dans la bibliothèque. Quelques pages par jour suffiront, je pense. Même si elle ne réagit pas, je sais qu'elle adore qu'on lui fasse la lecture.

Il a hoché la tête plusieurs fois, content de son explication.

— Je crois que c'est tout pour le moment.

Il s'est excusé avant de regagner son bureau. Je suis retourné dans ma chambre en sentant le poids des clefs dans ma poche. J'avais suivi ma sœur dans un drôle d'arrangement, mais il me conduirait peut-être jusqu'à elle.

À midi, je suis passé au *konbini* acheter deux portions de poulet *karaage* – des bouchées de poulet panées – accompagnées de riz. J'ai laissé le sachet contenant le repas de Mme Katou devant la porte de sa chambre puis je suis allé manger seul dans la cuisine.

Après avoir posé le sac en plastique sur la table, j'ai pris une cannette de limonade dans le frigo. La boisson glacée – un délice après ma marche au soleil – m'a rafraîchi. J'ai sorti la barquette contenant mon repas et j'ai soulevé le couvercle, qui était couvert de gouttelettes de condensation.

Après le déménagement de ma sœur, j'avais recommencé à manger des plats préparés tous les jours. Comme la plupart des adolescents, j'allais souvent au fast-food. À cette époque, je ne haïssais plus cette habitude. Je devais manger dehors de toute façon puisque, la plupart du temps, je sortais avec l'une de mes petites amies.

Nae était ma neuvième copine, sans compter les filles avec qui je n'avais passé qu'une nuit. Certaines d'entre elles, dont Nae, savaient bien cuisiner. Une fois, j'étais même sorti avec la fille du chef cuistot d'une chaîne d'hôtels. Son rêve, c'était d'étudier au Cordon-Bleu, et elle s'entraînait très sérieusement. Elle mitonnait des tas de plats élaborés pour moi mais, bizarrement, je préférais toujours ce que préparait ma sœur.

— Ta cuisine, c'est la meilleure du monde, lui avais-je dit un jour alors qu'elle préparait une soupe miso.

— Ça ne peut pas être vrai, avait-elle répondu dans un éclat de rire.

— Si.

— Vraiment ? s'était-elle étonnée tout en lâchant une poignée de tofu coupé en cubes dans la soupe. Je pourrais peut-être ouvrir un restaurant.

— Ne fais pas ça, avais-je rétorqué en vitesse. La cuisine, c'est subjectif. D'autres personnes n'auraient peut-être pas les mêmes goûts bizarres que moi.

En vérité, je voulais qu'elle ne cuisine que pour moi, et moi seul. Oui, j'étais aussi égoïste que ça.

Ma sœur s'était tournée vers moi.

— Je ne sais pas si je dois le prendre comme un compliment ou une insulte.

— Plutôt un compliment.

Après un autre éclat de rire, elle avait remué la soupe.

J'adorais la regarder cuisiner. C'étaient des moments particuliers. Même après une journée abominable, je me sentais bien dès que nous nous retrouvions ensemble dans la cuisine. C'était peut-être cette routine qui me nourrissait.

Parfois, ma sœur me jetait un coup d'œil. Voyant que je ne la quittais pas des yeux, elle disait : « Je sais que tu as faim, mais arrête de me fixer. J'ai presque fini », et nous éclations de rire en même temps.

Keiko Ishida – elle me comprenait toujours de travers.

Après avoir mangé, je suis allé choisir un livre dans la bibliothèque.

La sélection des Katou était énorme. De Shakespeare à Virginia Woolf, d'Ernest Hemingway à George Orwell en passant par F. Scott Fitzgerald. Au lieu de donner l'impression d'être une personne cultivée, Mme Katou paraissait avant tout collectionner les classiques.

Après avoir choisi *Les Enfants de minuit*, de Salman Rushdie – un de ces livres que j'avais toujours voulu lire sans jamais en avoir eu l'occasion –, je me suis rendu à la chambre de Mme Katou. Le sac contenant son repas avait disparu de devant sa porte.

J'ai frappé deux fois puis j'ai attendu. Au bout de quelques secondes, je suis entré.

— Excusez-moi, ai-je dit.

Mme Katou était assise sur son lit, dans la même position que précédemment, et la barquette vide de son déjeuner reposait sur la table de nuit. Ses yeux étaient rivés au mur.

Je me suis assis sur la chaise en bois à côté de son lit en agitant gauchement le livre.

— Je vais vous lire ça, aujourd'hui.

De nouveau, pas de réponse.

La regarder me perturbait, du coup je me suis dépêché d'ouvrir le roman et de commencer ma lecture. Ma voix tremblait et mes mains étaient moites. Je lui jetais des coups d'œil de temps en temps, mais elle semblait toujours dans un état second.

Après le troisième paragraphe, je n'ai pas pu continuer. J'ai laissé le livre sur la table de nuit, j'ai récupéré la boîte vide et je me suis excusé. Je me sentais mal à l'aise. Avais-je commis une erreur en emménageant ici ? À peine arrivé, je sentais déjà que la maison était pleine de sombres secrets.

8

La fille aux jolis doigts

Le *juku* qui m'avait embauché ne se trouvait qu'à quelques arrêts de bus de Segayaki. De porte à porte, il me fallait moins de vingt minutes pour m'y rendre. En entrant dans Yotsuba, j'ai senti une odeur de lavande. J'avais eu droit au jasmin lors de ma première visite et, maintenant, c'était la lavande. Je me suis demandé ce qui viendrait ensuite. Fleur de cerisier, peut-être ?

— Bonjour, M. Ishida, m'a salué gaiement Abe, assise derrière le comptoir de l'accueil. Le principal vous attend dans son bureau.

J'ai grimpé les marches jusqu'au troisième étage, où je suis passé devant les bureaux cloisonnés. Certains membres du personnel étaient déjà là. Quelques-uns m'ont salué d'un signe de tête, que je leur ai rendu. Est-ce qu'ils savaient que j'allais travailler ici ? En entrant dans le bureau du principal, j'ai vu qu'il était assis en face d'une femme mince dont les cheveux lui arrivaient aux épaules.

— Ishida, entrez, m'a-t-il lancé.

La femme et lui se sont levés. Elle ne portait pas de maquillage – fait extrêmement rare à notre époque.

— Je vous présente Maeda. Elle sera votre référente, le temps que vous vous fassiez à votre nouveau travail.

Je me suis incliné devant elle.

— Enchanté.

Elle m'a salué à son tour avant de m'entraîner hors du bureau.

— Je vais vous donner l'emploi du temps et les manuels.

Malgré ses hauts talons, Maeda marchait vite. Filant droit vers les casiers près de la salle des professeurs, elle en a sorti une pile de dossiers qu'elle m'a donnée.

— Vous travaillerez du lundi au samedi, de quatorze heures trente à vingt et une heures trente. Vous aurez trois classes par jour, d'une heure et demie chacune. Vous aurez aussi une pause pour dîner.

Nous sommes allés à mon bureau – les affaires de ma sœur y étaient encore – pour que j'y dépose le matériel. Maeda m'a fait signe de m'asseoir avant d'aller chercher une autre chaise pour elle.

— Vous avez de la chance de prendre le créneau d'une enseignante ayant de l'ancienneté, m'a-t-elle informé. D'habitude, les nouvelles recrues n'ont pas un emploi du temps si pratique, et doivent travailler tout le week-end.

Je sentais qu'elle faisait un effort pour ne pas prononcer le nom de ma sœur.

— Ne vous inquiétez pas, suivez juste le programme. Il est assez simple.

Elle m'a alors expliqué comment me servir des supports pédagogiques en classe.

— Dois-je donner un cours aujourd'hui ?

— Non, pas si vite, m'a-t-elle répondu avec un sourire en coin. Aujourd'hui, c'est moi qui enseigne, pour que vous puissiez m'observer. À partir de demain, vous serez seul, alors soyez attentif.

— Bien sûr.

— Génial. Maintenant…

Elle a jeté un coup d'œil vers la grande pendule blanche et ronde accrochée au milieu du mur. Trois heures et quart.

— Suivez-moi.

Elle a sorti des formulaires de la pile puis s'est éloignée. J'ai posé mon sac pour la suivre. Je voulais l'aider à porter les polycopiés, mais elle marchait si vite que j'arrivais à peine à suivre le rythme.

Lorsque nous nous sommes engagés dans l'escalier, un flot d'étudiants se précipitait dans la direction opposée, ce qui ne facilitait pas notre progression. Plusieurs d'entre eux m'ont lancé des coups d'œil en passant. Je me suis dit qu'il n'y avait aucune raison de s'inquiéter. Une nouvelle tête suscite toujours la curiosité.

La première de mes classes se trouvait au premier étage. Peu après notre arrivée, la cloche a sonné et le cours a commencé.

Je me suis posté debout devant le tableau, à côté de Maeda. La classe comptait une vingtaine d'élèves ; plusieurs d'entre eux portaient le même uniforme. Certains étaient plongés dans leurs livres pendant que d'autres discutaient entre eux.

— Bonjour à tous, a déclaré Maeda. Je vous présente M. Ishida. Il nous rejoint pour enseigner l'anglais.

Le silence s'est aussitôt fait dans la pièce. En entendant mon nom, leur expression est devenue solennelle. J'aurais dû m'y attendre. Après tout, ma sœur avait été leur prof.

— Je m'appelle Ren Ishida, ai-je annoncé en essayant vaguement de dissimuler ma nervosité. J'espère que nous nous entendrons bien.

Certains se sont échangé des murmures.

— Silence ! a crié Maeda en tapant le bureau du plat de la main.

De nouveau, tout le monde s'est tu.

— Je vais faire l'appel.

Elle a lu les noms les uns après les autres. Il y avait trois absents. Cinq minutes après le début du cours, ils sont arrivés ensemble, essoufflés. Après avoir présenté leurs excuses, ils sont allés s'asseoir en vitesse sur les chaises vides.

Pour être honnête, je ne m'étais pas attendu à ce que ces adolescents soient si obéissants. Ils écoutaient attentivement les explications de Maeda en prenant des notes. Aucun d'entre eux n'a pris la parole sans y être invité. Au moment de la séance de questions-réponses, la plupart ont participé. Et le silence est revenu pour les exercices écrits.

Quand la sonnerie a retenti, ils ont tous ramassé leurs affaires et sont venus rendre leurs feuilles d'exercices avant de sortir.

Après leur départ, Maeda m'a interrogé :

— Alors, qu'est-ce que vous en avez pensé ? Ce n'est pas si dur, pas vrai ?

— Ils sont tous si bien élevés et concentrés...

— Pas étonnant. Yotsuba possède un taux de réussite élevé aux tests d'entrée des plus prestigieuses universités, alors nous pouvons nous permettre d'être sélectifs et de majorer les frais. En fait, nous sommes le *juku* le plus cher de la ville. C'est peut-être une généralisation, mais nos étudiants sont sérieux. Ils sont là parce qu'ils veulent entrer dans de bonnes universités.

— Ils sont tous en terminale alors ?

— La plupart, oui. Il y a aussi quelques premières. En revanche, nous ne prenons pas de secondes.

Notre conversation a été interrompue par l'arrivée du groupe suivant. Cette classe-là, plus nombreuse que la précédente, s'est avérée tout aussi silencieuse et sérieuse. Rien à voir avec ce que j'avais connu dans mon propre lycée de Tokyo six ans plus tôt. Mes camarades, surtout les garçons, étaient parfois turbulents. Je n'avais pas l'habitude de voir des adolescents se tenir si bien.

D'autres élèves ont déboulé dans la classe et c'est là que je l'ai vue.

Elle est entrée avec un groupe de filles, toutes vêtues du même uniforme bleu marine. Elle semblait un peu différente. Ses cheveux étaient plus courts, remontés en queue-de-cheval. Coiffée ainsi, elle faisait beaucoup plus jeune. Je n'arrivais pas à y croire, pourtant je savais que je ne me trompais pas. C'était la fille qui avait fumé sous le kiosque. Selon ce que m'avait dit Maeda, elle devait avoir dix-sept ou dix-huit ans.

Elle s'est assise au dernier rang. J'ai inspiré profondément en essayant de guetter sa réaction. Quand nos regards se sont croisés, elle n'a pas eu l'air de me reconnaître. J'ai fait comme si elle n'était pas là, pourtant elle avait bien dû se rendre compte que je l'avais vue. J'étais interloqué de la trouver dans ma classe. Était-ce le destin ?

Quand Maeda m'a présenté aux élèves, la fille m'a dévisagé, juste un instant. Après le cours, elle est sortie avec ses amies. Même si ce n'était pas le meilleur moment, je me suis dépêché de la suivre.

— Excuse-moi, ai-je dit en lui tapotant l'épaule. C'était toi, non ?

Elle s'est tournée et a posé les yeux sur moi. Après l'avoir vue d'aussi près, j'étais certain de ne pas me tromper.

— La semaine dernière, ai-je précisé. Au kiosque.

Elle a secoué la tête.

— Vous devez confondre avec quelqu'un d'autre. Je ne vous ai jamais vu.

— Pourtant...

— Je dois aller à mon prochain cours, m'a-t-elle coupé. Vous voulez bien m'excuser, M. Ishida ?

Elle s'est éloignée en me laissant sans voix. C'était peut-être mon imagination, mais elle m'avait semblé hostile, surtout en prononçant mon nom.

— Tout va bien, Ishida ? m'a demandé Maeda en tenant les dossiers des cours dans ses bras.

— Oui, ai-je répondu en allant l'aider. Est-ce qu'on retourne au bureau ?

— Je vous ai vu parler avec Nakajima. Vous la connaissez ?

— Je l'ai confondue avec quelqu'un d'autre.

— Je suis désolée. J'ai cru que vous essayiez de la draguer. Je sais que vous êtes encore jeune, mais nous ne sommes pas censés fréquenter les élèves ni les autres professeurs.

Elle a détourné le regard, gênée, en ajoutant :

— En plus, cette fille...

— Oui ?

— J'ai entendu dire qu'elle se faisait payer pour sortir avec des hommes plus âgés.

Nakajima était vraiment très jolie et ne paraissait pas du tout matérialiste. Au contraire, elle s'habillait de façon simple, surtout comparée aux filles de son âge à Tokyo.

— Ce n'est sans doute qu'une rumeur.

— En fait, je l'ai vue de mes propres yeux, a-t-elle insisté en baissant d'un ton. Elle sortait d'une bijouterie luxueuse avec un homme bien habillé, assez vieux pour être son père.

— C'était peut-être son père.

— Ils ne se ressemblaient pas.

Notre conversation me mettait mal à l'aise. Heureusement, Maeda a dû s'en rendre compte. Nous sommes retournés au troisième étage sans un mot de plus. Je me suis assis à mon bureau pour m'étirer.

— Tiens, c'est pour toi, Ishida, m'a dit Honda en posant une cannette de café glacé devant moi. Comment se passe cette première journée ?

— J'ai réussi à survivre jusque-là, ai-je feinté en me forçant à sourire.

— Tant mieux. Je sais que tu peux le faire. Tu veux qu'on dîne ensemble ?

J'ai cherché Maeda du regard. À mon grand soulagement, elle était partie ailleurs. Ce n'est pas que je ne l'appréciais pas, mais je n'avais pas envie de passer mon temps de pause avec elle.

— Pourquoi pas, ai-je répondu à Honda. Il y a quoi de bon, dans le coin ?

Nous sommes sortis manger en vitesse à un stand de ramen avant de rentrer à Yotsuba pour le dernier cours de la journée. Les élèves avaient l'air épuisés. Quelques-uns ont eu du mal à rester attentifs, et moi de même. Tout au long du cours, je n'ai pu me concentrer sur la leçon de Maeda. Je ne pensais qu'à une chose, à la fille qui avait tenu des cigarettes Seven Stars entre ses jolis doigts.

9

L'odeur persistante de la pluie et des gaz d'échappement

Après ma journée de travail, je suis rentré chez les Katou vers onze heures du soir. J'ai laissé tomber mon sac sur le sol et je me suis assis pour enlever mes chaussettes. Mon regard a aussitôt été attiré par le téléphone rouge posé sur le bureau. Reprends-toi, Ren Ishida. Ce téléphone ne peut pas te relier à une morte.

La ferme, ai-je sifflé. *Je le sais bien.*

J'ai tendu la main vers le câble pour le débrancher. Elle ne m'appellerait plus jamais, je ne voulais donc pas entendre le téléphone sonner. J'ai fermé les yeux. Qu'est-ce que je fichais seul, ici, dans cette ville ?

REN...

C'était la voix de ma sœur – chaude et claire, comme dans mes souvenirs. J'ai ouvert les yeux et me suis retrouvé seul au milieu d'un espace immense et blanc.

— C'est toi ? ai-je crié, sans avoir de réponse.

Au-dessus de moi, des bulles géantes flottaient dans l'air. Qu'était-ce ? En sautant, j'ai réussi à en toucher une. Quand le bout de mon doigt en a frôlé la surface, j'ai senti un grand froid, la bulle a éclaté comme un feu d'artifice estival, explosant en millions de billes minuscules qui tombaient au sol.

J'ai frotté la fine pellicule sur mon doigt avec mon pouce. C'était de l'eau.

Peu à peu, j'ai compris que je me trouvais dans un rêve. Mais quelque chose n'allait pas. Je devais en sortir. Si je n'y arrivais pas, je resterais pris au piège pour toujours.

Où que j'aille, l'océan de blancheur et de bulles s'étendait à perte de vue. Est-ce que j'étais plus près de la sortie, maintenant ? Ou plus loin ?

— Ren, a appelé quelqu'un.

En me tournant, j'ai vu la petite fille aux couettes qui me fixait. Elle portait la même robe chasuble bleu marine que dans mon précédent rêve, lorsqu'elle avait traversé au milieu de la circulation.

— Qui es-tu ? ai-je demandé. Qu'est-ce que tu veux ?

Elle est restée muette un instant avant de secouer la tête et de lever le doigt. Un banc de poissons rouges géants nageait dans l'air. Des centaines, des milliers, peut-être. Chacun d'eux était aussi gros que ma tête. Leurs écailles colorées peignaient le ciel d'un bel orange doré.

Les poissons rouges volants dansaient au-dessus de nous, agitant leurs queues translucides, scintillantes, tout en évitant les bulles d'eau. J'étais émerveillé. Ils semblaient si gracieux.

Tout à coup, les poissons ont foncé sur les bulles pour les faire éclater. Partout, des éclaboussures et, au loin, un éclair aveuglant. J'ai abrité mes yeux avec ma main. Puis j'ai repensé à la petite fille et l'ai cherchée du regard – elle s'était enfuie. J'aurais dû lui courir après mais mes pieds étaient trop lourds.

Avant que je me réveille, j'ai entendu la voix de ma sœur. *Ren, tu ne devrais pas être ici.*

Je m'étais endormi, la tête sur le bureau, la fenêtre ouverte. Dehors, il pleuvait des cordes, et de fines gouttelettes s'infiltraient à l'intérieur. J'entendais le grondement du tonnerre au milieu du crépitement de la pluie.

Je me suis levé pour refermer la fenêtre puis j'ai pris une serviette de toilette pour éponger les dégâts. La moitié du bureau, dont le téléphone, était déjà trempée. Heureusement mes copies étaient restées dans mon sac.

Ma montre indiquait deux heures du matin. Trop fatigué pour prendre une douche, je me suis jeté sur le lit sans me changer. Comme ma couverture était trop fine pour me réchauffer, je me suis relevé afin d'enfiler une veste avant de me recoucher. Je me suis rendormi et, cette fois, je n'ai pas rêvé.

À mon réveil, le soleil était déjà haut. Des gouttes minuscules dégoulinaient le long de la vitre jusqu'au châssis en bois, avant de disparaître. J'ai ouvert la fenêtre et inspiré un bon coup.

Un jour, quand Nae était venue dormir chez moi, je lui avais demandé si la pluie avait une odeur. Elle m'avait regardé d'un drôle d'air tout en se brossant les cheveux. Ses longs cheveux noirs lui descendaient jusqu'aux coudes. Elle les attachait toujours lorsqu'elle dormait chez moi. À tous les coups, sa queue-de-cheval finissait ébouriffée mais je m'en fichais. Je l'aimais bien, avec ses cheveux en bataille.

— Je ne crois pas que la pluie ait sa propre odeur, avait-elle murmuré. Cela dit, il y a bien un parfum reconnaissable entre mille qui s'attarde après la pluie. Une senteur fraîche, terreuse. Tu vois ce que je veux dire ?

— Je crois que oui, avais-je répondu dans un hochement de tête.

— C'est peut-être le parfum de la terre mouillée. Quelle que soit cette odeur, je l'aime bien.

Moi aussi, j'adorais l'odeur distinctive de l'après-pluie. Y penser me rappelait toujours Nae.

Sur le trajet vers Yotsuba, j'ai posté une autre lettre pour mes parents, afin de leur donner l'adresse de M. Katou. En revanche, je n'avais pas contacté Nae. Je ne savais pas quoi lui dire. C'était la première fois qu'une dispute durait si longtemps.

Le bon côté, c'est que j'appréciais l'impression d'être célibataire. Personne à appeler, personne à inviter, pas d'occasions spéciales dont il faille se souvenir. Cela convenait à ma personnalité. Je n'avais jamais aimé les engagements – je n'aurais peut-être en aucun cas dû avoir de petite amie.

Au fil des jours, j'ai adopté une nouvelle routine autour de mes horaires de travail.

Je me levais vers huit heures et j'allais faire un footing d'une heure sur un sentier qui menait à la descente où ma sœur avait été tuée. À croire que j'essayais de lui rendre visite tous les matins. J'aurais vraiment dû venir la voir plus souvent quand elle était encore en vie.

Sur le chemin du retour, je m'arrêtais au *konbini* pour acheter deux déjeuners à emporter, et j'en laissais un devant la porte de Mme Katou. Je mangeais seul dans la cuisine. Après mon repas, j'allais rendre visite à Mme Katou et lui lisais quelques pages de plus des *Enfants de minuit* avant de partir travailler.

L'emploi du temps ne changeait guère lors de mes jours de congé. Au lieu de me diriger vers Yotsuba, je prenais le bus pour aller en ville. La plupart du temps, j'errais sans but dans le centre commercial où j'allais prendre un café. Chaque journée était millimétrée.

Contrairement à mes attentes, au bout de deux semaines, j'ai fini par prendre plaisir aux moments que je passais avec Mme Katou. Je choisissais des livres que j'avais toujours voulu lire sans jamais en prendre le temps. Je pouvais aussi relire des romans que j'adorais. Si je le souhaitais, je pouvais même répéter la même ligne en boucle, sans un mot d'objection. J'avais l'impression d'avoir une auditrice captive. Et, si je me lassais, je pouvais arrêter quand je voulais.

La maison en elle-même était toujours silencieuse. Assis au chevet de Mme Katou, j'entendais les bruits les plus infimes, comme le souffle de la brise caressant les fenêtres et le tintement du carillon, ou le rythme de la respiration de Mme Katou qui heurtait le mien. Si je restais suffisamment longtemps, l'air prenait vie et nous scellait dans une pellicule invisible.

Dès que je me sentais ankylosé, je marchais jusqu'à la fenêtre et traçais du bout du doigt le contour de l'ombre du pin dans le jardin. Il y avait toujours des oiseaux qui volaient dehors. Je ne savais pas de quelle espèce ils étaient – leurs ailes étaient sombres et bleutées. Si sombres qu'elles paraissaient presque noires. Était-ce la même sorte que ceux que ma sœur avait achetés le jour de son anniversaire ? Je ne savais pas. Je ne m'en souvenais pas bien, à part qu'ils étaient noirs. À moins qu'ils n'aient été de ce bleu sombre ?

J'avais l'impression d'oublier ce dont je voulais me souvenir et de me rappeler les choses que je voulais oublier. Comme la mort de ma sœur. J'aurais voulu que tout ce qui m'avait amené là ne soit qu'un rêve.

Je m'étais attendu à ce qu'un homme politique aussi important que M. Katou reçoive des tas d'invités, mais ce n'était pas le cas. La seule autre personne que j'avais vue jusqu'à maintenant, c'était la femme de ménage aux cheveux blancs qui venait le lundi et le jeudi. Chaque fois, il me fallait un moment pour remarquer qu'elle était là, tant elle se fondait dans la maison. Elle était silencieuse et discrète – enfin, disons que je ne l'avais jamais entendue parler – et réussissait je ne sais comment à entrer dans les lieux sans qu'on la remarque. La seule chose qui trahissait sa présence, c'était le ronronnement de son aspirateur.

Dès que je la voyais, je m'inclinais, tandis qu'elle m'ignorait. Était-elle contrariée que je l'aie remarquée ? Quelle idée bizarre. Personne ne pourrait penser une chose pareille. Pourtant, quand elle était là, je mettais un point d'honneur à ne pas lire à haute voix. Je me glissais dans ma chambre et y attendais l'heure de partir au travail.

— Tu as essayé de lui parler ? m'a demandé Honda quand je lui ai décrit la femme de ménage.

— Je n'ai pas l'impression qu'elle veuille bavarder, ai-je répondu dans un haussement d'épaules.

— Tu pourrais essayer, lancer la discussion.

— Peut-être, ai-je dit en sachant très bien que je n'en ferais rien.

Le dernier cours était terminé. Honda et moi étions à mon bureau, en train de dîner des nouilles instantanées. Il avait plu toute la journée. Le temps froid creuse l'appétit – garder des provisions au bureau pour la saison des pluies s'était révélé une bonne idée.

— Et M. Katou ? a repris Honda.

— Je le vois rarement. Il part avant que je me réveille et, quand je rentre, il est déjà dans sa chambre.

— Est-ce qu'il passe du temps avec sa femme ?

— Pas quand je suis là.

— C'est un bourreau de travail, alors ?

— Sans doute.

— À moins qu'il préfère la solitude.

— C'est possible.

Cela dit, je l'avais vu une fois dans la chambre de sa femme.

C'était un dimanche. J'allais lui faire sa lecture quotidienne mais, comme la porte était ouverte, je m'étais rendu compte que M. Katou était à l'intérieur. Il était assis au chevet de sa femme, sur la chaise en bois que j'utilisais d'habitude, et ils regardaient tous deux par la fenêtre, en silence. J'étais parti pour respecter leur intimité.

Malgré leur absence de paroles, je sentais qu'un lien très fort les unissait. Comme s'ils avaient leur propre moyen de communication. Un langage secret. Étrange mais magnifique.

J'ai avalé le bouillon et glissé le bol en polystyrène à la poubelle. En jetant un coup d'œil à l'extérieur, j'ai vu que la pluie avait cessé. Seven Stars – ou Rio Nakajima, de son vrai nom – sortait du bâtiment. Alors que les étudiantes autour d'elle riaient et souriaient, elle semblait détachée des autres.

C'est là que j'ai compris ce qui m'attirait chez elle. Ses jolis doigts. La façon qu'elle avait eue de les remuer avec grâce tout en fumant cigarette sur cigarette, sous le kiosque, le jour de l'orage, me captivait toujours.

— Tu as fini, Ishida ? m'a demandé Honda. Je passe près de Segayaki, je peux te déposer.

— Ne t'en fais pas, je vais prendre le bus. Ce n'est pas si loin.

— Puisque ce n'est pas loin, laisse-moi te déposer.

J'ai attrapé mon sac et l'ai suivi au parking souterrain. Sa voiture sentait toujours l'agrume sans que je sache pourquoi.

Honda a desserré le frein à main et le véhicule s'est mis à avancer doucement. J'ai eu froid, tout à coup, et je me suis frotté le nez avant d'éternuer.

— Tu es malade ?

— Non, ça va. Ça doit être le temps.

— Quand on vit seul, on doit prendre soin de sa santé.

J'ai grommelé sans conviction.

— Est-ce que je te fais trop la morale ?

Je n'avais pas les idées claires quand j'ai répondu :

— Tu me rappelles ma sœur, parfois.

J'ai aussitôt regretté mes paroles. L'atmosphère est devenue pesante mais, heureusement, Honda a feint de ne rien remarquer. J'ai regardé les feux de signalisation en plissant les yeux. Le feu rouge au loin est passé au vert. La nuit, la route semblait plus large.

En repensant à mon rêve, j'ai interrogé Honda :

— Est-ce qu'il y a un aquarium, dans le coin ?

— Non, pas à Akakawa, malheureusement. Le plus près est à Tokyo. Pourquoi ? Tu es nostalgique ?

— J'ai rêvé de poissons rouges.

— De poissons rouges ? a-t-il répété dans un éclat de rire. Qu'est-ce qui t'a fait rêver de poissons rouges ? Cela dit, si c'est la seule espèce qui t'intéresse, tu peux juste aller à l'animalerie.

— C'est vrai.

— Quand est-ce que tu en as vu pour la dernière fois ?

J'y ai réfléchi, sans m'en souvenir.

Quand ma sœur était encore à Tokyo, on allait ensemble aux fêtes foraines estivales. Elle adorait le stand où il fallait attraper des poissons avec une épuisette en papier, même si elle n'était pas très douée. Elle déplaçait toujours l'épuisette trop vite et le papier se déchirait. Après deux ou trois échecs, elle me demandait de le faire.

Je ne manquais pas d'attraper au moins deux poissons. Un sourire fier aux lèvres, ma sœur s'éloignait avec les poissons rouges dans un sac en plastique à moitié rempli d'eau. Mais, après la fête, elle faisait toujours un détour par le canal pour les libérer. J'avais beau lui dire que c'était du gâchis, elle ne m'écoutait pas. Keiko Ishida ne laissait personne décider à sa place.

— Tu aimes les poissons, Ishida ? s'est enquis Honda.

— Pas particulièrement. Je n'ai rien contre eux non plus. Les poissons, c'est juste des poissons.

— Et les poissons rouges en particulier ?

— Ils sont jolis. Je crois que j'aime leur couleur.

— C'est dur de ne pas aimer les poissons rouges, non ? C'est comme les dauphins. Tout le monde aime les dauphins.

La voiture s'est arrêtée devant la maison des Katou. J'ai remercié Honda de m'avoir déposé et je suis sorti.

— À demain, m'a-t-il salué.

J'ai regardé la berline noire rapetisser avant de disparaître au loin. L'odeur des gaz d'échappement s'attardait dans l'air quand j'ai ouvert le portail. La nuit froide et calme donnait une fausse impression de tranquillité.

10

Un monde en chewing-gum, une femme avec un grain de beauté sur la nuque

Le lendemain matin, je suis parti faire mon jogging habituel.

Je connaissais maintenant la localisation de tous les poteaux électriques. Et de tous les recoins où se cachaient les chats errants. Notamment un mur de brique effondré où poussaient des mauvaises herbes.

Sur le chemin du retour vers la maison des Katou, je me suis arrêté au *konbini*. Après avoir essuyé la sueur sur mon front, j'ai poussé la porte et je me suis dirigé vers la section des plats préparés. J'ai vérifié la sélection du jour : poulet *karaage*, *takoyaki* – des petits beignets ronds au poulpe –, du *shio-jaké* – du saumon salé – et des mini-hamburgers. Que choisir ?

La clochette a retenti, puis j'ai reconnu un visage familier. C'était Seven Stars, toujours dans son uniforme de lycéenne. Pour être ici à cette heure de la journée, elle devait sécher les cours. J'allais l'approcher lorsqu'un jeune homme que j'avais déjà vu est entré à son tour dans la boutique.

Il est allé directement au rayon des magazines, sans la quitter des yeux un instant. Même s'il n'était pas en uniforme, j'ai reconnu l'agent de l'accueil du commissariat. Se pouvait-il qu'il soit en mission pour prendre en flagrant délit les lycéens qui séchaient les cours ?

Debout devant l'étal de confiseries, Seven Stars faisait glisser ses doigts sur les paquets comme si elle cherchait quelque chose. Puis, d'une pichenette de son index, elle a fait tomber un paquet de chewing-gums dans son sac de cours. J'en suis resté bouche bée. Avec une précision minutieuse, cela ne lui avait pris qu'une seconde. À la façon dont elle avait procédé, sans changer d'expression, j'ai compris que ce n'était pas la première fois qu'elle faisait du vol à l'étalage.

Seven Stars allait sortir lorsque l'agent a posé le magazine qu'il tenait. Sans réfléchir, j'ai couru vers elle pour l'attraper par le bras. Elle m'a dévisagé, stupéfaite.

— Qu'est-ce que vous faites ? a-t-elle sifflé entre ses dents, une fois la surprise passée.

— Je t'ai vue. Repose le paquet de chewing-gums tout de suite.

Elle a détourné les yeux, pour regarder dans le vague.

— Je ne sais pas de quoi vous parlez.

— Tu sais très bien de quoi je parle, et le policier en civil qui se trouve là-bas aussi.

J'ai jeté un coup d'œil vers l'agent et Seven Stars a pâli.

— Tout va bien, tu es encore dans la boutique, ai-je poursuivi. Ne panique pas ; repose juste le paquet sur le rayon.

— Je ne peux pas, a-t-elle répondu, les yeux baissés. J'en ai besoin.

— Dans ce cas, paye-le.

Elle a secoué la tête.

— Ça n'aurait plus de sens.

J'ai soupiré, agacé.

— Tu préfères passer la nuit au poste ?

Pas de réponse. Elle gardait les yeux baissés. Elle était visiblement prête à assumer les conséquences de son acte. Je me suis dit qu'elle jouait les rebelles pour attirer l'attention de quelqu'un. Ce qui ne valait sans doute pas la peine d'avoir des ennuis avec la police.

L'agent s'est approché.

— Il y a un problème ?

— Tout va bien, ai-je dit en fourrant ma main dans le sac de Seven Stars.

J'ai emporté le petit paquet à la caisse pour le payer. Seven Stars est restée près de l'agent. Elle me suivait du regard. Je ne savais pas ce qu'elle pensait, mais je devais la sauver. Je suis revenu vers elle pour glisser le paquet de chewing-gums dans sa main.

Elle me l'a rendu aussitôt.

— Personne ne vous a demandé de l'acheter.

Je n'arrivais pas à savoir ce qu'elle voulait.

— C'est vrai, ai-je dit en glissant l'objet du délit dans ma poche.

Seven Stars m'a toisé avant de sortir de la boutique. J'ai voulu la suivre mais l'agent m'a rattrapé au coin de la rue.

— Vous êtes le frère de Keiko Ishida, n'est-ce pas ? Je ne sais pas quelles sont vos intentions, mais vous n'avez rien fait pour aider cette fille. Je l'observe depuis un moment et j'ai vu ce qu'elle a fait. Elle n'apprendra pas tant que nous ne la prendrons pas la main dans le sac.

— Je comprends. S'il vous plaît, passez l'éponge pour cette fois-ci. Je lui parlerai pour m'assurer qu'elle ne recommence pas. Elle est encore jeune.

— Puis-je savoir quelle est la nature de votre relation avec elle ? m'a-t-il demandé, le front plissé.

— C'est une de mes élèves, ai-je expliqué avant de m'incliner devant lui. Je m'excuse de sa part. S'il vous plaît, laissez-lui une deuxième chance.

— M. Ishida, inutile de vous excuser. Je suis désolé, mais je ne peux pas la laisser s'en tirer à si bon compte. Je dois relever son identité, au cas où elle recommencerait. J'espère que vous ne m'en tiendrez pas rigueur. Je ne fais que mon devoir.

L'agent est parti en courant après Seven Stars. Je les ai observés de loin pendant qu'ils discutaient. Elle a sorti quelque chose de son sac de cours, sans doute sa carte de lycéenne. L'agent a recopié les informations dans son calepin. J'ai attendu qu'il s'en aille pour la rejoindre.

— Ça va ? lui ai-je lancé.

Elle a croisé les bras sans mot dire.

Je devais trouver un moyen de la faire parler.

— Pourquoi aimes-tu autant les chewing-gums ?

— Qu'est-ce qu'il y a de mal à aimer ça ?

— Rien. Je n'ai rien contre les chewing-gums, c'est juste que je préfère le chocolat. Mon préféré, c'est le chocolat au lait Ritter Sport, avec des pétales de maïs. Tu n'en as sans doute jamais vu. On n'en trouve pas, dans le coin.

Elle m'a regardé droit dans les yeux.

— Je vous remercie de m'avoir aidée, mais vous n'avez pas le droit de me faire la morale.

— Très bien, je te laisse tranquille, ai-je dit en levant les mains. Évite quand même de tenter le diable. Ils ne te laisseront pas partir, la prochaine fois.

Elle m'a fixé en silence d'un air hésitant, comme si elle voulait me poser une question.

— Tu as quelque chose à me dire ?

Elle a pincé les lèvres avant de lancer :

— Vous avez le même nom de famille que notre ancienne prof d'anglais.

— Évidemment, ai-je répondu avec un sourire forcé. C'était ma sœur.

Son expression a un peu changé. J'ai attendu les condoléances habituelles, en vain. Au lieu de quoi, elle a tourné les talons pour s'en aller. J'ai rebroussé chemin jusqu'au *konbini* pour acheter le journal et deux plats préparés.

Un peu chamboulé par l'incident de la matinée, je suis parti de chez les Katou plus tôt que d'habitude. J'avais du temps à tuer, alors je suis allé prendre un café. À cinq minutes à pied de Yotsuba, l'établissement servait du café fort. J'ai commandé une tasse que j'ai sirotée doucement.

— Ren ? m'a lancé une douce voix.

En levant les yeux, j'ai vu qu'une femme se tenait devant moi. Dans un chemisier couleur pêche et une jupe blanche, elle ressemblait à une employée de bureau quelconque d'environ vingt-cinq ans.

— Je savais que c'était toi, a-t-elle ajouté tandis que son sourire s'épanouissait. Tu es seul ? Je peux m'asseoir ?

— Bien sûr, ai-je répondu en essayant furieusement de me rappeler qui elle était.

Elle portait un maquillage léger, juste ce qu'il fallait pour lui donner bonne mine. Une barrette noire au-dessus de son oreille droite écartait ses longs cheveux de son visage. Était-ce quelqu'un du travail ? Mais, ici, personne ne m'appelait Ren.

La femme a tiré une chaise vers elle.

— Tu es surpris de me voir là ?

— Un peu. Je peux t'offrir un verre ?

Elle a souri avant de se relever.

— T'embête pas. Je vais me commander quelque chose, nous discuterons ensuite.

Tandis qu'elle s'avançait vers le comptoir, j'ai passé en revue les différentes possibilités. Était-elle une ancienne camarade de classe ? Une cousine éloignée ? Non, j'étais certain de ne pas connaître cette femme. Pourtant, c'était peut-être quelqu'un d'important, quelqu'un dont il fallait que je me souvienne.

Elle est revenue à table avec un café frappé. Je ne l'avais toujours pas reconnue.

— Je suis venue là pour un séminaire d'intégration avec mon entreprise, m'a-t-elle expliqué en jouant avec sa paille – ses ongles, impeccablement limés, étaient vernis de beige. C'est un voyage de trois jours et deux nuits. Nous repartons demain.

— Qu'est-ce que vous avez fait, jusqu'à présent ? ai-je demandé en décidant de jouer le jeu.

— Les trucs habituels : shopping, visite des monuments, des temples, encore du shopping. Pour être honnête, je ne sais pas pourquoi nous avons choisi Akakawa au lieu d'une autre ville comme Nara ou Kyoto. Je pense vraiment que les petites villes ont leur charme, mais il n'opère pas nécessairement sur tout le monde.

J'ai hoché la tête.

— Il n'opère pas du tout sur moi, en tout cas. J'espérais un séjour aux sources chaudes, comme les années précédentes, a-t-elle poursuivi en remuant sa boisson avec sa paille avant d'en boire une gorgée. Et toi, Ren ? Qu'est-ce que tu fais ici ?

— Je travaille. Je donne des cours d'anglais dans un *juku*, pas loin d'ici.

— C'est chouette. Enfin, ce que je veux dire c'est que, la dernière fois que nous nous sommes parlé, tu ne savais pas du tout ce que tu allais faire après tes études.

— C'est vrai. C'était...

Elle a compté sur ses doigts.

— Il y a trois, quatre semaines ?

J'avais l'impression de m'être enfoncé dans un brouillard si épais que je ne voyais même plus la couleur de mes chaussures. Et, soudain, une bourrasque a soufflé, l'a dispersé, lorsque j'ai compris qui elle était.

En commençant par le grain de beauté sur sa nuque, les souvenirs de la nuit que nous avions passée ensemble ont refait surface. Je me suis même souvenu du parfum qu'elle portait. Un mélange rafraîchissant de clémentine et de fleurs de cerisier – le parfum du printemps collait à sa peau chaude. Je me suis souvenu de sa chute de reins, illuminée par le clair de lune, de ses gémissements sonores, sensuels, et de ses ongles parfaitement vernis qui se plantaient dans l'oreiller. Troublé, j'ai pris une gorgée de café.

— Tu trouves que j'ai été trop directe ? m'a-t-elle demandé. D'habitude, c'est l'homme qui prend l'initiative, mais c'est moi qui t'ai abordé, cette nuit-là.

— Ça n'a pas d'importance.

— Vraiment ?

— Vraiment.

Elle a remué de nouveau sa boisson fraîche.

— Ça va peut-être te sembler étrange, mais figure-toi que j'ai rêvé de toi, la semaine dernière. Je te jure que je ne faisais pas une fixation sur toi, ni rien. Sans raison, tu t'es glissé dans mon sommeil.

Je ne savais pas trop comment réagir, alors j'ai haussé les épaules en disant :

— Ça arrive, parfois.

— Quand je me suis réveillée, j'ai eu envie de te revoir. Une envie irrésistible de décrocher le téléphone et de t'appeler. Enfin, ça aurait été bizarre, non, si je l'avais fait ? Qu'est-ce que tu en penses ? En toute franchise ?

— Comme je te l'ai dit, ça n'a pas d'importance. Nous sommes dans les années 1990 – c'est devenu complètement normal qu'une femme fasse le premier pas.

— Tu préfères les femmes entreprenantes ?

Ça dépendait complètement de la situation, mais je ne voulais pas rentrer dans les détails.

— De toute façon, c'est hors sujet, a-t-elle repris. Même si j'avais décidé de t'appeler, je n'aurais pas pu. Tu ne m'avais pas laissé ton numéro.

Je me suis forcé à sourire.

— Vraiment ? Ça a dû m'échapper. J'avais pas mal bu, ce soir-là.

— Tu n'avais pas du tout l'air saoul.

— Je n'ai presque jamais l'air saoul, quoi que je boive. D'ailleurs, tu ne m'as pas donné ton numéro non plus.

— Si. Je l'ai écrit sur un bout de papier que j'ai glissé dans ta poche, a-t-elle rétorqué. Ne me dis pas que tu ne l'as pas trouvé. Qui s'occupe de ton linge ?

— Je m'en occupe moi-même, mais je ne vérifie jamais les poches avant de jeter les habits dans la machine.

— C'est dommage, a-t-elle soupiré en souriant. Quoi qu'il en soit, c'était cruel de ta part, de partir sans un mot. Si tu avais attendu que je me réveille, je t'aurais préparé un bon petit déjeuner.

— J'avais un rendez-vous de bonne heure, et tu dormais profondément. Cela aurait été un crime de te réveiller.

— Un crime ? Quelle jolie formule.

Nous avons ri ensemble. Elle savait que mon excuse était lamentable, mais elle appréciait suffisamment mes efforts pour jouer le jeu.

— Tu regrettes ? a-t-elle murmuré. C'est pour ça que tu es parti si discrètement ?

— Tu te trompes, ai-je répondu aussitôt pour ne pas la blesser. Ce n'est pas ça du tout. Tu avais l'air en paix, je ne voulais pas te réveiller. C'est tout.

Elle s'est penchée vers moi et m'a fixé un instant, comme si elle cherchait quelque chose sur mon visage. Je me suis raclé la gorge, les yeux dans le vague. Je ne voulais pas croiser son regard.

Elle a poussé un long soupir.

— Je ne sais pas pourquoi, j'ai l'impression que je peux te faire confiance. Tu as l'air sincère. J'imagine que ton côté beau gosse n'y est pas pour rien.

Ça m'a fait sourire. À ce moment-là, nous cherchions surtout à nous flatter mutuellement. Qu'est-ce qu'on pouvait attendre d'autre, de la part de quelqu'un avec qui on avait eu une aventure d'un soir ? Est-ce qu'on était censé devenir amis ? Continuer à s'envoyer en l'air de temps en temps ?

Elle s'est de nouveau penchée vers moi.

— Mon hôtel est au coin de la rue. Tu veux venir ?

J'en suis resté sans voix. Je m'y attendais, mais je ne pensais pas que cela viendrait si vite, ni de façon si directe.

— Laisse-moi deviner, a-t-elle repris, percevant mon hésitation. Tu es marié.

— Non, par contre, j'ai une petite amie.

— Ça ne me dérange pas. Moi aussi, j'ai un petit ami, même s'il est à l'étranger, la plupart du temps.

Ce n'était pas surprenant. Je n'avais jamais eu l'impression qu'elle cherchait une relation suivie.

— Nous sommes donc dans la même situation, non ? a-t-elle insisté en sortant un carnet de son sac.

Elle a arraché une page pour y griffonner quelque chose puis me l'a glissée dans la main en disant :

— Que les choses soient claires cette fois-ci. Voilà mon numéro. Ne le perds pas.

— Promis.

— Je blaguais, pour l'hôtel. Je partage ma chambre avec une collègue, mais tu peux passer à mon appartement quand tu veux. Mon petit ami ne rentre qu'une ou deux fois par an, pour moins d'une semaine, le plus souvent. La plupart du temps, je vis seule.

Je me suis retenu de lui demander si cet arrangement avec son petit ami était réciproque.

— Quand tu seras à Tokyo, passe-moi un coup de fil. On pourra se tenir compagnie.

— Et tu pourras me préparer un bon petit déjeuner.

— Exactement. Je fais un excellent *omuraisu*.

Mon cœur s'est serré un instant. Une des spécialités de ma sœur. J'ai toussoté.

— C'est tentant.

— Le sexe, ou le petit déj' ? m'a-t-elle lancé avec un sourire espiègle.

— Les deux.

— Marché conclu, alors.

Elle s'est levée puis s'est penchée pour prendre son sac. J'ai entraperçu son soutien-gorge de dentelle blanc dans son décolleté plongeant.

— J'adorerais discuter plus longtemps avec toi, mais je dois filer. J'attendrai ton appel.

Après son départ, je me suis rendu compte que je ne lui avais pas communiqué mon numéro. J'ai plié en deux le papier qu'elle m'avait donné et l'ai glissé dans ma poche. Devrais-je l'appeler ou pas ?

11

Tout ira bien

J'ai de nouveau rêvé de Couette-Couette.

Je me tenais au milieu d'une rue que je ne reconnaissais pas, une fine brume poissant ma peau. L'endroit semblait désert, sans âme qui vive. Des flaques jonchaient le sol. Il avait dû pleuvoir récemment.

De lentes et douces vagues se sont formées à la surface de l'eau. Les ridules se croisaient les unes les autres. Il recommençait à pleuvoir ; je devais trouver un abri.

Un bruit strident a résonné dans le ciel, déchirant le silence. J'ai vu une nuée d'oiseaux noirs, loin, au-dessus de moi – immobiles. Ils étaient figés, comme suspendus en l'air. Le temps s'était arrêté pour eux. Je me suis demandé s'ils voleraient de nouveau un jour ou s'ils resteraient là éternellement.

Les nuages gris au loin se sont rapprochés. Le ciel s'assombrissait, mais les oiseaux étaient immobiles comme des pierres.

— Ren, c'est toi ?

J'ai regardé autour de moi en reconnaissant la douce voix. Il n'y avait personne, mais je savais que c'était la femme au grain de beauté sur la nuque. Elle parlait comme si elle murmurait un chant secret.

— Hé, tu es seul ? Je peux m'asseoir ?

Sa voix venait de derrière moi. En me tournant, j'ai vu Couette-Couette. Alors que j'allais dire quelque chose, elle a posé son index sur sa bouche.

Pas maintenant, Ren, pas maintenant. Ce n'est pas le bon moment.

Le crépitement de la pluie sur la fenêtre m'a réveillé. Je voulais me rendormir, mais le bruit m'en a empêché. Les yeux grands ouverts, je me suis souvenu d'un paragraphe de l'article que la dame au kimono m'avait donné.

D'après l'enquête, l'agression aurait eu lieu vers 23 h 30, juste avant l'orage. À cause de la pluie battante et de la mauvaise visibilité, personne n'a remarqué la victime. L'autopsie a établi qu'elle était décédée à environ 1 h 00 du matin, des suites d'une hémorragie importante. Un joggeur a trouvé le corps de la victime à 5 h 40 et a prévenu la police.

Une heure et demie s'était écoulée entre l'agression et le moment où ma sœur avait succombé à ses blessures. Qu'avait-elle ressenti, couchée dans la rue, sous la pluie, au milieu de la nuit, plongeant lentement dans la mort ? À mesure qu'elle se vidait de son sang, la pluie nettoyait ses plaies. Elle qui avait toujours eu si peur de se noyer...

Je me suis levé pour jeter un coup d'œil à la pendule. Vingt-trois heures quinze. Je devrais avoir le temps.

J'ai enfilé un sweat et un jean avant de sortir de la maison. Le service des bus s'était déjà arrêté et il n'y avait presque pas de voitures dans la rue. J'ai trouvé mon rythme, courant le long de la route principale sous la pluie battante, passant devant des allées désertes et des champs vides. Il ne m'a pas fallu longtemps pour être trempé jusqu'aux os. Comme mes semelles étaient usées, j'ai dérapé, je suis tombé deux fois, mais je me suis relevé pour continuer à courir jusqu'à ce que j'atteigne la pente douce. Bien que la police ait enlevé le panneau jaune, je me souvenais de l'endroit précis. Il était gravé dans mon esprit et jamais je ne pourrais l'oublier, même si j'essayais de toutes mes forces.

Je me suis couché sur le sol, le souffle court. Malgré la pluie qui me martelait le visage, je suis resté immobile et j'ai fermé les yeux. Tout ce que j'entendais, c'était le bruit de l'averse.

Ma sœur devait savoir que personne ne la verrait, par ce temps. Elle devait savoir qu'elle allait mourir. À quoi pensait-elle, au cours de ces dernières minutes ? À M. Tsuda, ou au type avec qui elle était sortie à Akakawa ? À moi ?

Depuis que ma sœur avait quitté Tokyo, j'avais espéré son retour, sans jamais le lui dire. Avais-je été trop fier, ou trop indifférent ? Si je lui avais demandé de rentrer, serait-elle encore en vie ?

J'ai serré les poings. Inutile de me poser ce genre de questions maintenant – nulle réponse ne la ramènerait. Le jour où ma sœur était morte, une part de moi avait péri avec elle.

La pluie a redoublé d'intensité, et je suis resté là, perdant toute notion du temps. J'ai attendu qu'elle s'arrête avant d'ouvrir les yeux. Je me suis alors tourné vers la route. Les flaques brillaient, reflétant les lampadaires. C'était donc ça qu'elle avait vu avant de mourir. Après m'être relevé, je suis rentré en marchant d'un pas insupportablement lourd.

Il faisait encore nuit quand je suis arrivé à la maison. J'ai enlevé mes vêtements trempés puis j'ai attrapé une serviette dans la salle de bains pour essuyer l'eau qui avait dégouliné par terre avant de prendre une longue douche. Le temps que je me couche, il était déjà quatre heures du matin. Malgré la fatigue, je suis resté éveillé jusqu'au lever du soleil. J'avais besoin de sa chaleur. Sous ses rayons brillants, je me suis enfin endormi.

Je me suis réveillé vers neuf heures avec une migraine épouvantable.

Mon corps brûlait, mais je me suis forcé à me lever et me suis traîné jusqu'au *konbini* pour acheter le déjeuner. J'en ai profité pour prendre des médicaments, un thermomètre et un paquet de masques stériles. Puis, de la cabine téléphonique près de la boutique, j'ai appelé l'école pour prévenir que je ne pourrais pas assurer mes cours ce jour-là.

— Qu'est-ce qu'il se passe, M. Ishida ? m'a demandé Abe.

— Je me suis fait surprendre par la pluie, hier soir. C'est juste un rhume. J'ai des médicaments. Je devrais être de retour demain.

— Très bien. Si les médicaments ne suffisent pas, s'il vous plaît, allez voir un docteur.

Je l'ai remerciée puis j'ai raccroché. Muni d'un masque stérile, je suis retourné chez les Katou. Après avoir déposé mes achats dans la cuisine, j'ai pris ma température : 39 °C. Pas étonnant que je me sente si mal. Je n'avais pas d'appétit. Je n'ai mangé que la moitié de mon *tonkatsu* – du porc pané et frit – et j'ai jeté le reste. Après avoir gobé un comprimé avec un peu d'eau, je suis retourné dans ma chambre.

J'avais de la chance, d'habitude, avec les microbes. Je tombais rarement malade. Si mes souvenirs étaient bons, cela ne m'était arrivé qu'une seule fois. J'étais resté alité toute une semaine avec une forte fièvre, juste après le départ de ma sœur.

À l'époque, j'étais furieux. Je me sentais trahi, abandonné. Je ne m'étais pas attendu à ce qu'elle disparaisse sans un mot, alors j'étais sorti sous la pluie battante pour tomber malade. C'était tellement puéril. J'étais parti jouer au foot dans le champ près de mon collège, seul, sous l'orage. C'était un vrai tour de force, de courir sur l'herbe glissante et gorgée d'eau. Les mouvements du ballon devenaient imprévisibles et il glissait souvent plus loin sur le terrain que je ne le voulais.

Le lendemain, j'avais eu de la fièvre et une horrible migraine, comme je m'y attendais, pourtant ma sœur n'était pas revenue. Ma mère m'avait acheté du porridge et des médicaments, avant de partir à l'heure habituelle.

— Je suis désolée, j'ai promis à mes amies que je me joindrais à elles, m'avait-elle expliqué avant de noter un numéro de téléphone sur le calendrier. Si ta fièvre empire et que tu as besoin que je t'emmène à l'hôpital, appelle Mme Koyama et demande à me parler.

J'avais hoché la tête, en sachant très bien que je n'appellerais pas. Elle partait jouer au mah-jong, et il leur fallait quatre joueuses. Elles ne continueraient pas s'il leur manquait quelqu'un. Comme pour ma sœur et moi. Nous avions besoin l'un de l'autre – ou bien étais-je le seul à ressentir cela ?

Je me souviens être resté au lit avec cet horrible rhume, en me sentant abandonné. Quand j'y repense, j'ai un peu honte. Mais, des années plus tard, je me retrouvais exactement dans la même situation. Cette fois-ci aussi, j'avais l'impression qu'elle m'avait abandonné. Et, cette fois-ci non plus, elle ne reviendrait pas.

Keiko Ishida, pourquoi partais-tu toujours sans un mot ?

J'ai fermé les yeux et me suis endormi.

Je me tenais devant une villa blanche de style occidental lorsque la sonnerie a retenti et que la porte s'est ouverte. Des centaines d'hommes en costumes sombres ont jailli du bâtiment, portant chacun une mallette noire. La foule soudaine m'a surpris. J'ai essayé d'éviter l'assaut, mais je me suis retrouvé emporté de plus en plus loin de la villa.

Au beau milieu de la foule, j'ai reconnu un visage familier. Un homme chauve avec une mallette élimée – c'était le seul autre client de l'hôtel Katsuragi.

— Excusez-moi, ai-je crié.

Il a continué à marcher comme s'il ne m'entendait pas. Je l'ai suivi mais la foule qui nous entourait m'empêchait de couper vers lui. Alors que j'avais capitulé, me laissant prendre par le courant, j'ai senti un léger tiraillement sur ma manche. Couette-Couette se tenait près de moi, la main serrant ma manchette droite.

— Encore toi.

Elle a hoché la tête avant de me relâcher.

— Attends, ai-je dit en tentant de la retenir. Je dois te parler.

Mais la petite fille s'était déjà éloignée.

D'autres personnes m'ont poussé. J'avais l'impression d'être un saumon, pris dans une migration à contre-courant. Je n'avais pas d'autre choix que d'avancer avec la foule. J'ai soudain marché sur le pied de quelqu'un, perdu l'équilibre et je suis tombé à genoux. J'ai cru que j'allais me faire piétiner mais la foule a disparu autour de moi.

En me relevant, j'ai vu un cercueil blanc, entouré par des rangées de personnes endeuillées. Honda, le principal, Abe, Hiroko et d'autres professeurs de Yotsuba. Tous vêtus de noir. Non loin de moi, la dame au kimono était assise près de la femme de ménage, dont le chariot n'était nulle part en vue.

L'homme chauve est venu s'asseoir à côté de la femme de ménage. Il a ouvert sa mallette pour en sortir un mouchoir blanc.

— Je m'excuse d'être arrivé en retard, m'a-t-il dit en essuyant son visage en sueur. J'étais pris dans les bouchons.

J'ai hoché la tête.

La cérémonie funéraire a commencé. Un moine bouddhiste en robe noire s'est incliné devant le cercueil avant d'allumer l'encens. Avec des gestes mesurés, il a agité le bâtonnet incandescent dans l'air, disséminant une fragrance douce et musquée.

Le moine a lu les sutras avant de m'inviter à rendre un dernier hommage. Je me suis levé et me suis incliné. Prenant les granulés d'encens dans le bol, je les ai tenus devant mon front avant de les laisser tomber dans l'encensoir. Après cela, j'ai reculé d'un pas et me suis incliné une dernière fois. Couette-Couette est venue me prendre la main. Elle m'a tiré vers le cercueil, mais je suis resté sur place. Elle s'est tournée vers moi et m'a fixé, comme pour me dire : « Tu dois voir ça. »

J'ai obtempéré, même si je savais que c'était ma sœur, dans le cercueil. En me penchant, j'ai vu un visage endormi entouré de fleurs. Je me suis figé, le souffle coupé.

Ce n'était pas le visage de ma sœur. Mais le mien.

Je me suis réveillé en nage. Mon tee-shirt trempé de sueur me collait à la peau. Je l'ai enlevé puis je suis allé dans la salle de bains m'asperger le visage d'eau froide.

J'ai levé les yeux ; l'homme dans la glace a tendu sa main vers moi. Nos doigts se sont rencontrés sur la surface dure et brillante. Avec ma propre voix, j'ai entendu ma sœur dire :

— Ça va aller, Ren. Tout ira bien.

J'ai fermé les yeux, redevenant mon moi de treize ans, tapi dans le salon en pyjama, serrant fort le téléphone.

— J'ai entendu dire que tu étais malade, a dit ma sœur. Tout va bien ? Tu es allé chez le docteur ?

J'ai boudé.

— Pourquoi est-ce que tu ne rentres pas pour le voir de tes yeux ? Je te le dis, je vais mourir.

— Arrête. Ça porte malheur de parler de la mort. Tu sais, je voudrais te voir aussi, mais je ne peux pas, pour le moment. Je dois d'abord trouver un travail et faire des économies.

— Raison de plus pour rentrer.

Elle s'est forcée à rire. S'en est suivi un silence gêné.

— Là où tu vis maintenant, c'est vraiment mieux ? ai-je demandé.

— Je ne sais pas, a-t-elle répondu, un peu hésitante. Seul le temps le dira.

— Tu n'aurais pas dû partir. Nous étions bien, ici.

— Ne t'inquiète pas, Ren. Je vais bien et je sais que tout ira bien pour toi aussi. Tu dois me faire confiance.

Je n'en croyais pas mes oreilles.

— Il aurait mieux valu pour toi que tu restes ici.

— Tu le penses vraiment ?

Je n'ai pas répondu.

— Hé, Ren, a-t-elle repris dans un murmure. Je t'appellerai toutes les semaines, je te le promets. Comme ça, tu ne te sentiras pas seul.

— Qui a dit que je me sentais seul ?

Alors que je doutais qu'elle tienne promesse, elle m'a bel et bien appelé toutes les semaines jusqu'à sa mort.

Keiko Ishida, tu étais une sacrée menteuse. Il aurait mieux valu pour toi que tu restes à Tokyo. Et tu m'avais dit que tout irait bien pour nous deux.

J'ai essuyé mon visage et séché mon corps avec la serviette humide, puis j'ai enfilé un tee-shirt propre. Je savais que je devais me rendormir, mais j'avais peur de retomber dans un cauchemar.

Assis au bureau, j'ai sorti l'un des cahiers de ma sœur et je l'ai ouvert à une page vierge. J'ai tracé des lignes horizontales, partant de la gauche jusqu'à la droite, encore et encore jusqu'à ce qu'il n'y ait plus de place. J'ai arraché la page avant de recommencer sur la suivante. C'est ma sœur qui m'avait appris ce truc.

Ce jour-là, j'avais eu un petit souci à l'école. Quoi exactement, je ne sais plus. Mon professeur avait appelé ma sœur, si bien qu'elle était venue m'en parler dans ma chambre.

— Dès que tu te sens triste et contrarié, ne garde pas ça en toi. Tu dois t'en débarrasser en écrivant.

— Je ne suis pas doué, pour les mots.

— Dans ce cas, dessine.

Je l'avais regardée d'un air incrédule.

— Tu sais bien que je ne sais pas dessiner non plus.

— Trace juste une ligne. Une ligne droite. C'est dans tes cordes, non ?

— Et en quoi est-ce que ça me remontera le moral ?

— Je n'ai jamais dit que ça te remonterait le moral. Mais tu te sentiras vraiment mieux après avoir relâché la pression. C'est une forme d'expression personnelle.

Ma sœur m'avait donné une feuille blanche et un stylo. J'avais tracé quelques lignes, sans conviction.

— Franchement ? Je ne me sens pas mieux du tout, avais-je protesté.

Elle ne semblait pas m'entendre. Tout en regardant par la fenêtre, elle m'avait dit :

— Souviens-toi d'une chose, Ren. La tristesse seule ne peut faire de mal à personne. C'est ce que tu fais quand tu es triste qui peut te blesser et blesser ton entourage.

Aujourd'hui encore, ses paroles restent gravées dans mon esprit.

12

Ce qu'elle n'a pas pu dire

— Abe m'a averti que tu avais été malade, hier, a déclaré Honda. Je t'avais dit de prendre soin de ta santé, non ?

— Arrête de me réprimander, ai-je ri. Ça va déjà mieux.

Ni lui ni moi n'avions envie de sortir, si bien qu'on a décidé de manger de nouveau des nouilles instantanées pour le dîner. J'ai versé de l'eau chaude dans les bols et attendu que les trois minutes s'écoulent.

Me rappelant mon rêve, j'ai interrogé Honda :

— Ça t'est déjà arrivé de rêver plusieurs fois de la même personne ?

— Oui, d'une de mes instits de primaire. Elle était si sévère qu'elle me donnait des cauchemars.

— Ce n'est pas ce que je voulais dire, ai-je répondu en cherchant une meilleure formulation. Je parlais d'un ou d'une totale inconnue.

Il a réfléchi un instant.

— Je ne crois pas. Même si j'ai rêvé une fois que je rencontrais une inconnue inoubliable.

— Raconte-moi.

— En fait, dans mon rêve, j'avais fait sa connaissance dans un parc, et on s'entendait très bien. Bizarrement, je savais que j'étais en train de rêver, mais bon, comme je l'aimais bien, je me disais que je pourrais peut-être la retrouver dans la vie réelle. Du coup, je lui avais demandé son nom en lui promettant de la rechercher à mon réveil.

Intriguant.

— Et alors, tu as réussi à la retrouver ?

— C'est là tout le problème, a-t-il soupiré. Je n'ai jamais réussi à me souvenir de son nom. Je sais que ça commence par un M, c'est tout.

— Maria, Mariko, Mai, Maki, Manna, Mina, Mika, Michi...

— Te fatigue pas, Ishida, m'a-t-il interrompu dans un éclat de rire rauque. Je ne m'en souviendrai pas.

— Et tu as une petite amie, maintenant ?

Il a secoué la tête.

— Je ne vois personne. Je n'ai eu qu'une seule petite amie, et son nom ne commençait pas par un *M*.

— Vraiment ? Qu'une seule ?

Ça me semblait impossible, pour quelqu'un de son âge.

— J'ai plusieurs bonnes copines, sauf que je ne les ai jamais considérées comme des petites amies potentielles. Il n'y a eu qu'une femme, dans ma vie. Je l'ai rencontrée il y a quelques années, et j'étais convaincu que c'était la bonne. Mais ça n'a pas marché.

Il semblait si solennel que je n'ai pas insisté.

— Et toi ? m'a-t-il lancé. Tu as rencontré la femme idéale, dans ton rêve ?

— Je n'ai pas eu cette chance. C'est une petite fille de cinq ans, avec des couettes.

— Bizarre. Tu l'as peut-être déjà vue quelque part, sans t'en souvenir ? a-t-il suggéré avant de jeter un œil aux ramen. Mangeons avant que ce soit trop cuit.

— OK.

Tout en aspirant mes nouilles, j'ai retenu plusieurs possibilités.

Ébranlé par mon deuil, j'avais peut-être juste inventé Couette-Couette. Cela dit, Honda avait eu une bonne idée et, plus j'y pensais, plus la théorie de l'invention me semblait improbable. Pourquoi quelqu'un sorti tout droit de mon imagination envahirait sans cesse mes rêves ?

Une autre possibilité : cette fillette était ma sœur, que je n'avais pas connue à cet âge. Couette-Couette était apparue après sa mort. Si elle connaissait son assassin, et si elle avait le pouvoir de le faire, elle pourrait peut-être me révéler le nom du coupable. Cependant, pour une raison qui m'échappait, j'étais certain que Couette-Couette ne pouvait pas être ma sœur. Elles avaient toutes les deux les mêmes yeux qui pétillaient d'intelligence. Mais, contrairement à ma sœur, Couette-Couette ne souriait pas beaucoup.

Une autre hypothèse m'est venue en tête. Et si Couette-Couette avait quelque chose à voir avec les Katou et leur fille décédée ? Les rêves avaient commencé après mon emménagement dans la maison de l'homme politique. J'ignorais comment était morte leur enfant. Et si elle cherchait à leur transmettre un message ? Là encore, pourquoi me choisir ? Pourquoi ne pas plutôt aller trouver ses parents ? Plus je cherchais une réponse, plus les questions me submergeaient.

— Tu crois à la réincarnation ? m'a demandé Honda.

— Pas vraiment. Et toi ?

— Je ne suis pas très croyant, pourtant, oui, j'y crois. C'est une explication convaincante de ce qui nous arrive. Par exemple, pourquoi certaines personnes ont-elles particulièrement de la chance ? Peut-être parce qu'elles se sont montrées charitables au cours d'une vie antérieure.

— Dans ce cas, t'as sans doute largué des tas de petites amies dans ta vie précédente.

Ça l'a fait rire.

— Peut-être. Enfin, c'est réconfortant de pouvoir penser que, dans ma prochaine vie, je pourrais peut-être vivre avec cette fille.

— Celle de ton rêve, ou ton ex-petite amie ?

— Mon ex. Comme ça, mon histoire finirait bien.

J'ai hoché la tête.

Si la réincarnation existait, quel genre de vie allait avoir ma sœur, désormais ? Elle avait toujours été prévenante et gentille. Elle recevrait peut-être quelque chose de mieux. Elle serait choyée par des parents qui l'adoreraient. Connaissant son penchant pour le jazz, elle prendrait des cours de piano. Elle en avait toujours rêvé. Ensuite, elle pourrait jouer le soir dans les salons d'un hôtel, où elle rencontrerait un homme au sourire doux. Ils sortiraient ensemble pendant quelques années, se marieraient, puis auraient trois enfants. Elle vivrait une longue vie épanouissante, avant de mourir de vieillesse, entourée par sa famille aimante.

Effectivement, quand l'histoire finit bien, ça réconforte.

J'avais vu le livre plusieurs fois dans la bibliothèque, sans jamais le choisir. Pourtant, ce jour-là, j'ai décidé de lire un passage d'un recueil de contes de fées de Hans Christian Andersen. J'avais besoin d'une histoire qui finisse bien.

— J'espère que les livres pour enfants ne vous ennuient pas, ai-je dit à Mme Katou.

Comme toujours, elle est restée muette.

La douce brise faisait ondoyer son chemisier fin. Le bout de ses doigts dépassait de ses longues manches. Je me suis assis près d'elle avant d'ouvrir le livre à la page du sommaire. Après un moment de délibération, j'ai choisi *La Petite Sirène.*

Une jeune sirène renonçait à sa vie dans la mer pour gagner l'amour d'un humain. Mais, quand je suis arrivé aux derniers paragraphes, je me suis souvenu que, dans la version d'Andersen, la petite sirène se transforme en écume à la fin.

J'ai refermé le livre. Pas d'histoire qui finit bien, tout compte fait.

Un autre courant d'air a traversé la chambre. Comme il commençait à faire frais, j'ai fermé la fenêtre. Après avoir entendu Mme Katou tousser, j'ai pris le verre d'eau placé sur la table de nuit pour le glisser entre ses mains inertes. Quand elle l'a porté à ses lèvres, ses manches ont glissé vers ses coudes, révélant les veines bleues sous sa peau pâle et des cicatrices sur son poignet gauche. Certaines, anciennes, à peine visibles, s'effaçaient peu à peu, d'autres étaient récentes.

Une boule m'a noué la gorge. Comment avais-je pu ne rien remarquer pendant si longtemps ? Elle portait toujours des manches longues, par tous les temps.

Quinze ans plus tôt, l'une des camarades de classe de ma sœur s'était suicidée. Elle avait avalé un flacon de somnifères avant de se trancher les veines avec un couteau de cuisine, dans une baignoire remplie d'eau. Quand sa famille l'avait découverte, elle était déjà morte, et l'eau du bain écarlate. L'affaire avait été relayée par la presse nationale. Ma sœur m'avait dit que l'école était en ébullition.

Je connaissais cette fille. C'était une amie de ma sœur qui était venue deux fois à la maison. Je savais qu'elle était bonne à l'école et en sport. Tout allait bien pour elle, sauf que son petit ami l'avait quittée pour une autre.

— Elle a dû beaucoup souffrir, m'avait dit ma sœur.

— Sans doute. On doit couper profondément pour mourir d'une hémorragie, et c'est une mort lente. Il faut un sacré de courage pour se suicider de cette façon.

À sa place, j'aurais préféré sauter du haut d'un immeuble. Enfin, ce n'est pas comme si j'envisageais de le faire un jour.

— Je ne parlais pas de ça. Mais de sa souffrance intérieure, m'avait-elle expliqué en faisant craquer ses phalanges. Le problème, avec la douleur émotionnelle, c'est qu'on ne voit pas la blessure. Pourtant, elle est là. Bien réelle.

Son ton sérieux m'avait rendu mal à l'aise.

— Hé, tu as l'air déprimée.

Ignorant ma remarque, elle avait poursuivi :

— Elle voulait sans doute exprimer sa douleur. C'était sa tentative de communiquer ses sentiments. Elle avait besoin d'aide, sauf que personne ne l'a remarqué avant qu'il soit trop tard.

— Toi aussi, tu as l'air d'avoir besoin d'aide.

— Tais-toi, avait-elle répondu en me donnant un coup de coude dans l'épaule.

À mon grand soulagement, ma sœur était redevenue elle-même. À l'époque, je ne comprenais pas vraiment ce qu'elle m'avait dit ni comment elle pouvait si bien comprendre cette fille.

J'ai pris le verre des mains de Mme Katou pour le remettre sur la table de chevet. La laissant seule, je suis retourné dans ma chambre. Je me suis assis sur le lit pour essayer de chasser mon malaise, en vain.

Même au travail, l'image du poignet de Mme Katou m'obsédait. Sa peau était si fine, presque translucide. Et ces cicatrices… À quoi pensait-elle ? Quelle que soit la raison qui les avait provoquées… était-ce aussi pour cela qu'elle refusait de parler ?

Vu le passé et la profession de M. Katou, il cachait sans doute l'état de son épouse pour sauver les apparences. Sa femme restait donc cloîtrée chez elle au lieu de recevoir une aide médicale. Cette idée me faisait de la peine. Était-elle moins importante que sa carrière ? J'espérais que quelqu'un verrait sa douleur, avant qu'elle ne la submerge.

La sonnerie a retenti, je me suis levé. Le premier cours de la journée venait de prendre fin.

— C'est tout pour aujourd'hui, ai-je annoncé avant de réciter le laïus habituel de fin de cours. Merci de déposer vos copies ici et assurez-vous de n'avoir rien laissé en classe. On se voit au prochain cours, et n'oubliez pas de travailler.

Les étudiants ont ramassé sagement leurs affaires, pris leurs sacs et se sont dirigés vers moi pour empiler leurs copies sur le bureau. Quelques-uns m'ont salué d'un signe de tête en sortant. À la fin, il n'est resté qu'une seule élève. Seven Stars s'est approchée de moi avant de flanquer sa copie en haut de la pile.

— Mon père voudrait vous inviter chez nous ce week-end, m'a-t-elle annoncé d'un ton désinvolte.

— Ton père ? ai-je demandé, surpris. Mais pourquoi ?

— Comment le saurais-je ? a-t-elle répondu dans un haussement d'épaules.

Je l'ai regardée, et elle a plissé les yeux d'un air rebelle. Elle m'avait lancé un défi.

— Je suis libre dimanche matin, ai-je déclaré. Quelle est ton adresse ?

Elle a écarquillé les yeux, à croire qu'elle ne s'attendait pas à ce que j'accepte si facilement. Pourtant, il ne lui a fallu qu'une fraction de seconde pour retrouver sa contenance habituelle.

— Vous savez où c'est, a-t-elle lâché. Vous passez devant notre maison tous les matins pendant votre jogging.

Je me suis forcé à sourire.

— Donc, tu m'as vu. Cela dit, je fais un trajet assez long, tu vas devoir être un peu plus précise.

— C'est l'une des maisons à étage de l'autre côté de la vallée. La nôtre est au numéro vingt-trois.

13

Jours de bulles

Ce dimanche-là, j'ai fait un effort vestimentaire particulier : pull beige, chemise blanche, pantalon en toile, mocassins en cuir marron. J'avais informé M. Katou que je ne pourrais pas acheter le déjeuner de sa femme à cause d'un rendez-vous matinal. Il n'avait rien dit, se contentant de hocher la tête.

Je suis sorti de la maison puis j'ai emprunté mon circuit de jogging habituel. Quand je me suis approché de la vallée, au lieu de descendre la côte, j'ai tourné pour m'engager dans le quartier résidentiel. Murs blancs, hautes fenêtres, garage et jardin soigné. Sans les plaques dorées portant les numéros des maisons, il aurait été difficile de les différencier.

Après avoir repéré le numéro vingt-trois, j'ai appuyé sur la sonnette et attendu. La porte s'est ouverte sur un homme à lunettes. Il devait avoir cinquante-cinq ans. C'était sans doute le père de Seven Stars mais, avec ses traits doux et ses yeux très écartés, il ne lui ressemblait pas du tout.

Nous nous sommes regardés. Sans mot dire. L'espace d'un instant, j'ai cru le voir écarquiller les yeux lorsqu'il m'a dévisagé. J'ai continué à le fixer, incapable de bouger, puis j'ai baissé la tête. Ce devait être mon imagination.

— Vous devez être M. Ishida, a-t-il finalement déclaré en m'offrant un sourire affable. Je suis Nakajima, le père de Rio. Merci d'être venu.

— Ravi de vous rencontrer.

— Entrez et mettez-vous à l'aise.

J'ai enlevé mes mocassins pour le suivre. Si l'endroit n'était pas très grand, il était chaleureux. Il n'y avait pas trop de meubles, mais la décoration était plaisante. Une haute étagère en bois séparait le salon de l'entrée, de l'escalier et de la porte menant à la cuisine.

— Asseyez-vous, M. Ishida.

J'ai obéi, cherchant Seven Stars du regard. Elle n'était nulle part en vue. Je me suis assis confortablement et j'ai attendu que M. Nakajima prenne la parole.

Il a secoué la tête avant de soupirer.

— J'ai entendu ce qui s'était passé au *konbini*. L'un des agents de police de la ville est un ami, et il a vu le nom de Rio dans la liste des comptes rendus de la journée. Au début, je n'y ai pas cru. Comment ma fille pourrait-elle voler quoi que ce soit ? Elle n'a que dix-sept ans et je lui donne assez d'argent de poche. Mais quand je l'ai interrogée, elle n'a pas nié.

Voilà donc la raison de cette invitation.

— Ils l'ont laissée partir avec un simple avertissement, puisqu'ils n'ont pas pu la prendre sur le fait. Heureusement, l'un des hauts gradés est un ami de la famille et il a réussi à convaincre son collègue de ne rien inscrire au casier de Rio. Sinon…

Il s'est incliné devant moi avant de reprendre :

— Merci d'avoir aidé ma fille. Je suis votre obligé.

— Ce n'est rien, lui ai-je assuré, mal à l'aise. Comme je suis son professeur, c'était bien normal.

— C'est mon échec de père. Rio est ma fille unique, et je l'ai trop gâtée. À partir de maintenant, je serai plus strict.

J'ai gardé mon opinion pour moi. Sachant à quel point cette fille pouvait être têtue, un simple sermon de ses parents ne suffirait pas à la maintenir dans le droit chemin.

— Vous avez pris un petit déjeuner, M. Ishida ? m'a interrogé M. Nakajima.

— Je mangerai plus tard.

— Et si vous me permettiez de vous faire quelques sandwiches ?

J'ai hésité.

— Je vous en prie, inutile de vous embêter.

— Ce n'est rien du tout. Il faut que j'en prépare pour Rio et moi, de toute façon. Vous préférez poulet ou thon ?

Il semblait si déterminé que j'ai cédé.

— Les deux me vont.

— J'en ferai un de chaque, dans ce cas. Et comme boisson ? Café ? Thé ?

— Café, s'il vous plaît. Sans sucre.

— C'est noté.

Il est parti dans la cuisine, me laissant seul. Sans rien d'autre à faire, j'ai regardé autour de moi, sans but. Des photographies recouvraient l'un des murs. J'en ai compté vingt-cinq au total. Imprimées en format 20 × 30 et encadrées de bois noir, des photos de femmes, pour la plupart. Quelques-unes montraient de la nourriture, des accessoires de mode et des gadgets électroniques. M. Nakajima devait donc être photographe, pourtant rien chez lui ne suggérait la moindre fibre artistique.

J'ai entendu des claquements de vaisselle suivis du bruit d'un moulin à café. M. Nakajima est revenu en portant sur un plateau des sandwiches et deux tasses.

— Long et noir, a-t-il déclaré en posant un café devant moi.

Je l'ai remercié avant de prendre une grande gorgée. La saveur était riche. C'était un plaisir de boire un arabica fraîchement moulu après des semaines de jus de chaussette soluble. Il a pris le premier sandwich, et je l'ai imité. Il les avait découpés en bouchées de tailles égales, tenues par des cure-dents.

— Vous êtes photographe ?

Il a souri.

— Qu'est-ce qui vous fait penser ça ? Ces tirages ?

— Mmm.

— Vous faites erreur, M. Ishida. Ce sont des photos de ma femme.

Je voulais lui demander laquelle était son épouse, parmi toutes ces femmes, mais je ne voulais pas me montrer grossier, alors je n'ai rien dit.

— Elle se trouve sur tous ces clichés, d'une façon ou d'une autre, m'a-t-il expliqué. Ma femme est « mannequin main ».

— Mannequin main ?

Même si je n'avais jamais entendu ça, l'image de Seven Stars m'est revenue en tête, quand elle tenait une cigarette entre ses jolis doigts longs, le regard perdu dans la pluie.

— Oui, comme une doublure, mais juste pour les mains.

Il m'a fait un résumé des plus grandes réussites de sa carrière. Elle avait fait la couverture de tel ou tel magazine, ses mains remplaçant celles de mannequins ou d'actrices très en vue. Si j'avais entendu parler de quelques-unes d'entre elles, la plupart m'étaient inconnues. Je n'avais jamais été sensible à la culture de la notoriété.

— Votre femme a un travail intéressant, ai-je déclaré à la fin de son explication. Comment est-elle entrée dans ce métier ? Est-ce qu'elle était déjà mannequin ?

— Non, c'était une femme au foyer ordinaire. Un agent l'a repérée au supermarché et l'a convaincue d'essayer, m'a-t-il expliqué. Au début, elle s'est lancée juste pour s'amuser. C'était un passe-temps agréable, une activité rien qu'à elle. Puis elle a décroché un contrat pour une campagne nationale de savon pour les mains, et sa popularité a explosé. Vous connaissez les entreprises Matsuyama ?

— Le savon au lait ?

— Oui, celui-là. Elle a été très sollicitée, ensuite, et a commencé à gagner plus que moi. J'étais vendeur mais cela ne me convenait pas vraiment. Quand son revenu a atteint le double du mien, elle a suggéré que nous inversions les rôles. Elle prenait plaisir à travailler ainsi et ne pouvait plus risquer de s'abîmer les mains en faisant les tâches ménagères alors que, moi, j'étais plus que satisfait de les accomplir.

— Un arrangement parfait, en somme.

— En effet. Je suis du genre casanier, et je suis le meilleur cuisinier de la famille. Même si la plupart des gens trouvent cette organisation inhabituelle, j'ai appris à ne pas me soucier de ce qu'ils pensent. On ne peut pas plaire à tout le monde.

— L'important, c'est que vous soyez heureux tous les deux.

Il a confirmé d'un hochement de tête pensif.

J'ai pris une autre gorgée de café.

— Votre fille est là ?

— Oui, dans sa chambre. Je lui ai demandé de ne pas venir tout de suite car je voulais d'abord vous parler en privé.

— Est-ce que je peux faire autre chose pour vous ?

Il s'est raclé la gorge avant de répondre :

— En fait, je voulais savoir si tout se passait bien, pour ma fille.

— Oui, ses notes sont au-dessus de la moyenne. Elle devrait pouvoir entrer dans une bonne université.

— Je ne m'inquiète pas pour ses résultats académiques, a-t-il expliqué en détournant le regard. Je voudrais plutôt savoir si elle s'entend bien avec les autres. Elle ne parle jamais de l'école, et je ne vois jamais aucun de ses amis. Une fille de son âge devrait sortir beaucoup, non ? Faire des soirées pyjamas, ce genre de choses...

Je ne savais pas trop comment répondre, du coup j'ai fixé mon café.

— Je me fais peut-être des idées, a-t-il ajouté.

Je devais changer de sujet.

— Est-ce que votre fille ressemble à votre femme ?

Ma question l'a fait sourire, et il a retrouvé son air sûr de lui.

— Vous vous interrogez parce que Rio et moi, nous ne nous ressemblons pas.

Eh bien, je ne pouvais pas le nier.

— La beauté, c'est du côté de ma femme, en effet. Et ma fille tient d'elle. Quelques agences de mannequins ont voulu la recruter, mais ça ne l'intéresse pas. C'est dommage. Elle a du potentiel.

— Vous voulez qu'elle suive les traces de sa mère ?

— Cela l'aiderait peut-être à s'ouvrir aux autres. C'est une gentille fille, mais elle vit dans son monde. Elle ne laisse personne s'approcher d'elle. Je m'inquiète de ce qui pourrait lui arriver à l'avenir.

— Elle préfère peut-être la solitude.

— Peut-être, oui... En fait, Rio s'est essayée une fois au mannequinat. Un de mes amis, un bijoutier, lui a demandé de poser pour le catalogue de sa boutique. Pour être honnête, j'ai été étonné qu'elle accepte. Dommage que les photos ne soient pas prêtes, je vous les aurais montrées avec plaisir.

Je me suis souvenu de ce que Maeda m'avait dit : elle avait vu Seven Stars sortir d'une bijouterie avec un homme plus âgé. Ce qui avait lancé les rumeurs concernant les relations monnayées de Seven Stars avec des hommes mûrs, sans doute renforcées par le fait qu'elle séchait souvent les cours.

— Est-ce que je vous ressers un café, M. Ishida ?

— Non, merci.

— Dans ce cas, je vais débarrasser la table et dire à Rio de venir vous saluer.

M. Nakajima s'est levé puis a emporté le plateau, disparaissant derrière l'étagère en bois. Je l'ai entendu appeler sa fille. Seven Stars est apparue vêtue d'un haut large en crochet et d'un short. Elle avait ramené ses cheveux en un chignon haut.

— Vous êtes là, a-t-elle dit avant de jeter un coup d'œil derrière l'étagère pour voir si son père était dans le coin. Venez avec moi.

Je me suis levé à contrecœur pour la suivre. La salle à manger se trouvait derrière l'étagère. À travers la porte vitrée qui la séparait de la cuisine, je voyais M. Nakajima faire la vaisselle.

— Arrêtez de rêvasser, m'a chuchoté Seven Stars.

Elle m'a fait monter l'escalier, a ouvert une porte et m'a attiré dans sa chambre. À mon grand étonnement, elle ressemblait à une chambre de fillette, avec ses murs rose pastel. Le lit une place était recouvert de peluches, le bureau disparaissait sous des piles de livres et des tas de figurines d'animaux, et l'armoire blanche arborait un miroir en pied. Elle avait décoré ses meubles avec des autocollants à paillettes.

— Vous comptez rester planté là longtemps ? m'a-t-elle lancé, assise sur le lit.

— Tu ne devrais pas faire entrer des hommes dans ta chambre. Les gens vont se faire des idées.

Je suis tout de même resté dans la pièce, en laissant la porte ouverte.

— Ne vous inquiétez pas, les vieux, ça ne compte pas, a-t-elle gloussé.

— L'âge ne veut rien dire. Où est ta mère ?

— Elle ne va pas rentrer avant longtemps. Elle s'est enfuie de la maison il y a quelques semaines. Elle nous a abandonnés, mon père et moi.

J'ai été impressionné par sa capacité à sortir une blague si brutale d'un air si sérieux. J'ai tiré vers moi le fauteuil pivotant – le seul siège disponible dans la chambre – et je me suis assis face au bureau.

Il était à côté de la fenêtre. Malgré la vitre ouverte, une faible odeur de tabac flottait encore dans l'air. Je l'imaginais, debout près du carreau, portant d'un geste alangui sa cigarette à ses lèvres. La fumée blanche dansait autour d'elle avant de disparaître dans le vent.

Le coude posé sur le bureau, j'ai regardé dehors. Je voyais nettement la rue. La fenêtre donnait pile sur l'endroit où ma sœur avait été assassinée. J'ai repensé à la nuit où je m'étais couché sur le bord de la route, sous la pluie battante. Elle aurait pu me voir, mais j'en doutais. Il était tard et le temps était abominable.

— Vous voulez voir quelque chose d'intéressant ? m'a demandé Seven Stars.

Elle a tiré un tiroir sous son lit. Je m'en suis approché pour mieux voir. À l'intérieur, il y avait des centaines de paquets de chewing-gums de toutes les marques, tous intacts.

— Tu es folle. Tu as volé tout ça ?

Elle a hoché la tête, impassible.

Je n'arrivais pas à deviner ses pensées. Est-ce qu'elle était fière de son exploit ?

— Regardez bien, M. Ishida. Certains ne sont même pas disponibles au Japon, m'a-t-elle expliqué avant de piocher un paquet qui était pourvu d'un distributeur jaune circulaire en forme de tête. J'ai eu celui-là à Copenhague.

— Tu dois vraiment adorer les chewing-gums. À moins que tu n'aies un petit grain.

— C'est peut-être les deux.

— C'est peut-être les deux, ai-je répété. C'est dingue, cette quantité. Pourras-tu seulement les terminer avant qu'ils ne soient plus bons ?

— Je n'en ai jamais ouvert aucun. J'imagine que certains sont déjà périmés.

Elle a plongé sa main droite dans le tiroir pour les brasser.

— J'ai commencé cette collection à douze ans, c'est le fruit de six années d'efforts.

— Pourquoi fais-tu ça ? Tu aimes collectionner les chewing-gums ?

— Pas particulièrement.

— Cleptomanie ?

— Peut-être, a-t-elle soupiré avec nonchalance. Ou bien c'est de la curiosité. Je ne sais pas.

Ce serait un niveau de curiosité mauvais pour la santé.

— Pourquoi des chewing-gums ?

— Pourquoi pas ? On en trouve partout, c'est petit, une des choses les plus faciles à piquer. La première fois que j'ai volé, a-t-elle repris en faisant tourner un paquet de chewing-gums entre ses doigts, c'était dans un *konbini* près de mon collège.

— C'est comme ça avec les crimes en série, le premier est souvent accompli sur un coup de tête.

— C'est vrai. Où avez-vous appris ça ?

— À la télé.

— Mmm, a-t-elle marmonné en me regardant droit dans les yeux. Eh bien, la première fois que je l'ai fait, j'ai trouvé ça génial, alors j'ai fini par recommencer. Et la deuxième fois, j'ai trouvé ça chouette aussi. Moins que la première, mais c'était quand même une sensation agréable. Une chose en entraînant une autre, c'est devenu une habitude. Maintenant, je suis une voleuse de chewing-gums en série.

— Tu es tordue.

— Et vous, M. Ishida ? Vous avez déjà ressenti un besoin irrésistible de voler quelque chose ?

— Non.

— Vous n'avez jamais rien volé de votre vie ? Pas même une fois ?

Elle a laissé retomber le paquet de chewing-gums dans le tiroir.

— Ne mentez pas. Il doit bien y avoir au moins une occasion. Vous avez peut-être volé la petite amie de quelqu'un, par exemple ? Ou vous avez pris le stylo d'un autre prof. Ça compte, vous savez.

J'y ai réfléchi un instant. J'avais beaucoup de défauts mais, voler, c'était contre mes principes. Puis je me suis souvenu que, si, j'avais bel et bien volé quelque chose, un jour, à mon insu.

— OK. Ça m'est arrivé une fois.

Elle a souri.

— Ah, voilà qui m'intéresse. Qu'est-ce que vous avez volé ?

— Une voiture.

Son regard s'est illuminé.

— Vous rigolez ? Une vraie ?

Je ne plaisantais pas, même si j'aurais préféré.

— Oui, une vraie. Une Toyota Celica. Un coupé jaune.

— C'est voyant. J'imagine que vous n'avez pas fini en prison ?

— Mon amie et moi, nous l'avions prise pour aller faire un tour. Nous l'avons remise où elle était garée. Le propriétaire ne s'est jamais rendu compte qu'elle avait disparu un moment.

Son excitation s'est évaporée.

— C'est un emprunt, pas un vol.

— Non, c'est quand même un vol, ai-je insisté. Quand on emprunte quelque chose, on demande d'abord la permission du propriétaire. Mon amie et moi, on n'avait pas la permission.

— Le propriétaire n'a rien perdu. La voiture a été rendue, non ?

— Ça n'en est pas moins un crime. Que la voiture ait été rendue ou non, ce n'est pas le problème.

— D'accord, d'accord. Disons que ça compte comme un vol. C'était il y a longtemps ?

— J'avais dix-sept ans.

— Je n'arrive pas à croire que vous étiez un meilleur voleur que moi quand vous aviez mon âge. Franchement, voler une voiture ! J'imagine que je reçois des leçons d'un professionnel !

J'ai ignoré ses sarcasmes.

— Vous aimez donc les voitures de sport, M. Ishida ?

— Comme la plupart des gens, non ?

— Pas moi, a-t-elle répondu après avoir haussé les épaules. Elles me rendent malade. Toutes les voitures, pas seulement les voitures de sport.

— Tu as le mal des transports ? Tu ne peux pas monter en voiture ?

— Si, si je le veux vraiment, mais j'essaie d'éviter. Inutile de me torturer. Et si vous me racontiez toute l'histoire du Grand Vol de la Toyota Celica ?

J'ai secoué la tête.

— Je n'en suis pas fier.

— Alors pourquoi l'avoir fait ?

— C'était l'idée de mon amie, pour célébrer mon anniversaire.

14

Une Toyota Celica jaune pétant

L'amie que j'ai mentionnée, à proprement parler, n'était pas vraiment une amie.

Pendant un été, au lycée, j'avais travaillé comme livreur de pizza. Je l'avais rencontrée alors que j'apportais une commande à un appartement de Den-en-chofu, la belle banlieue de Tokyo. Je me tenais dans le hall de l'immeuble, à côté d'elle, en attendant l'ascenseur.

Elle avait l'air plus jeune que moi. Ses cheveux courts la différenciaient des autres filles de son âge. À mon lycée, la plupart avaient les cheveux longs. Je pensais que cette coupe lui donnait un air stylé, même si elle était trop maigre pour être considérée comme athlétique. Son fin tee-shirt portait des taches de sueur, révélant le contour de son soutien-gorge. Elle s'était essuyé le front et s'était tournée vers moi. Je ne voulais pas qu'elle croie que je lorgnais sa poitrine, du coup j'avais vite tourné les yeux vers autre chose. À savoir, le parking extérieur.

C'était l'après-midi, en semaine, si bien que de nombreuses places étaient vides. Mais, puisque l'immeuble était situé dans un complexe haut de gamme, quelques jolis bolides y étaient encore garés.

— Tu aimes ce coupé Honda ? m'avait-elle demandé.

Il n'y avait qu'une voiture de sport, dans le parking, et ce n'était pas une Honda.

— Le jaune ?

— Oui. C'est lui que tu regardes, non ?

— C'est une Toyota Celica.

— Je vois, avait-elle marmonné. T'en connais sans doute un rayon sur les voitures.

C'était parce que mon camarade de classe, Jin, avait passé une année entière à s'obséder pour les voitures. Il avait apporté des dizaines de magazines au lycée et j'avais fini par intégrer malgré moi ses connaissances.

— Tu crois que l'ascenseur est en panne ? a-t-elle marmonné en appuyant à répétition sur le bouton. On attend depuis des lustres.

Je n'ai pas répondu. Je n'étais pas d'humeur à bavarder. Cette journée aurait dû être spéciale. Et je me retrouvais là, à suer sous mon uniforme de livreur qui me grattait, à côté d'une fille impatiente.

Quand les portes de l'ascenseur se sont enfin ouvertes, deux déménageurs en sont sortis avec un piano droit noir. Voilà ce qui avait dû le bloquer. Un garçon bronzé les a suivis dehors. C'était un livreur de la même pizzeria que moi. On s'est croisés quand la fille et moi sommes entrés dans la cabine.

— Ishida ? a-t-il lancé en me voyant, surpris. Je croyais que tu avais pris ta journée.

— Changement de programme. J'ai pris le créneau du matin.

— Au fait, bon anniversaire. Profite bien de ton rencard, après.

Je me suis forcé à sourire en appuyant sur le bouton du neuvième.

— Quel étage ? ai-je demandé à la fille.

— Le même que toi.

Le numéro sur l'écran a augmenté progressivement. Il s'est arrêté à neuf et les portes se sont ouvertes.

— Après toi, ai-je dit en appuyant sur le bouton pour retenir l'ascenseur.

— Laisse-moi deviner. Tu t'es fait larguer par ta copine, alors t'es allé travailler au lieu de sortir.

Sa franchise m'a choqué, mais je ne pouvais pas nier ce qu'elle avait deviné.

— Pauvre chou, m'a-t-elle lancé, même si son air sérieux ne collait pas avec ses paroles. Dis, je m'ennuie et j'ai rien de prévu aujourd'hui. Quand tu auras fini ta tournée, si on passait un peu de temps ensemble ? Je te promets qu'on va s'amuser.

Je ne m'étais pas attendu à ce qu'elle m'invite à sortir mais je ne m'en plaignais pas. Elle était plutôt mignonne. Plus jolie que la plupart des filles de mon bahut, y compris ma très récente ex. Même si sa proposition semblait trop belle pour être vraie, en fait, je m'en fichais. Et si c'était fou de sortir avec une fille que je connaissais à peine, c'était toujours mieux que de passer mon anniversaire seul chez moi.

— Dès que j'aurai livré ça, j'aurai fini pour aujourd'hui, ai-je expliqué.

— Parfait, a-t-elle répondu avec un sourire satisfait. Pendant ce temps-là, je vais aller chercher un truc. On se rejoint ici dans cinq minutes.

Elle a tourné à droite, moi à gauche. J'ai livré la pizza à un jeune homme qui s'est plaint longuement de mon retard. J'ai eu beau m'excuser, il en rajoutait, encore et encore, parce que sa pizza était immangeable. Forcément, il avait perdu tellement de temps à me réprimander qu'elle avait eu le temps de refroidir. Il a fini par me claquer la porte au visage. Ça fait partie des risques du métier.

Lorsque je suis retourné à l'ascenseur, je m'attendais à ce que la fille y soit, mais ce n'était pas le cas. J'ai patienté encore dix minutes. Est-ce qu'elle s'était lassée de m'attendre et était partie ? J'allais laisser tomber lorsqu'elle a fini par arriver.

— Désolée pour le retard, m'a-t-elle lancé en appuyant sur la flèche pointant vers le bas.

— Qu'est-ce qui t'a pris si longtemps ?

Les portes de l'ascenseur se sont ouvertes et nous sommes entrés.

— Arrête de te plaindre. Tu devrais m'être reconnaissant – je vais t'offrir un cadeau d'anniversaire, m'a-t-elle assuré en appuyant sur le 0.

Vraiment ?

— Ce n'est pas la peine.

— Ne dis pas n'importe quoi. On ne peut pas refuser un cadeau. C'est malpoli.

La porte s'est ouverte et nous sommes sortis.

Elle a tiré de la poche de son short un trousseau de clefs orné d'un logo Toyota et l'a fait tinter devant moi.

— Tu l'aimes, non ?

J'en suis resté bouche bée. Ce devait être une blague.

La fille a foncé droit vers le coupé jaune garé sur le parking avant d'ouvrir une portière.

— Qu'est-ce que t'en penses ?

Je n'arrivais même plus à penser.

— Monte, M. le Livreur.

J'ai contourné la voiture jusqu'au côté passager pendant qu'elle s'installait derrière le volant. La voiture était plus basse que je l'imaginais. Elle ne laissait pas beaucoup de place aux jambes mais l'intérieur était luxueux. J'ai fait glisser mes doigts sur le cuir doux du siège.

— C'est la voiture de ton père ?

— Non, celle de Gouda.

C'était qui, celui-là ?

— Et il te laisse la prendre ?

— Je ne lui ai pas demandé.

— Quoi ?

— Arrête de crier. Tu me fais mal aux oreilles. Et ne t'inquiète pas. Ce Gouda, c'est juste un fils à papa pourri gâté. Il est toujours bourré et ne ferme jamais la porte de chez lui. N'importe qui peut entrer et prendre ses clefs de voiture. C'est un miracle que personne à part moi n'ait encore pillé son appartement. C'est une cible tellement facile.

Et toi, tu n'es pas une fille à papa pourrie gâtée ? aurais-je voulu lui demander mais, évidemment, je n'en ai rien fait.

La fille a démarré le moteur et la voiture a poussé un grondement retentissant.

— Qu'est-ce que tu fous ? ai-je crié. T'as pas l'intention de la conduire, pas vrai ?

Elle a haussé les sourcils.

— Les voitures sont faites pour être conduites. Ne me dis pas que tu veux juste rester assis là pour profiter de l'air conditionné.

— Je n'arrive pas à y croire. T'as quel âge ?

— J'ai quinze ans cette année.

— T'as pas ton permis.

Elle a levé les yeux au ciel.

— Sans blague. Quinze ans, c'est trop tôt pour passer le permis !

Elle a desserré le frein à main. Il était trop tard pour l'interroger mais...

— Tu sais conduire ?

— Bien sûr. Je m'entraîne presque tous les jours.

Elle a passé la première pour s'extraire de la place de parking. Sa conduite était brutale. La voiture était secouée par des à-coups, ce qui m'a fait jurer.

— La ferme, M. le Livreur, a-t-elle craché. Ça fait deux ans que je conduis, alors tiens-toi tranquille et détends-toi.

— Et où as-tu conduit, exactement ?

J'ai regretté ma question dès que j'ai entendu la réponse.

— Juste au coin de la rue, a-t-elle lancé en appuyant sur l'accélérateur. Sur les bornes d'arcade.

J'ai bien cru que j'allais mourir le jour de mon dix-septième anniversaire, mais non.

— En plus, mon petit ami me laisse conduire sa voiture de temps en temps.

Ce n'était pas si mal. Au moins, elle avait un peu d'expérience.

— Alors qu'est-ce que tu fais ici, avec moi ? Laisse-moi deviner, il vient de te larguer ?

Je voulais juste la taquiner. Comme elle a gardé le silence, ce devait être vrai. Même si je m'en suis voulu, je ne pouvais plus retirer mes paroles. Ce serait encore plus gênant si je m'excusais.

Nous nous sommes arrêtés chez McDonald's pour commander des menus à emporter et nous avons roulé vers Yokohama. Elle s'est arrêtée près d'une plage tranquille avant qu'on arrive en ville. On est sortis tous les deux de voiture. Elle a enlevé ses chaussures et a couru pieds nus vers la mer. Assis sur le sable chaud, profitant de la brise, je l'ai regardée donner des coups de pied dans les vagues.

Quand elle en a eu assez, elle est revenue vers moi. Nous avons mangé nos doubles cheeseburgers, les yeux rivés à l'océan. Le soleil couchant baignait la plage dans des teintes chaudes et dorées.

— Tu crois que Gouda a porté plainte ? ai-je demandé en froissant l'emballage.

Elle a secoué la tête.

— Il ne se réveillera pas avant midi, demain.

À part ces deux phrases, nous sommes restés silencieux. J'imagine que nous avions tous les deux besoin de compagnie, mais ni elle ni moi ne voulions parler. Nous voulions juste être avec quelqu'un, pour ne pas être seuls.

Après la tombée de la nuit, nous sommes rentrés à Tokyo.

En regardant son profil pendant qu'elle conduisait, j'ai eu l'impression qu'un lien spécial nous unissait. Son expression ne révélait rien de particulier mais elle avait l'air de se sentir seule. Un reflet de mon propre état, peut-être.

Quand la voiture s'est arrêtée à un carrefour, j'ai posé ma main sur la sienne, qui était sur le levier de vitesse. Elle n'a pas réagi. Quand le feu est passé au vert, j'ai enlevé ma main. Elle a passé la première et la voiture est repartie.

Nous sommes rentrés à la résidence vers vingt et une heures. Alors que le parking était à moitié plein, la place de la Toyota était toujours inoccupée. Elle a garé le coupé jaune et nous sommes retournés à l'arrière du bâtiment, où j'avais accroché mon vélo.

— Merci pour cette journée, ai-je déclaré en retirant la chaîne.

— De rien. Tu t'es amusé ?

— Oui.

C'était extraordinaire. Enfin, ce n'était pas comme si j'avais l'intention de refaire un truc de ce genre un jour.

— Je ne l'oublierai jamais, ai-je ajouté.

— C'est cool, a-t-elle répondu en souriant.

J'ai poussé mon vélo pour le faire sortir par le portail tandis qu'elle marchait derrière moi. Une fois sur le trottoir, je suis monté sur la selle et je l'ai regardée. Elle m'a salué en agitant la main.

— Je sais que je fais les choses à l'envers, mais on ne s'est même pas présentés. Je m'appelle Ren Ishida, lui ai-je appris, la main tendue.

Elle a croisé les bras et détourné le regard. Gêné, j'ai laissé mon bras retomber.

— Tu es gentil, Ren. Si on se revoit un jour, je te dirai comment je m'appelle.

— Il faut donc que je revienne ici demain.

— Ce n'est pas si simple. Je n'habite pas ici.

— Tu habites où, dans ce cas ?

Sans me répondre, elle a tourné les talons pour regagner la résidence. J'ai attendu jusqu'à ce que je ne la voie plus. Elle n'a pas regardé en arrière.

Après ce jour, je ne l'ai plus jamais revue. Et je n'ai parlé d'elle à personne.

— Cette amie a l'air d'être quelqu'un d'amusant, a dit Seven Stars.

— Oui, elle était un peu folle, ai-je confirmé en souriant.

— C'était votre petite amie ?

— Non.

— Est-ce qu'elle était jolie ?

J'ai eu beau essayer de me souvenir de son visage, je ne me rappelais que vaguement à quoi elle ressemblait.

— Vous l'aimiez bien, M. Ishida ?

— Disons juste qu'elle a éveillé mon intérêt. On ne croise pas tous les jours une fille capable de voler une voiture.

Elle a levé les yeux au ciel.

Je me suis raclé la gorge.

— Tu comptes continuer à voler des chewing-gums pendant longtemps ?

— Êtes-vous en train de suggérer que je devrais passer aux voitures de sport ? J'arrêterai de voler si vous me le demandez poliment.

— Rio Nakajima, arrête de voler, s'il te plaît.

— Je n'avais pas terminé. C'est trop facile, de juste me dire ça.

— Qu'est-ce que tu veux d'autre ? ai-je soupiré.

— Que vous m'invitiez à déjeuner.

Elle devait plaisanter.

— Pourquoi ferais-je un truc pareil ?

— Parce que vous êtes mon professeur, et les professeurs devraient prendre soin de leurs élèves.

— Ça ne rime à rien.

— Je dois d'abord me changer, retrouvons-nous à midi pile au kiosque, a-t-elle suggéré en refermant le tiroir. J'attendrai là-bas jusqu'à ce que vous arriviez.

— Attends, je...

Avant que je puisse protester, elle s'est levée pour sortir de la pièce. Comme je ne voulais pas y rester seul, je l'ai suivie. M. Nakajima nous a vus, mais il n'a pas fait de commentaire. Je l'ai remercié pour son hospitalité et je suis parti.

Pour passer le temps, je me suis promené dans le quartier, tout en pensant à Mlle Toyota Celica.

Quand la voiture s'était arrêtée au carrefour, une lumière tamisée avait éclairé sa peau pâle, mettant en relief ses traits délicats. Lorsque j'avais posé ma main sur la sienne, elle n'avait rien dit, ne m'avait pas regardé. Elle n'avait même pas eu de mouvement de recul. Son corps était là, pas son esprit.

Cette nuit-là, nous nous sentions seuls tous les deux, isolés sous les lumières éblouissantes de Tokyo.

15

Je voulais juste être heureuse

Seven Stars était seule, sous le kiosque. Elle portait une robe blanche en mousseline et des espadrilles. Ses cheveux étaient remontés en une haute queue-de-cheval, ce qui mettait en valeur son cou gracile. Ce style plus féminin lui allait bien. Quand elle m'a vu, elle a souri.

— Qu'est-ce qui se serait passé, si je n'étais pas venu ?

— Impossible. Vous n'êtes pas du genre à manquer à une promesse.

— Je n'ai rien promis. Tu as tout décidé sans me consulter. Alors, qu'est-ce que tu veux manger ?

— Je vous laisse choisir.

Comme j'avais anticipé sa réponse, j'avais appelé Honda d'une cabine téléphonique pour lui demander conseil.

— Un endroit sympa pour déjeuner… T'as un rencard ?

— Pas vraiment, avais-je répondu en me disant que, moins il en savait, mieux cela vaudrait. C'est juste une amie.

— Tu as une idée précise de ce que tu veux ?

— Quelque chose de décontracté ? Vers Segayaki, de préférence, où on mange bien.

— Je connais un restaurant qui pourrait te convenir, m'avait-il confirmé après un instant de réflexion.

Nous sommes arrivés devant un établissement occidental qui, selon Honda, « n'était pas trop bondé et servait des steaks délicieux ». Ce n'était qu'à vingt minutes de marche du kiosque. Même le week-end, l'endroit était à moitié désert. Seven Stars a choisi la table carrée la plus à l'écart. Nous nous sommes assis l'un en face de l'autre.

— Pourquoi tiens-tu à t'asseoir dans le coin ? ai-je demandé.

On aurait pu croire qu'on cherchait une alcôve intime. Si quelqu'un de Yotsuba nous voyait, il se ferait des idées.

— Je n'aime pas quand il y a des gens assis à côté de moi. C'est trop dur d'avoir une vraie conversation. Tout le monde s'arrête de parler pour écouter ce que les autres racontent. Pourquoi cette question ? C'est grave ?

— Non, tant que tu es contente.

— C'est le cas, a-t-elle répondu en jetant un coup d'œil au menu. Qu'est-ce qui est bon, ici ?

— La côte de porc est pas mal ; le filet mignon aussi. Ils sont tous les deux servis avec un accompagnement.

— Vous êtes déjà venu ici ?

— Non.

Je ne faisais que répéter les paroles de Honda. Elle a joint les mains.

— Je suis impressionnée, M. Ishida. Vous avez fait vos devoirs, alors que vous êtes venu à contrecœur.

— Contente-toi de choisir ton plat.

— Puisque vous avez pris la peine de vous renseigner, je vous laisse décider.

— Tu pourrais le regretter.

— J'en doute.

J'ai appelé le serveur, j'ai commandé une côte de porc pour moi et un filet mignon pour Seven Stars.

— Et comme boisson ? s'est-il enquis ensuite.

J'ai jeté un coup d'œil à Seven Stars mais elle a juste haussé les épaules.

— Deux verres d'eau, et ce sera tout.

Le serveur à lunettes a répété notre commande avant de disparaître en cuisine.

Seven Stars s'est penchée vers moi.

— M. Ishida, pourquoi êtes-vous devenu prof à Yotsuba ?

— Pour aucune raison particulière, ai-je menti, car je ne voulais pas parler de ma sœur. Je n'avais pas de projet après ma dernière année de fac, et la paie est correcte pour le travail demandé, alors pourquoi pas ?

Elle a penché la tête sur le côté.

— Il n'y avait pas d'autre métier qui vous aurait intéressé ?

— J'aurais bien aimé, mais non.

— À quelle université avez-vous fait vos études ?

— Keio.

Elle a écarquillé les yeux.

— Vous êtes allé à cette prestigieuse université, alors que vous n'aviez pas de projet professionnel ? Sans vouloir être désagréable, vous êtes vraiment un cas désespéré.

— Tu *es* désagréable, ai-je répondu en riant.

— Qu'est-ce que vous avez étudié ?

— La littérature anglaise et américaine.

— Pourquoi ?

— Je ne savais pas quoi choisir, du coup j'ai pris les mêmes spécialisations que ma sœur, même si elle n'est pas allée jusqu'à la thèse.

— Je vois, vous faites une fixation sur votre sœur.

— Pas du tout, ai-je protesté. C'est juste qu'aucune matière ne m'intéressait plus qu'une autre.

— Avoir les idées confuses… ne pas savoir ce qu'on veut faire dans la vie, je croyais que c'était réservé aux adolescents. Pourtant, vous êtes âgé, et vous êtes aussi paumé que moi.

J'ai soupiré. Je ne pensais pas qu'être au milieu de la vingtaine suffisait à me faire considérer comme « âgé ».

Quand le serveur est revenu avec deux verres d'eau, nous nous sommes tus. Après son départ, Seven Stars a poursuivi la conversation.

— La semaine dernière, au lycée, on a reçu un questionnaire d'orientation, m'a-t-elle appris. Nous sommes censés trouver trois métiers qui nous plairaient, mais je ne sais pas quoi écrire sur ce papier. Je ne l'ai toujours pas rempli.

— Est-ce qu'il y a des choses que tu aimes faire ? Un passe-temps, par exemple ?

Elle a secoué la tête.

— Un rêve d'enfant ? ai-je insisté.

— Je n'en ai jamais eu. Je voulais juste être heureuse.

— C'est trop vague.

— Et vous ? Pas de rêve d'enfant ?

J'ai regretté d'avoir abordé le sujet.

— Je voulais être joueur de foot.

— Et qu'est-ce qui est arrivé à votre rêve ?

— J'étais plutôt bon, mais pas assez pour en faire mon métier.

— Dommage. J'espérais que je trouverais ma voie un jour, et que tout irait bien ensuite. Je comprends maintenant que ce n'est pas si simple.

— J'avais le même problème d'orientation, quand j'avais ton âge. Je savais que je ne jouerais jamais avec les pros de la J-League, pourtant, je ne voulais rien faire d'autre. J'ai fini par demander l'avis de ma sœur.

— Qu'est-ce qu'elle a dit ?

— De choisir des professions respectables pour que mon prof n'appelle pas nos parents.

— Et qu'est-ce que vous aviez écrit ?

— Médecin, avocat et ingénieur.

Seven Stars a éclaté de rire.

— Je devrais peut-être faire pareil. Comptable, secrétaire et assistante sociale. Qu'en pensez-vous ?

— Je ne t'imagine pas du tout dans un bureau mais je suis certain que ta prof n'y verra rien à redire.

Elle a levé les yeux vers moi.

— Dans ce cas, qu'est-ce que vous m'imagineriez faire ?

— Je te vois bien suivre une voie peu conventionnelle. De toute façon, il faut y aller petit à petit. Du moins, c'est ce que je fais.

Elle a hoché la tête, comme si mes conseils de bric et de broc lui convenaient. Pour changer de sujet, elle a déclaré :

— Je vous ai vu avec votre petite amie, l'autre jour.

C'était impossible.

— Quoi ?

— Vous étiez tous les deux dans un café près de Yotsuba.

— Cette femme est juste une amie.

— Vraiment ? a-t-elle fait en haussant les sourcils. Vous aviez l'air de deux tourtereaux.

— Je te dis que ce n'est pas ma petite amie.

— D'accord, d'accord. Donc, vous en avez bien une.

— Est-ce que je suis obligé de répondre ?

— Avez-vous une raison de ne pas le faire ?

— C'est compliqué, en ce moment.

Elle a feint de compatir.

— Aïe, vous êtes sur le point de vous séparer.

— Pas du tout. Cela dit, j'apprécierais que tu arrêtes de m'interroger sur ce sujet.

Ma réponse n'avait pas l'air de satisfaire Seven Stars.

— Soyez honnête, M. Ishida. Avec combien de femmes êtes-vous sorti ?

J'ai fait un rapide calcul mental.

— Neuf, sans doute.

— Comment ça, « sans doute » ? Et neuf... ça fait beaucoup.

— À quoi tu t'attendais ? J'ai vingt-quatre ans.

Elle a penché la tête de côté.

— À votre avis, je suis sortie avec combien de garçons ?

— Comment le saurais-je ?

— Essayez de deviner, a-t-elle insisté.

— Je ne sais pas, ai-je répondu avant de prendre une gorgée d'eau. Tu es jeune, mais jolie. Peut-être quatre ou cinq ?

Elle a souri, sans me détromper. Au lieu de quoi, elle a continué son interrogatoire.

— Vous êtes avec votre petite amie depuis longtemps ?

— Environ quatre ans.

— Et qu'est-ce qui vous plaît chez elle ?

Une autre question compliquée.

Nae se pliait toujours aux besoins des autres. Facile à vivre, elle ne demandait pas grand-chose. Par-dessus tout, je savais qu'elle m'aimait. Est-ce que je sortais avec elle simplement parce qu'elle était gentille et éprouvait des sentiments pour moi ?

— Ne réfléchissez pas trop. Qu'est-ce qui vous attire le plus, chez elle ?

J'y ai pensé un instant.

— Son visage quand elle dort, peut-être.

— Quoi ?

— Elle a une expression très paisible, quand elle dort. Je me sens apaisé, rien qu'à la regarder.

— Vous fantasmez sur les femmes endormies ?

— J'en doute. Quelqu'un que je connais ne s'est jamais réveillé.

Son sourire a disparu, et elle s'est tue. Elle savait probablement à qui je faisais allusion. J'ai jeté un coup d'œil vers les cuisines en me demandant si nos plats seraient bientôt prêts. À Tokyo, j'aurais déjà fini mon repas.

— Vous avez faim, M. Ishida ?

— Non, ça va.

— Dans ce cas, pourquoi n'arrêtez-vous pas de regarder vers la cuisine, plutôt que vers moi ?

— C'est une mauvaise habitude. Je n'arrive pas à regarder dans les yeux mon interlocuteur.

— Pourquoi ?

J'ai haussé les épaules.

— Je trouve ça juste malpoli de fixer quelqu'un.

— Non, ce qui est malpoli, c'est de ne *pas* regarder la personne à qui l'on parle.

— Ce n'est pas comme si ça se voyait beaucoup, que je regarde ailleurs. Je pourrais fixer tes cheveux, ou ce qui se passe derrière toi. La plupart des gens ne s'en rendent pas compte. En fait, tu es seulement la deuxième personne à le remarquer.

— La première, c'était votre petite amie ?

— Non, ma sœur.

Un court silence s'en est suivi avant qu'elle demande :

— Dans ce cas, est-ce que ce n'est pas difficile, pour vous, d'être prof ? Vous faites ça depuis longtemps ?

— Je ne sais pas. Je m'en suis rendu compte quand j'avais dix ans. C'était peut-être déjà le cas avant mais je ne l'avais pas encore remarqué.

Cette conversation me mettait mal à l'aise. Heureusement, nos plats sont arrivés. Le serveur les a posés sur la table. Les portions étaient énormes et la nourriture avait l'air succulente. J'ai découpé ma côte de porc mais Seven Stars n'a pas touché à son filet.

— Ça ne te plaît pas ?

Elle a secoué la tête en me fixant droit dans les yeux.

— Regardez-moi. C'est si difficile ?

Je ne voulais vraiment plus en parler.

— Tu veux bien manger, s'il te plaît ?

Elle n'a pas bronché.

Comme je ne savais pas quoi faire d'autre, j'ai commencé à couper sa viande en petites bouchées.

— Qu'est-ce que vous faites ?

— Je t'aide à couper ta viande, ai-je répondu sans lever les yeux.

Elle a éclaté de rire.

— Très bien, je vous laisse tranquille cette fois-ci, parce que j'aime bien qu'on me coupe ma viande.

— Tu apprécies donc qu'on s'occupe de toi.

— J'aime les *gens* qui s'occupent de moi, m'a-t-elle corrigé. Vous le faites aussi pour votre petite amie ?

— Pas vraiment, ai-je menti.

D'habitude, j'aidais aussi Nae à couper ses aliments, puisqu'elle n'était pas douée avec des couverts occidentaux.

— Je suis une fille à baguettes, m'avait-elle confié.

Pourtant, pour nos rendez-vous, elle choisissait toujours des restaurants occidentaux, parce qu'elle les trouvait plus romantiques.

— Ce n'est donc pas habituel pour vous, lors d'un rendez-vous galant, a déclaré Seven Stars. Ce doit vraiment être un jour spécial, alors.

— Nous ne sommes pas en rendez-vous galant, lui ai-je rappelé d'un ton sec.

Après avoir froncé les sourcils, elle a fini par prendre une bouchée.

— M. Ishida, mes parents mis à part, vous êtes la première personne à entrer dans ma chambre.

— Quel honneur !

— En effet. Vous devriez en être fier.

— Je suis certain que tu y as invité au moins l'un de tes petits amis, avant. Ou peut-être que non, puisque ton père est toujours à la maison.

— Ce n'est pas à cause de lui. Mon père est plutôt coulant. C'est juste que je n'ai jamais eu de petit ami.

Je n'arrivais pas à savoir si elle mentait. Elle n'avait pas de raison de l'inventer, vraiment. Elle l'avait dit d'un air sérieux ; pourtant, pour une si jolie fille, c'était dur à croire.

— Et tes amies ? Tu en as sûrement ramené chez toi, ai-je insisté en sachant déjà que c'était faux, vu ce que son père m'avait dit.

— Je n'ai pas d'amies.

— Je te vois toujours aller et venir avec tes camarades.

— Ce sont des copines, pas des amies.

— Il y a une différence ?

— Bien sûr. Une copine, c'est juste une fille qu'on connaît. Une amie, c'est quelqu'un sur qui on peut compter. Ça n'a rien à voir.

— Tu veux autre chose ? ai-je demandé à Seven Stars quand nous sommes sortis du restaurant.

— Non, a-t-elle répondu dans un sourire. Merci pour le repas.

— Maintenant, tu vas arrêter de voler ?

— Oui, comme promis. Et pas que les chewing-gums, mais d'autres trucs, aussi. Je ne prendrai plus jamais, de toute ma vie, quelque chose qui ne m'appartient pas.

— Tant mieux.

— Vous me croyez ?

— Je n'ai aucune raison d'en douter.

— Ne soyez pas si naïf. C'est comme ça qu'on finit par souffrir.

— Pourquoi es-tu si cynique ? l'ai-je interrogée, en fronçant les sourcils. Vivre dans la méfiance, c'est triste, non ?

— Sans doute, a-t-elle soupiré avant que nos chemins se séparent.

J'ai repensé à ce qu'elle m'avait dit, qu'elle n'avait pas de petit copain, pas d'amies. Certaines personnes sont trop belles pour être heureuses. Au lieu de l'avantager, son apparence lui attirait peut-être l'hostilité des autres.

Je l'imaginais vivant seule dans son monde rempli de chewing-gums. À cet instant, je ne pouvais plus lui reprocher ce qu'elle avait fait. C'était peut-être la seule façon qu'elle connaissait pour continuer à vivre... mais personne ne pouvait vivre de cette façon pour toujours. Pas même elle.

16

Miyuki Katou

Ce soir-là, j'avais fini par appeler Nae, même si nous n'avions pas pu parler.

C'était son père qui avait décroché. En reconnaissant sa voix rauque, j'avais raccroché aussitôt. Je ne savais pas pourquoi ; c'était instinctif.

Nae me manquait, parfois, mais je n'étais pas encore prêt à lui parler.

C'était, et de loin, la relation la plus longue que j'avais connue. Celles d'avant n'avaient duré que quelques mois. Et je savais que je comptais vraiment beaucoup pour elle. Pourtant, je n'avais pas encore commencé à remonter la pente, après la mort de ma sœur, et j'avais débuté une nouvelle vie, ici. Ce n'était pas le bon moment pour relancer une relation dont je n'étais pas certain. Je ne savais toujours pas quoi penser de l'avenir qu'elle nous imaginait.

Mais je lui devais des nouvelles, d'une façon ou d'une autre, après avoir disparu pendant des semaines. J'ai pris une feuille de papier dans le tiroir du bureau et j'ai écrit une lettre :

Chère Nae,

Comment vas-tu ? Bien, j'espère. Tu m'en veux toujours ?

Je ne sais pas si tu es au courant, mais j'ai quitté Tokyo. J'habite à Akakawa depuis plus d'un mois. C'est la ville où habitait ma sœur, tu t'en souviens peut-être. Ce n'est qu'un arrangement temporaire, pour six mois tout au plus.

Tu te demandes peut-être pourquoi je suis venu ici. Eh bien, il s'en est passé, des choses. J'aurais dû t'avertir plus tôt mais je n'arrivais pas à me décider à t'appeler. En vérité, ma...

Je me suis arrêté.

En vérité, ma sœur est morte. La phrase avait beau tourner en boucle dans ma tête, impossible que je l'écrive.

J'ai froissé la lettre et l'ai jetée vers la poubelle. J'ai raté ma cible, et la boule de papier a roulé sous l'armoire. En me mettant à quatre pattes pour la récupérer, j'ai vu le coin d'une feuille de papier couverte de poussière. Je l'ai attrapée du bout de l'index, l'ai secouée pour la dépoussiérer avant de la lisser.

C'était un dessin d'enfant, où il était écrit au-dessus *Ma famille.* Un homme à lunettes, une femme et une petite fille avec des couettes se tenaient devant une maison. Ils souriaient tous les trois.

Le nom de l'artiste était gribouillé dans un coin. Miyuki Katou.

M. Katou lisait un recueil de poésie dans la salle de lecture. Comme chaque dimanche soir. Malgré le nombre d'ouvrages à sa disposition, il choisissait toujours le même : *Silence.*

— Excusez-moi.

Il a reposé son livre avant de me fixer, les yeux plissés. N'importe qui d'autre aurait cru qu'il était contrarié, pourtant c'était son expression habituelle.

Je lui ai tendu le dessin.

— Désolé de vous interrompre, mais j'ai trouvé ça dans ma chambre.

Il l'a inspecté sans mot dire.

— Je me suis dit que c'était peut-être important, ai-je ajouté.

— C'est un dessin de ma fille, qui n'est plus de ce monde.

Il a déchiré le dessin en petits bouts minuscules qu'il a jetés au loin.

— Nous nous sommes débarrassés de ses affaires. Il est plus facile de tourner la page quand il n'y a pas constamment des choses qui vous rappellent le passé, mais j'imagine qu'on a dû en oublier.

— Je comprends, ai-je dit avant de prendre congé.

En retournant à ma chambre, j'ai repensé au plan de la maison. Vu le nombre de chambres, celle que j'occupais appartenait sans doute à Miyuki Katou. Après avoir vu le dessin, je me suis demandé une nouvelle fois si elle était la fillette de mes rêves.

Trois jours plus tard, pendant mon jogging, j'ai croisé Seven Stars au kiosque. Elle était toute seule, en train de fumer dans son uniforme de lycéenne.

— On sèche encore les cours ?

— Évidemment, a-t-elle soupiré en se tournant vers moi. Quelle question bête !

Sans répondre, j'ai examiné les mégots éparpillés sur le sol.

— Vous allez me dire que fumer est mauvais pour la santé ?

— Tiens, toi aussi tu poses des questions bêtes. Ça doit être une maladie contagieuse.

Elle a soupiré.

— Tu sèches souvent pour venir fumer ici ?

Je ne m'attendais pas à ce qu'elle réponde, pourtant elle a hoché la tête.

— Pourquoi ?

Elle a pris une taffe avant de souffler lentement.

— Je ne vois pas l'intérêt d'aller en cours. Je n'y ai pas ma place. Ça m'étouffe et j'en ai assez de faire semblant.

Elle s'est tournée vers moi pour ajouter :

— Je ne sais même pas pourquoi je vous raconte ça ! Ça ne vous regarde pas.

— Ton père s'inquiète parce que tu ne t'entends pas avec tes camarades.

— Pourquoi on n'aurait pas le droit de ne pas avoir d'amis ? Les gens naissent seuls, meurent seuls. On ne peut pas emporter ses amis dans la tombe. Ne faites pas attention à mon père. Il a tendance à s'inquiéter pour des bêtises, alors qu'il se fiche de ce qui est vraiment important.

— Comme quoi ?

Elle n'a pas précisé sa pensée.

J'ai repensé à mon propre père. Il n'était même pas venu aux obsèques de ma sœur. Cette fille ne savait pas à quel point elle avait de la chance.

— Tu ne devrais pas parler comme ça. C'est ton père, il est normal qu'il s'inquiète pour toi.

— Ne me prenez pas de haut, a-t-elle rétorqué en lâchant son mégot pour l'écraser avec son mocassin noir.

— Il y a une poubelle là-bas.

— J'aime bien salir le sol. Ça vous pose un problème ?

Quelle fille têtue, et mal élevée, en plus. J'ai soupiré, prêt à partir.

— Vous rentrez ? m'a-t-elle demandé.

— Oui, je dois aller manger.

— Allons-y, a-t-elle lancé en bondissant sur ses pieds.

— Où ça ?

— Manger quelque part, bien sûr. C'est ce que vous venez de dire, non ?

Son regard me disait qu'elle me suivrait, quoi que je fasse.

— Si quelqu'un te surprend en train de sécher, je ne ferai rien pour t'aider.

— Marché conclu, a-t-elle dit dans un sourire.

— Qu'est-ce que tu veux manger ?

— Un *jingisukan*. J'ai une folle envie d'agneau d'Hokkaido grillé.

— Tu as assez d'argent sur toi pour ça ?

— Je plaisantais, arrêtez de tout prendre au premier degré. Allons chercher des burgers.

Elle marchait devant, je la suivais quelques pas derrière. De temps en temps, elle se tournait pour s'assurer que j'étais toujours là. Nous sommes passés devant un marché bondé avant d'arriver à un centre commercial. Il y avait un MOS Burger au sous-sol.

Elle m'a glissé quelques billets dans la main et m'a dit :

— Commandez-moi un fishburger avec des frites et un Pepsi. Je vais nous réserver une table.

Elle est partie avant que je ne puisse protester. Quand je me suis éloigné du comptoir avec un plateau bien rempli, elle m'a fait signe depuis une table dans le coin le plus reculé. Je l'ai rejointe et me suis assis en face d'elle.

— Est-ce que vous allez encore me couper ma viande ?

— Ne dis pas n'importe quoi. C'est un sandwich.

Elle a éclaté de rire puis s'est mise à manger.

— C'est bon ?

Seven Stars a hoché la tête en brandissant deux doigts victorieux. J'ai failli lui dire qu'elle était mignonne, mais je me suis retenu. Complimenter une élève, c'était déplacé. Pire, je n'aurais pas dû être là, à manger avec elle, pendant qu'elle séchait les cours.

— J'ai rendu mon questionnaire d'orientation hier, en suivant vos suggestions, m'a-t-elle appris.

— Est-ce que ça a convenu à ta prof ?

— J'imagine, puisqu'elle n'a rien dit.

Après avoir bu une gorgée de soda, elle m'a lancé :

— M. Ishida, votre sœur vous manque ?

— Comment ça ? ai-je fait, figé.

— Avez-vous des regrets ? Des choses que vous auriez aimé faire avec elle quand elle était encore en vie ?

Jamais je n'aurais cru que quiconque me poserait des questions aussi directes, mais elle était comme ça. Je savais qu'elle ne pensait pas à mal.

— Bien sûr qu'elle me manque. Et oui, j'ai quelques regrets. Comme n'importe qui quand on perd quelqu'un de proche de façon inattendue.

— Quel genre de regrets ? a-t-elle insisté, tête penchée.

— Eh bien, je regrette de ne pas être venu la voir plus souvent ici. De ne pas avoir été plus honnête avec elle, de ne pas lui avoir dit que je tenais à elle… ai-je répondu avant de m'interrompre en comprenant que j'en avais trop révélé. Ce genre de trucs.

Elle m'a regardé dans les yeux en souriant d'un air triste.

— Je l'envie tellement…

— Qu'est-ce que tu racontes ? Il n'y a rien à envier, ai-je rétorqué en baissant les yeux vers mon hamburger. Elle vient de mourir.

— Oui, mais, quand elle était en vie, elle était tellement aimée…

Je n'ai pas quitté mon sandwich des yeux et nous avons mangé en silence. L'endroit était envahi par la foule de midi. C'était sans doute bruyant, mais le brouhaha s'est vite transformé en bruit de fond.

Ou alors c'était cette fille. Elle m'affectait d'une étrange manière. Elle portait en elle une tristesse profonde. Et, dès que nous étions proches, cette tristesse s'infiltrait en moi.

— Merci pour le déjeuner, a-t-elle déclaré avant de se tapoter les lèvres avec la serviette en papier.

— De rien. Je vais te raccompagner chez toi.

— Mauvaise idée – mon père est là. Je ne veux pas qu'il pense que vous m'avez aidée à sécher les cours.

— C'est étonnamment prévenant de ta part, ai-je plaisanté.

J'ai rapporté le plateau et nous sommes sortis du fast-food. Avant qu'on se sépare, je lui ai lancé :

— Ne sèche pas trop souvent. Tu risques de redoubler et de te retrouver avec les premières.

— Je sais.

Elle m'a salué puis s'en est allée. De là, je suis passé au *konbini* pour acheter le déjeuner de Mme Katou. Quand je suis arrivé à la maison, j'ai été surpris de trouver M. Katou dans l'entrée. Il semblait m'attendre.

— Est-ce que je peux vous voir un instant ? m'a-t-il demandé.

— Bien sûr.

Nous sommes allés nous asseoir dans la salle de lecture. Ses épaules se sont affaissées. Il a croisé ses doigts, perdu dans ses pensées. Le tintement du carillon résonnait dans la maison.

M. Katou s'est raclé la gorge avant de parler.

— J'ai discuté de l'état de ma femme avec notre famille, et nous pensons qu'un changement de décor lui ferait du bien. Nous projetons de l'emmener vivre à Hakone, où des parents pourront veiller sur elle. Ses cousines tiennent une pension, là-bas.

— Ça semble être une bonne idée, ai-je répondu en sachant que c'était une façon subtile de me congédier.

— Quand elle partira, je prendrai un appartement plus petit. Cette maison est trop grande pour un homme seul. Et il y a trop de souvenirs, ici, dont certains que je préférerais oublier.

— Vous allez vendre la maison ?

— Oui. Je sais que c'est soudain.

— Je vais chercher un autre logement très vite. Est-ce que vous avez une date précise ?

— Si possible, j'aimerais que la maison soit libérée à la fin du mois. Nous avons déjà trouvé un acheteur, mais je lui ai dit que j'avais besoin de temps pour déménager. Ne vous sentez donc pas obligé de vous précipiter.

— Ça ne me dérange pas.

— Merci de votre compréhension. J'apprécie ce que vous avez fait pour ma femme et moi. Vous nous avez beaucoup aidés.

— C'est plutôt à moi de vous remercier de m'avoir laissé vivre ici.

En y repensant, j'avais peut-être accepté trop vite de partir à la fin du mois. Croire que trouver un nouveau logement serait facile était un peu présomptueux de ma part. En plus, mon budget était limité.

— Abordable, disponible rapidement ou charmant. Tu peux choisir deux critères. Tu ne peux pas tout avoir.

Voilà ce que disait ma sœur. La priorité, c'était de déménager vite. Et il fallait aussi que ce soit abordable. Du coup, selon sa théorie, l'endroit où j'allais déménager n'aurait rien de charmant.

Mais tout n'était pas noir. Le même jour, j'ai reçu mon premier chèque. Hiroko distribuait personnellement le salaire de chacun. L'un après l'autre, on nous appelait dans le bureau du principal. Enfin, mon tour est venu.

— Merci de travailler si dur, m'a-t-elle complimenté en me remettant une enveloppe. Comment s'est passé votre premier mois ?

— Bien. J'ai pris mes marques.

— C'est parfait. Dans ce cas, que diriez-vous de rejoindre notre équipe de manière permanente ?

De nouveau, elle m'avait pris par surprise.

Elle a esquissé un sourire.

— La proposition est sérieuse. J'ai eu des retours très positifs sur vos cours. Vous avez la trempe qu'il faut. Réfléchissez-y et prévenez-moi si cela vous intéresse.

— Merci. Je n'y manquerai pas, ai-je répondu avant de quitter la pièce.

Je suis retourné à mon bureau, où j'ai glissé l'enveloppe dans mon sac. Alors que je rangeais mes manuels, j'ai senti qu'on me tapotait l'épaule. C'était Honda.

— Qu'est-ce que ça fait, d'avoir sa première paie ?

— C'est pas mal, ai-je admis en souriant. Je pourrais vraiment m'y habituer.

— Comment ça se passe, chez l'homme politique ?

— À ce propos… ai-je soupiré en repensant à ma situation. Tu ne connaîtrais pas un agent immobilier qui pourrait me recommander un logement disponible rapidement ?

— Il y a eu un problème, chez les Katou ? s'est-il inquiété, les sourcils froncés.

— Aucun, ai-je affirmé en décidant de ne pas lui parler de leurs soucis personnels. Je préférerais vivre seul et, chez eux, c'est trop chic à mon goût.

— Eh bien, t'as de la chance. Ma cousine est agent immobilier.

Honda l'a appelée et, dès le lendemain, j'avais reçu une liste d'appartements en location. Même s'il y en avait plus de quarante, il n'a pas été difficile de réduire mon champ de recherche.

Pour commencer, je ne voulais pas d'une location avec un bail trop long. Ce qui a éliminé la moitié des annonces. Ensuite, sur les vingt restants, seuls cinq étaient dans mes moyens. Et, sur ces cinq, deux étaient trop loin de Yotsuba. Du coup, il me restait trois possibilités.

Le dimanche matin, j'ai retrouvé Honda et Mme Itano, sa cousine, une femme petite et ronde. Elle avait beau avoir teint ses cheveux courts en auburn, on voyait ses racines grises. Une épaisse couche de maquillage dominée par des teintes roses recouvrait son visage. De l'ombre à paupières rose, du blush rose et du rouge à lèvres rose. Avec son tailleur fuchsia, elle ressemblait à un personnage caricatural de manga.

— Fais-moi confiance, elle est très compétente, m'a murmuré Honda, comme s'il lisait dans mes pensées.

Je me suis incliné devant elle, toujours sceptique.

— Je m'appelle Ren Ishida. Merci pour votre aide.

— Ne vous inquiétez pas, mon cher, a-t-elle minaudé, je vous trouverai le meilleur appartement possible. Je suis dans le métier depuis plus de quarante ans.

J'ai souri malgré moi.

— Je sais, on ne dirait pas, n'est-ce pas ? Mais j'ai plus de soixante ans. Travailler, ça conserve, a-t-elle ajouté en m'offrant un sourire montrant ses dents blanches comme de la porcelaine – et sans doute fausses.

— Allons-y, jeune homme. Nous avons beaucoup à faire.

Honda nous a conduits jusqu'au premier appartement de la liste. L'immeuble était décrépi. On aurait dit que le toit était prêt à s'écrouler à tout instant. Je n'ai rien contre les vieux immeubles, mais l'endroit n'avait pas l'air sûr pour un être humain.

— Ne vous inquiétez pas, mon cher. Le prochain sera mieux.

Sans doute, vu que je ne pouvais imaginer pire.

Le deuxième appartement, dans un immeuble neuf, se trouvait près de la gare. Sa situation était centrale, mais il était aussi tout près d'un marché.

Mme Itano a jeté un coup d'œil par la fenêtre.

— Bien sûr c'est un peu bruyant, mais ça ne devrait pas vous poser problème. Comme tous les jeunes, vous serez rarement chez vous.

— Ishida rentre tard du travail, l'a détrompée Honda. Et les profs de *juku* récupèrent en faisant la grasse matinée. Le marché sera bruyant, je ne pense pas que celui-là convienne.

Comme Mme Itano n'avait pas l'air de partager son avis, je me suis hâté de suggérer :

— Et si nous allions voir le troisième ?

Puisque mon budget était bien en dessous des prix du marché, j'avais revu mes attentes à la baisse. Heureusement, le dernier appartement était parfait. Ou, du moins, correct. Rustique et calme, situé derrière un parc.

— C'est un vieil immeuble, m'a expliqué Mme Itano tandis que nous montions l'escalier extérieur. Il n'y a pas d'ascenseur et les seules chambres disponibles sont au quatrième étage. Mais le loyer est abordable. Il n'y a qu'un mois de caution, plus le premier mois de loyer. Pas de « pas-de-porte[3] ».

— Vraiment ? a fait Honda en haussant les sourcils. C'est la première fois que j'entends ça.

— Ces dernières années, certains propriétaires ont laissé tomber le « pas-de-porte » pour attirer plus de locataires, surtout dans les quartiers un peu excentrés.

L'appartement 503 était doté d'une seule chambre, d'un petit salon et d'une cuisine séparée tout équipée. Il y avait du parquet partout, sauf dans la chambre, en tatami, et dans la salle de bains. L'endroit était entièrement meublé et contenait même une machine à laver – tout ce dont je pouvais avoir besoin.

En ouvrant les fenêtres du salon, j'ai senti la chaleur du soleil couchant et le vent sur mon visage. L'appartement avait une vue magnifique sur le parc. Cela me rappelait le champ où je jouais au foot quand j'étais gamin.

— Cet endroit est parfait, ai-je dit. Je le prends.

— T'es sûr ? m'a demandé Honda. Il n'y a pas de gare à proximité, et l'arrêt de bus le plus proche est assez loin, à pied.

— Ça ne me dérange pas. Ça me fera de l'exercice.

— C'est réglé, alors, a déclaré Mme Itano en joignant les mains. Où résidez-vous pour l'instant, mon cher ? Je vous apporterai le contrat demain. Une fois que vous aurez signé et payé la caution, vous pourrez emménager sous une semaine.

— J'habite pour le moment à Segayaki.

— Ishida loge chez cet homme politique, Kosugi Katou, a précisé Honda.

3. Somme versée parfois au propriétaire au moment d'entrer dans une location. NdT.

— C'est un endroit magnifique. Pourquoi déménagez-vous ?

— M. Katou a décidé de vendre sa maison.

Les yeux de Mme Itano se sont illuminés.

— Il en tirera un bon prix. Est-ce qu'il a déjà trouvé un acquéreur ? Ou bien est-elle toujours à vendre ?

— Je crois que le compromis a déjà été signé.

— Oh, quel dommage, a-t-elle soupiré. Et comment se porte sa femme ? J'ai entendu dire qu'elle était souffrante.

— Vous la connaissez ?

— Malheureusement, non, mais j'ai aidé sa sœur aînée à acheter un terrain. C'est une femme étrange, moi je vous le dis. Ce terrain était maudit. Personne n'en voulait, malgré son prix ridiculement bas. Pourtant, elle était déterminée à l'acheter. Les riches ont vraiment des goûts bizarres. Enfin, qui suis-je pour m'en plaindre ? Les affaires sont les affaires.

— Qu'a-t-elle fait de ce terrain ? l'a interrogée Honda.

— Elle y a construit un hôtel. Tu te souviens de celui dont je t'avais parlé ? L'hôtel Katsuragi.

17

L'origine de l'hôtel Katsuragi (l'histoire de la dame au kimono)

Le lobby était désert. L'hôtel Katsuragi était toujours calme mais, ce jour-là, il n'y avait vraiment personne.

Je me suis approché du comptoir en hélant :

— Excusez-moi, il y a quelqu'un ?

— J'arrive, a lancé une voix depuis l'arrière-bureau.

La dame au kimono s'est précipitée vers l'accueil et m'a reconnu tout de suite.

— M. Ishida, désolée de vous avoir fait attendre. Je suis débordée depuis la semaine dernière. Mme Sakamoto est malade, et elle n'a pas de famille, du coup je dois m'occuper d'elle.

J'en ai déduit que Mme Sakamoto était la femme de ménage, puisque je n'avais jamais vu de troisième employée dans l'enceinte de l'hôtel.

— J'espère qu'elle se porte mieux.

— Le docteur a dit qu'elle serait sur pied d'ici trois, quatre jours, a-t-elle répondu avant de m'observer d'un air dérouté. Pas de bagages, cette fois-ci ?

— Je ne suis pas venu prendre une chambre. Il y a une chose dont j'aimerais discuter avec vous.

— Avec moi ?

— Oui. C'est à propos de Miyuki Katou et de sa mère, Haruna Katou, ai-je expliqué en me forçant à la regarder dans les yeux. Enfin, Haruna Katsuragi.

Son expression a aussitôt changé. Après un court silence, elle m'a proposé de la suivre et m'a fait traverser l'arrière-bureau pour entrer dans le *chashitsu*, la pièce où se déroulait la cérémonie du thé.

Nous étions assis face à face sur le sol en tatami, séparés par une table basse où trônait un service à thé artisanal. L'endroit était décoré avec des rouleaux de calligraphie et un arrangement floral simple. La dame au kimono a sorti deux tasses en céramique et nous a servi du thé vert. Sa technique était gracieuse, à l'image du kimono jaune pâle qu'elle portait.

Ni elle ni moi n'avons touché à nos tasses. Je ne voulais pas la presser, alors j'ai attendu. Mais comme au bout de plusieurs minutes, elle continuait à regarder le sol en silence, j'ai su que je devais prendre l'initiative.

— Mme Katsuragi ?

Elle a levé les yeux vers moi.

— D'abord, comment avez-vous su, pour Haruna ?

— J'ai découvert son nom de famille écrit dans un livre chez les Katou, ai-je menti pour ne pas impliquer Mme Itano. Au vu de votre ressemblance physique, je me suis dit que vous deviez être de la même famille.

Elle a hoché la tête.

— Haruna est ma petite sœur. Je sais que vous venez de Tokyo, mais je ne suis pas certaine de connaître votre lien avec la famille Katou.

— Je logeais chez eux.

— Je vois. Je me souviens maintenant avoir entendu dire que feue Mlle Ishida y avait habité. Malheureusement, je n'ai plus de contact avec Haruna et la famille Katsuragi, et encore moins avec les Katou. Je crains de n'avoir rien à vous apprendre.

Je me suis éclairci la voix. Cela ne serait certainement pas simple, mais je devais faire de mon mieux.

— Je pense que vous tenez au bien-être de votre sœur. Et, en ce moment, elle se blesse volontairement.

La dame au kimono a poussé un hoquet de stupeur.

— C'est vrai ?

— Oui. La famille Katou minimise son état pour éviter un scandale. Je m'excuse d'être si direct mais vous devriez vous mettre en contact avec votre sœur avant qu'il ne soit trop tard. Elle a besoin d'aide.

Elle a secoué la tête.

— J'aimerais que ce soit possible, sauf que je ne peux pas. Ils m'ont interdit de la voir.

— Mais il s'agit de votre sœur !

— C'est une histoire longue et compliquée.

— Et si vous me la racontiez ? ai-je suggéré en sautant sur l'occasion. Enfin, si ça ne vous dérange pas. J'ai du temps, et je serais heureux de vous écouter.

Elle a marqué une longue pause avant d'inspirer profondément et de débuter le récit de sa vie.

Elle s'appelait Natsumi Katsuragi. C'était la fille aînée des Katsuragi, les propriétaires de l'hôpital d'Akakawa, le plus grand de la ville.

La dynastie n'avait pas d'héritier. Il n'y avait que deux filles, Natsumi et Haruna. Leur mère ne pouvait plus concevoir à cause d'un cancer de l'utérus, qui l'avait contrainte à subir une hystérectomie.

La famille Katsuragi, qui dirigeait l'hôpital depuis des générations, comptait sur l'un de ses gendres pour reprendre les rênes de l'établissement. Il avait été décidé depuis longtemps qu'il s'agirait du futur mari de Natsumi, sélectionné parmi un groupe de jeunes docteurs travaillant à l'hôpital.

En tant que filles de notables, Natsumi et Haruna avaient reçu une éducation privilégiée. Elles avaient fréquenté des écoles de filles prestigieuses où elles avaient obtenu de bons résultats. Avec seulement trois ans d'écart, elles étaient inséparables.

Suivant la suggestion de leur père, Natsumi avait fréquenté l'Université de médecine de Tokyo et s'était fiancé à un chirurgien prometteur de l'hôpital. Haruna avait étudié à l'Université Waseda, où elle avait rencontré le fils aîné de la famille Katou, qui l'avait demandée en mariage. Tout s'était déroulé comme prévu jusqu'à ce que le fiancé de Natsumi meure d'une crise cardiaque. Cela avait surpris tout le monde, puisqu'il était jeune et menait une vie saine, mais le destin trouve toujours le moyen de faire bifurquer nos chemins.

Son père avait alors constitué une liste de prétendants convenables, mais Natsumi les avait tous éconduits. Même si sa relation avec son fiancé avait commencé dans la perspective d'un mariage arrangé, les deux jeunes gens avaient fini par tomber amoureux. Et elle refusait d'accepter quelqu'un d'autre. La famille Katsuragi était sous le choc. S'ensuivit une crise de pouvoir à la tête de l'hôpital. Convaincre Haruna d'épouser le futur directeur de l'hôpital au lieu de sa sœur était impossible sans offenser la famille Katou. N'ayant pas d'autre choix, le Dr Katsuragi adopta l'un des jeunes docteurs pour faire de lui son successeur. Il va sans dire qu'il était consterné par la désobéissance de sa fille et qu'il la déshérita.

Âgée de vingt et un ans, Natsumi Katsuragi dut quitter le domicile familial. Le cœur brisé, désespérée, elle partit avec pour seuls bagages son nom de famille et les doux souvenirs de l'époque d'avant le drame.

— Ces jours ont été les plus sombres de ma vie, a soupiré la dame au kimono.

J'ai hoché la tête, compatissant.

— Je n'avais pas fini mes études et je n'avais pas d'argent pour payer un loyer ou les frais de scolarité. En y repensant, mon père croyait peut-être que j'accepterais d'épouser son fils adoptif une fois que j'aurais compris à quel point il était difficile de survivre seule. Mais il se trompait. Je ne me souciais plus de ma propre vie.

Après avoir quitté son appartement luxueux, Natsumi avait loué la chambre la moins chère qu'elle avait pu trouver, et qu'elle partageait avec des immigrés illégaux. La plupart d'entre eux faisaient la plonge dans des restaurants, payés une misère. Natsumi dut prendre le même genre d'emploi. La mère de la jeune fille ne supportait pas de la voir vivre dans la pauvreté. À l'insu de son mari, elle allait de temps en temps lui rendre visite pour lui donner un peu d'argent. Puis, un an plus tard, Mme Katsuragi décéda.

— Après son cancer de l'utérus, on lui a diagnostiqué un cancer des poumons, m'a expliqué la dame au kimono. Cette fois-ci, les médecins n'ont pas pu la sauver.

Elle a pris une première gorgée de thé, et je l'ai imitée.

— J'avais toujours été proche de ma mère. Sans que je le sache, avant sa mort, elle avait demandé à Haruna de m'aider financièrement, en toute discrétion. Ma sœur est devenue mon soutien jusqu'à ce que je rencontre mon mari, trois ans plus tard.

L'époux de Natsumi était le propriétaire du restaurant où elle travaillait. L'homme n'était en rien le mari idéal – c'était un veuf qui avait plus du double de son âge. Sa femme avait trouvé la mort dans un accident de voiture, et il ne s'entendait pas avec ses enfants devenus adultes. Maigre, l'air boudeur, c'était l'opposé du premier fiancé de Natsumi, mais son expression éternellement triste l'attirait.

Il ne serait pas incorrect de dire que ce qu'elle ressentait pour lui tenait davantage de la compassion que de l'amour. La mort d'un proche les unissait, et ils furent bientôt mariés. À la même époque, Haruna rejoignit la famille Katou.

Lorsque Natsumi et son mari se rendirent à la maison des Katsuragi pour demander la bénédiction du père, le Dr Katsuragi ne prit pas bien leur union. En homme appréciant le sang aristocratique et la bonne éducation, il était furieux que l'époux de Natsumi ne possède ni l'un ni l'autre. Et la famille Katsuragi vivait comme une humiliation le fait qu'elle ne soit qu'une seconde épouse. Tout le monde s'opposa à ce mariage, y compris Haruna. Natsumi et son mari furent chassés de la maison et on leur interdit d'y revenir.

Malgré tout, Natsumi se satisfaisait de sa nouvelle vie. Elle travaillait dur au côté de son mari et, ensemble, ils firent prospérer le restaurant. Les affaires étaient bonnes. Bien que Natsumi n'eût pas le même niveau de confort financier qu'elle avait connu en grandissant, le couple ne manquait de rien. Malheureusement, leur bonheur fut de courte durée.

Certains dirent que c'était de la malchance, d'autres que c'était le destin, lorsque le mari de Natsumi s'effondra au travail. Les secours l'emmenèrent rapidement à l'hôpital d'Akakawa, mais il était dans le coma. Le médecin expliqua qu'un caillot de sang s'était formé dans son cerveau. Ayant déjà perdu son fiancé, Natsumi était déterminée à sauver son mari. Elle passait tout son temps auprès de lui. Malgré tous ses efforts et les soins prodigués, son état ne s'améliora pas.

Pendant ce temps, personne ne s'occupait du restaurant, qui finit par péricliter. Des clients réguliers cessèrent de venir et, bientôt, les comptes furent dans le rouge. La banque finit par le saisir. Pour ne rien arranger, Natsumi avait dépensé toutes leurs économies pour les traitements de son mari. Elle n'eut finalement d'autre choix que de solliciter l'aide de son père.

— J'ai ravalé ma fierté et je me suis rendue à la maison de mes parents pour leur emprunter de l'argent, m'a raconté la dame au kimono. J'ai baissé la tête, j'ai supplié mon père. Mais, puisqu'il avait déclaré que je n'étais plus sa fille et qu'il désapprouvait le mariage, il a refusé de m'aider.

Le cœur lourd, je me suis rappelé mes propres parents désavouant leur fille.

— Je suis désolé, est-ce que votre mari…

— Il ne s'est jamais réveillé. Après des mois d'agonie sans la moindre amélioration, j'ai pris la décision de faire débrancher l'assistance respiratoire.

Elle a baissé le regard vers sa tasse. Ses yeux étaient vides et son thé froid. Elle a soulevé la tasse et l'a tenue à deux mains. Ses doigts ridés glissaient sur les imperfections de la porcelaine.

— Après les funérailles, je n'avais aucune envie de rester à Akakawa, où j'avais trop de souvenirs douloureux. Mais, avec la mort de mon mari, j'ai étrangement retrouvé le goût de vivre que j'avais perdu après le décès de mon fiancé. Je n'allais pas le gâcher.

Le mari de Natsumi lui avait promis de l'emmener à Kyoto pour leur lune de miel. Le projet avait été reporté lorsque leur établissement avait commencé à prospérer. N'ayant plus de restaurant, Natsumi se donna pour mission d'accomplir leur rêve. Armée d'une unique valise, elle partit pour Kyoto et descendit à l'auberge traditionnelle que son époux avait choisie à l'époque. Ce devait être le destin, car l'auberge cherchait une nouvelle employée. Natsumi y vit un signe l'invitant à rester à Kyoto.

— J'ai décidé de travailler là, sans la moindre intention de retourner à Akakawa, m'a expliqué la dame au kimono. Mais, quinze ans plus tard, j'ai reçu un appel de l'un des avocats de la famille Katsuragi. Mon père venait de mourir. Dans son testament, il nous avait laissé un héritage considérable, à ma sœur et moi. Je crois que c'était sa façon de se racheter.

Elle m'a regardé dans les yeux avant de me lancer :

— Il n'était pas très honnête avec lui-même, n'est-ce pas ?

J'ai marmonné mon approbation.

— Derrière son aspect rugueux, mon père avait un cœur tendre. Il se sentait responsable de ce qui était arrivé à mon mari.

Pour finir, Natsumi reçut suffisamment d'argent pour vivre sans n'avoir plus jamais besoin de travailler. Elle s'était servie d'une partie de son héritage pour acheter des actions et des parts de sociétés réputées. Les dividendes seuls suffisaient à couvrir ses dépenses sans toucher le capital. Même alors, il lui restait énormément d'argent, et elle voulut racheter le restaurant qu'elle avait un jour été contrainte de vendre.

Un restaurateur l'avait acquis, après la saisie de la banque, mais son affaire n'avait jamais décollé et avait elle aussi fini par péricliter totalement. Une compagnie immobilière avait ensuite repris le bâtiment, avant de le faire démolir pour y ériger des boutiques. Puis la société avait rencontré des difficultés financières et le projet était resté inachevé. Des rumeurs commencèrent à circuler, affirmant que le terrain était maudit.

— Je voulais le récupérer par tous les moyens, et j'étais prête à l'acheter au-dessus du prix du marché, m'a-t-elle expliqué. Heureusement pour moi, la compagnie immobilière était pressée de s'en débarrasser. Finalement, je l'ai eu pour une bouchée de pain.

Je me suis souvenu de ce que Mme Itano m'avait dit à propos de cet endroit.

— Je ne pouvais pas faire grand-chose de ce terrain abandonné. J'ai d'abord pensé bâtir un autre restaurant, mais la gestion m'aurait demandé trop de travail. Je commençais à prendre de l'âge et je n'aurais pas eu l'énergie nécessaire. Construire un hôtel était une bonne alternative car j'avais déjà de l'expérience après mes années de travail à l'auberge traditionnelle.

J'ai hoché la tête.

— Est-ce que je vous ennuie, M. Ishida, avec mes histoires de vieille femme ?

— Bien sûr que non. Votre vie est fascinante. Cela dit, il y a une chose que je ne comprends pas. Pourquoi avoir donné à cet hôtel le nom de votre père plutôt que celui de votre défunt mari ?

— D'une certaine façon, cet hôtel est un hommage à mon père. L'héritage qu'il m'a légué m'a permis d'acheter ce terrain et de finir ma vie en paix, à l'abri de tout souci financier.

J'ai jeté un coup d'œil à ma montre. Nous parlions depuis près d'une heure, mais la question que j'étais venu poser n'avait pas encore été abordée.

— Si j'ai bien compris, vous avez recollé les morceaux avec la famille Katsuragi. Dans ce cas, pourquoi m'avoir dit plus tôt que vous n'aviez aucun contact avec votre sœur et sa famille ?

Elle a pris le temps de réfléchir pour choisir ses mots.

— Lorsque je suis rentrée à Akakawa pour les funérailles de mon père, quinze ans avaient passé. Je n'avais pas eu de contact avec ma sœur depuis qu'elle s'était opposée à mon mariage – en fait, je n'en ai toujours pas eu.

— Vous ne savez donc rien de sa vie, ici ?

— J'ai entendu dire qu'elle avait eu une fille, qui avait passé la moitié de sa vie à l'hôpital. Je ne sais pas grand-chose de Miyuki – je ne l'ai jamais rencontrée, a-t-elle soupiré. L'enfant est décédée avant mon retour à Akakawa.

— Est-ce que vous savez pour quelle raison Miyuki était hospitalisée ?

— Il paraît qu'elle avait une maladie rare, incurable – j'ignore laquelle. J'en ai déduit qu'elle avait fini par y succomber.

Elle ne savait donc pas ce qui était arrivé à sa nièce.

— Du coup, quand avez-vous vu votre sœur pour la dernière fois ?

— Le jour où j'ai été chassée de la famille Katsuragi. Haruna n'est même pas venue assister aux funérailles de notre père. Après la mort de sa fille, elle est tombée dans une grave dépression, refusant de sortir de chez elle ou de voir quiconque.

— Avez-vous essayé de lui rendre visite ?

La dame au kimono a baissé les yeux avant de répondre :

— Je me suis rendue plusieurs fois à la villa. À chaque fois, Kosugi Katou me demandait de partir. Au début, il se montrait courtois, mais il a fini par m'adresser une sévère mise en garde.

J'imaginais très bien M. Katou agissant ainsi.

— J'ai ignoré son avertissement jusqu'à ce qu'un incendie se déclare à l'hôtel. Heureusement, personne n'a été blessé et les dégâts étaient minimes. J'ai porté plainte auprès de la police mais mon intuition me soufflait que quelque chose n'allait pas. Les autorités semblaient peu enclines à suivre la moindre piste, alors que c'était un cas évident d'incendie volontaire.

Natsumi avait reçu un appel de M. Katou le lendemain de l'incident.

— J'ai entendu dire qu'il y avait eu un incendie dans votre hôtel.

— Merci de vous en inquiéter. Tout va bien.

— Je suis soulagé de l'entendre. Maintenant, écoutez-moi bien. Vous êtes actuellement dans une position confortable qui vous permet de vivre en paix. Des incidents comme ce genre d'incendie n'arriveraient pas si vous arrêtiez de vous mêler des affaires privées des autres. Il y a un vieux dicton : « Ne réveillez pas le tigre endormi ». J'espère pour votre bien que vous garderez cela à l'esprit.

Si ce court appel confirma ses soupçons, elle n'avait aucun moyen de prouver l'implication de la famille Katou. Même si elle parvenait à trouver des preuves irréfutables, la police serait réticente à ouvrir une enquête. La famille du politicien avait une influence considérable, à Akakawa.

— Après ça, je n'ai plus jamais essayé de contacter Haruna, a conclu la femme au kimono.

— Je comprends pourquoi, pourtant votre sœur a besoin de vous.

Elle m'a adressé un sourire timide.

— C'est gentil à vous d'être revenu jusqu'ici, M. Ishida. Mais, après avoir abandonné Haruna depuis si longtemps, je n'ai plus le droit de m'immiscer dans leurs affaires.

— C'est faux. Quoi qu'il soit arrivé, vous restez sa sœur.

— Je ne souhaite pas m'opposer à M. Katou. C'est un homme dangereux. Il est de votre intérêt de ne pas en savoir trop sur les affaires privées de sa famille. Je m'excuse, je crois que je ne pourrai pas vous aider davantage.

Je sentais qu'elle me cachait des informations importantes, quelque chose que je ne pourrais apprendre même en posant les bonnes questions.

— Je vais bientôt partir, ai-je annoncé. Merci pour votre aide.

— Je vous en prie.

La dame au kimono m'a escorté jusqu'à la porte. J'ai ralenti mon allure délibérément, espérant qu'elle dirait autre chose. En vain. Je suis parti de l'hôtel, direction l'arrêt de bus.

À mi-chemin, j'ai entendu quelqu'un m'appeler. Je me suis tourné et je l'ai vue qui se hâtait vers moi, dans la rue déserte. J'ai attendu qu'elle reprenne son souffle.

— Il y a encore une chose que j'aurais dû vous dire, M. Ishida. J'ai l'impression que la mort de Miyuki n'était pas naturelle.

— Qu'est-ce qui vous fait croire cela ? ai-je demandé, sourcils froncés.

— Aux funérailles de mon père, j'ai croisé son fils adoptif. Selon lui, Haruna a refusé d'envoyer Miyuki à l'hôpital d'Akakawa.

— Elle pensait peut-être que l'autre hôpital était mieux.

Elle a secoué la tête.

— L'hôpital d'Akakawa est l'établissement le plus réputé de la région. En tant que petite fille de l'ancien directeur, Miyuki n'y aurait reçu que les meilleurs traitements. Malgré tout, Haruna a préféré envoyer sa fille dans une clinique plus petite, hors de la ville.

— Quand Miyuki est-elle morte ?

— Il y a six ans. En mai.

— Quel âge avait-elle ?

— Si je ne me trompe pas, six ou sept ans.

Je me suis aussitôt dit que Miyuki Katou devait être Couette-Couette.

— Qu'est-ce que vous comptez faire, M. Ishida ?

— Rien, pour le moment. Mais, s'il vous plaît, essayez de joindre votre sœur.

Elle a soupiré.

— J'ai été ostracisée par les Katou. Il est trop difficile pour moi de me rapprocher de Haruna.

— Puisque j'habite chez eux, je pourrais peut-être vous aider, d'une façon ou d'une autre ?

J'ai volontairement oublié de mentionner le déménagement imminent.

— M. Ishida, je sais que vous voulez bien faire, mais vous allez vous attirer des ennuis. Je vous en prie, écoutez les paroles sages d'une vieille femme. Essayez de garder vos distances avec la famille Katou.

— J'y penserai, ai-je lancé avant que nos chemins se séparent.

Alors que j'avais eu l'intention de profiter de l'après-midi pour finir mes cartons chez les Katou, j'ai décidé d'aller ailleurs.

18

Déménager et emménager

Il n'y avait qu'une seule bibliothèque publique à Akakawa, située de l'autre côté de la ville par rapport à la villa des Katou.

Lorsque je suis entré dans le bâtiment, je me suis rapproché des rayonnages en bois où étaient conservées les archives des journaux locaux. J'ai cherché l'année 1989 et j'ai feuilleté la pile jusqu'au mois de mai. J'ai sorti tous les numéros correspondant et les ai emportés vers une table libre pour parcourir les articles. C'était plus dur que je l'imaginais. Au bout d'un moment, j'ai fini par avoir le tournis à force de lire des gros titres. Malgré tout, je me suis dit que je devais avoir terminé ce jour-même, et j'ai continué à examiner chaque page.

Une heure plus tard, je n'étais arrivé qu'à la moitié de la pile. J'étais fatigué et le bout de mes doigts était devenu tout gris. Épuisé, je me suis étiré le cou jusqu'à le faire craquer puis je me suis forcé à poursuivre.

Aux trois quarts du tas de journaux, j'ai enfin découvert un court article sur Miyuki Katou. Le titre disait : DÉCÈS DE LA FILLE DE KOSUGI KATOU. La brève, qui ne faisait que six lignes, expliquait qu'elle était morte paisiblement à l'âge de six ans des suites d'une maladie incurable. Il n'y avait pas d'informations précises sur cette maladie.

Dans le même journal, j'ai découvert son avis de décès. La colonne était courte, mentionnant les noms de ses parents et de ses grands-parents, accompagnés d'une petite photographie en noir et blanc.

La fillette ne ressemblait en rien à Couette-Couette – ou disons plutôt qu'elle était son exact opposé. Contrairement à Couette-Couette, dont le regard pétillait, Miyuki Katou avait l'air maigre et déprimée. Elle avait les cheveux coupés à la garçonne et portait des lunettes. Elle avait l'apparence type d'une enfant qui passe la plupart de son temps à l'hôpital.

En y regardant de plus près, j'ai trouvé qu'elle avait les traits de M. Katou. Son air inapprochable se retrouvait en Miyuki qui – comme son père – semblait perpétuellement froncer les sourcils.

Donc, finalement, Couette-Couette n'était pas Miyuki. Cela dit, son père était un homme politique célèbre. Dans une petite ville comme Akakawa, il aurait dû y avoir plus de papiers sur sa mort. J'ai continué à parcourir les journaux.

J'ai fini par trouver un article plus long sur la mort de Miyuki dans un autre journal local, paru quelques jours plus tard. Le journaliste ne donnait pas de noms précis, mais il était évident qu'il parlait d'elle.

LE PETIT QUOTIDIEN D'AKAKAWA
LA MORT MYSTÉRIEUSE
DE LA FILLE D'UN HOMME POLITIQUE :
UN CAS POSSIBLE D'HOMICIDE

M.K., la fille d'un homme politique d'Akakawa, est décédée ce matin à l'hôpital de M., à l'âge de six ans. Bien que la cause officielle de la mort soit une défaillance multiviscérale, une rumeur s'est répandue selon laquelle la véritable cause de la mort serait un traitement médical inapproprié requis par la mère de M.K., H.K.

M.K. était une patiente régulière de l'hôpital de M. Selon la déclaration de la famille, elle était née avec une santé fragile, qui l'empêchait d'aller à l'école. Ses symptômes ont été décrits comme proches de ceux d'un cancer. Le diagnostic de sa maladie n'a jamais été rendu public.

S., une infirmière de l'hôpital de M., a bien voulu nous parler de façon anonyme. Selon elle, le Dr H. – qui était responsable de M.K. – lui a administré de nombreux traitements invasifs, dont plusieurs n'avaient pas été validés par le ministère de la Santé. La pertinence du traitement demeure discutable car la cause de la maladie n'a jamais été établie.

Nos tentatives de joindre le Dr H. ont été vaines. Après la mort de M.K., il a démissionné avant de quitter la ville. Aucune des personnes que nous avons interrogées n'a pu nous renseigner sur sa situation à l'heure actuelle.

Nous avons parlé à des patients de l'hôpital de M. qui, pour beaucoup, connaissaient H.K., la mère de M.K.

— Cette femme avait l'habitude de venir tous les jours. Elle est élégante et chic. Il n'est pas difficile de la repérer, nous a dit J., une patiente qui a passé un an et demi dans cet hôpital.

Mais lorsque nous l'avons interrogée sur le père de M.K., K.K., un homme politique, elle nous a dit ne l'avoir jamais vu. Elle a été surprise d'apprendre que c'était lui le père de l'enfant.

Nos appels répétés à K.K. et H.K. sont restés sans réponse. La maison blanche où ils résident dans le quartier huppé de Segayaki a été calfeutrée. Lorsque nous avons tenté de joindre K.K. par sa secrétaire, elle nous a fait savoir que la famille exigeait qu'on respecte leur intimité pendant leur deuil et qu'elle n'accepterait aucune demande d'interview.

C'est ainsi que la cause de la mort de M.K. reste un mystère.

Une fois rentré chez les Katou, j'ai passé une heure à empaqueter les affaires de ma sœur. Quand j'ai appelé Honda pour savoir s'il voulait les cassettes, il a refusé.

— Elles me rappellent trop Keiko, m'a-t-il expliqué.

Je ressentais la même chose. J'avais eu l'intention de garder les albums de jazz et le poste mais, en passant en revue sa collection, je me suis senti bouleversé. Autant d'échos de sa présence. Je l'imaginais trop bien assise à côté de moi, choisissant l'une des cassettes.

— Sur cet album, j'adore la troisième quand elle arrive au refrain. Ça fait...

Et elle fredonnait la mélodie tout en battant la mesure du bout de ses index. Ensuite, elle se tournait vers moi pour m'interroger :

— Tu reconnais ?

Je faisais non de la tête. Toi seule savais de quel passage il s'agissait et ça n'avait plus d'importance puisque tu n'étais plus.

Non, je ne pouvais pas garder les cassettes.

Les paroles de M. Katou me revinrent en tête :

— Il est plus facile de tourner la page quand on n'est pas constamment ramené dans le passé.

Cette fois-ci, j'étais d'accord avec lui.

J'ai vendu les cassettes et le poste à un disquaire d'occasion. La boutique ne m'en avait pas offert un bon prix mais ce n'était pas important. J'avais besoin de me débarrasser des affaires de ma sœur. J'ai donné le reste de ses possessions à une association caritative qui proposait de venir les prendre à domicile.

Pour finir, il n'est resté que l'urne contenant les cendres de ma sœur. J'ai compris que le moment approchait où je devrais m'en défaire.

Je suis entré dans la chambre de Mme Katou en tenant dans ma main *Les Hauts de Hurlevent*, d'Emily Brontë. J'allais lui faire la lecture pour la dernière fois, et il me coûtait de la laisser seule dans cet état, sachant que personne d'autre ne viendrait la voir. Elle était peut-être en vie, mais son esprit s'en était allé, arraché à son corps. Elle avait besoin que quelqu'un la sauve, n'importe qui.

J'ai posé le livre et je me suis assis près d'elle sur le lit.

— Haruna, ai-je murmuré.

Aucune réaction. J'ai tendu les bras vers elle pour lui prendre les mains. Elles étaient froides, dépourvues de vie. Elle a levé les yeux vers moi – son regard était plus vide que jamais.

J'ai inspiré un bon coup avant de parler.

— Miyuki avait six ans. Elle était assez grande pour savoir qu'elle n'était pas malade, pourtant elle s'est laissée faire. Pour une si jeune fille, ça devait être effrayant. Et, malgré tout, elle a joué le jeu.

Mme Katou ne bougeait toujours pas.

— Je crois que c'était sa façon de vous dire qu'elle vous aimait, et qu'elle vous pardonnait, ai-je continué. Voilà pourquoi vous devez vous pardonner aussi. Pour votre bien, et le sien.

J'ai relâché ses mains, repris le livre et quitté la pièce. Après avoir refermé la porte, j'ai entendu des sanglots ténus, étouffés. À cet instant, j'ai compris qu'elle n'aurait plus besoin de moi ni de quiconque pour lui faire la lecture.

Après avoir remis le livre à sa place dans la bibliothèque, j'ai sorti mes affaires et j'ai attendu Honda sur la terrasse. Il avait insisté pour venir m'aider à déménager.

Pour tuer le temps, j'ai jeté un dernier coup d'œil à la maison. Aussi silencieuse que de coutume, mis à part le tintement des carillons. Les rideaux blancs s'agitaient dans l'air, me ramenant à ce premier jour où j'étais venu chercher les affaires de ma sœur. Même si deux mois avaient passé, je n'étais toujours pas habitué à cet endroit.

Une berline noire s'est arrêtée devant la maison. J'ai ouvert le portail et Honda est venu me donner un coup de main. Cette fois-ci, j'avais une valise, une sacoche et quelques grands sacs en plastique.

J'ai chargé mes affaires dans le coffre de la voiture.

— Je ne sais pas comment j'ai fait pour accumuler tout ça.

— C'est toujours comme ça, a répondu Honda dans un éclat de rire. Au fil du temps, on amasse des choses. C'est pour ça qu'on fait un nettoyage de printemps tous les ans, non ?

Nous sommes montés en voiture et il m'a conduit jusqu'à mon nouvel appartement. Il ne nous a fallu que vingt minutes pour y arriver mais, comme il l'avait dit, l'immeuble n'était guère accessible sans voiture. Je devrais peut-être m'acheter un vélo. Quand en avais-je fait pour la dernière fois ? Au lycée, si ma mémoire était bonne. Est-ce que je devrais réapprendre à en faire ? Ou bien est-ce comme attacher ses lacets – une fois qu'on a compris, on peut le refaire d'instinct jusqu'à la fin de ses jours ?

La voiture a fait demi-tour brusquement et quelque chose a scintillé sur le rétroviseur. J'ai tendu le cou pour mieux voir. Un lapin minuscule en porcelaine blanche était niché derrière le miroir ; pas étonnant que je ne l'aie pas vu avant.

Pour un homme mûr, Honda avait des goûts surprenants.

19

La maison derrière les buissons fleuris

Quand j'avais vu l'immeuble pour la première fois, c'était en fin d'après-midi, et le soleil couchant avait peut-être plongé l'endroit dans une atmosphère quelque peu romantique. En vérité, la peinture rose délavée des murs du bâtiment s'écaillait, sans parler des taches d'humidité. Les balustrades en métal étaient rouillées et l'escalier extérieur en bois était abîmé. Au moins, la construction en elle-même semblait solide.

— Je suis surpris qu'on ne l'ait pas encore démoli, a déclaré Honda en montant les marches. Il date de la Seconde Guerre mondiale et n'a pas été rénové une seule fois. Le propriétaire aurait au moins pu ajouter un ascenseur.

— S'il l'avait fait, le loyer ne serait pas si bas.

— Les locations ne sont peut-être qu'une façade. Si ça se trouve, certaines chambres servent à stocker de la drogue ou des armes.

— Arrête de dire n'importe quoi.

Et même s'il avait raison, je n'en avais rien à faire. Le loyer était dans mon budget et le propriétaire acceptait des baux d'un mois. Je me suis demandé s'il faisait vraiment des profits, ici, avec un loyer si bas.

Le souffle court, nous sommes enfin arrivés au quatrième étage. J'ai sorti mes clefs pour ouvrir la porte. Après avoir déposé mes affaires, j'ai examiné l'endroit, où flottait une forte odeur d'humidité. J'ai ouvert toutes les fenêtres pour aérer.

Dans un coin du salon, j'ai repéré une télé recouverte d'une épaisse couche de poussière. J'ai essayé de l'allumer, pensant que Honda voudrait regarder quelque chose, mais elle ne marchait pas. Après avoir trituré les boutons un moment, j'ai laissé tomber et je suis allé me laver les mains dans la salle de bains. À mon grand désarroi, je me suis aperçu qu'il n'y avait pas d'eau chaude. Pas étonnant que cet endroit soit si peu populaire. Je pourrais toujours faire bouillir de l'eau, comme dans les films d'époque, mais je savais que j'étais trop feignant pour ça. Bon, j'avais ce pour quoi je payais.

— Tout va bien ? m'a demandé Honda.

— Oui, oui, ai-je répondu en me rinçant les mains sous le robinet.

Le miroir en face de moi était embrumé de saleté. Visiblement, ma première tâche serait de nettoyer l'appartement de fond en comble. J'ai soupiré. Ce n'était pas mon occupation favorite pour un jour de congé.

Le bâtiment de quatre étages comptait huit logements à chaque palier. Un tiers était occupé, et plusieurs appartements n'étaient pas disponibles à la location – c'était un fait, même si je n'adhérais pas à l'explication de Honda. Dans la vraie vie, les choses étaient rarement si intéressantes. Plus vraisemblablement, les logements étaient trop dégradés pour être rénovés.

Pour autant que je le sache, le rez-de-chaussée était entièrement loué. Plus on montait dans les étages, moins il y avait de locataires. Sur mon palier, il n'y avait qu'un seul autre occupant.

Les habitants de l'immeuble étaient un mélange d'étudiants et de jeunes employés. Il n'était pas difficile de mémoriser leurs visages puisqu'ils n'étaient pas nombreux. Ils vivaient tous seuls, mis à part un jeune couple.

— Le propriétaire ne veut louer qu'à des célibataires, m'avait expliqué Izumi, l'intendante à lunettes de l'immeuble.

Une semaine après mon emménagement, elle m'avait fait venir chez elle pour me donner quelques documents. La chambre 304 lui servait à la fois de bureau et de logement. C'est à elle que je payais mon loyer tous les mois. S'il y avait un problème avec les appareils, c'était aussi à elle que je devais m'adresser. Cela dit, selon ses propres paroles : « Il n'y a pas grand-chose que je puisse faire, alors évite de me déranger pour rien. »

— Il y a un couple au deuxième étage, lui ai-je fait remarquer.

— Légalement, la fille est la seule locataire, sauf que son petit ami vient tous les jours. C'est comme s'il habitait ici. Le propriétaire ne serait pas content s'il l'apprenait, mais il n'en saura rien si personne ne le prévient.

J'ai ri.

— Qu'est-ce qu'il y a de drôle ? m'a demandé Izumi, les bras croisés.

— Tu ressembles à une fille que j'ai connue au lycée. Elle avait les mêmes lunettes que toi et c'était une élève modèle. Déléguée de la classe, membre du conseil des élèves, ce genre de choses. Mais, contrairement à toi, elle rapportait au professeur à la moindre occasion.

— C'était une peste.

— En quelque sorte.

— Je ne suis pas si sérieuse, tu sais, m'a-t-elle assuré en ôtant ses lunettes. En plus d'être myope, je suis maladroite. J'ai cassé ma paire habituelle, du coup je me sers de mes anciennes, ce qui me donne un air débile.

Sans ses lunettes, Izumi ressemblait moins à la fille que j'avais connue.

— Bon, arrête de me dévisager. Je dois les porter tout le temps, sinon je suis littéralement aveugle, a-t-elle soupiré en les remettant. Avant que j'oublie, j'ai quelque chose à te donner. Attends une seconde – mon appart est en bazar, je ne fais entrer personne.

— Pas de problème, j'attends là.

Elle m'a laissé devant sa porte. Je ne voyais pas à quel point c'était chaotique, chez elle, car un rideau me cachait la vue. En revanche, je l'entendais farfouiller.

Quelques minutes plus tard, elle est revenue avec une brochure.

— Voici le règlement intérieur et les précautions à prendre dans l'immeuble, à lire quand tu pourras. C'est tout, je te libère.

Je me suis efforcé de dissimuler mon étonnement.

— Merci, je n'y manquerai pas.

— Ah, une dernière chose. Je te l'ai déjà dit mais je préfère me répéter. Évite de me déranger pour rien. Si tu me dis que la machine à laver ne marche pas ou qu'il n'y a plus d'eau, je ne pourrai rien y faire. Dans ces cas-là, il vaut mieux que tu ailles frapper chez tes voisins pour savoir s'ils peuvent te dépanner. Tout ce que je peux faire, c'est rapporter le problème au propriétaire lorsque sa secrétaire passe une fois par mois. Et, là encore, son agence n'est pas très réactive.

— À t'entendre, on dirait que tu détestes t'occuper de cet endroit, ai-je déclaré malgré moi. Pourquoi t'être portée bénévole ?

Ma question l'a surprise.

— Je ne suis pas bénévole. Tu crois que j'aurais accepté tout ce travail pour rien ? Le propriétaire divise mon loyer par deux, en échange.

— Ça alors, c'est une bonne affaire. Et si tu introduisais en douce quelqu'un d'autre dans ton appartement, comme l'a fait la fille du deuxième, tu pourrais diviser ton loyer encore plus.

Comme je la taquinais, je n'attendais pas de réponse.

— Bonne idée, sauf que je ronfle très fort. Le seul être vivant qui ait jamais partagé ma chambre, c'est Midori, le chat que j'avais à l'école primaire.

— C'est bien que tu le saches. C'est Midori qui t'a prévenue ?

Izumi m'a répondu par un sourire en coin.

— Tu as déjà rencontré notre propriétaire ? l'ai-je interrogée

— Non. Je ne suis en contact qu'avec sa secrétaire.

— Dans ce cas, comment es-tu devenue l'intendante ?

— J'ai remplacé ma cousine. Elle a déménagé quand elle s'est mariée. Bref, assez parlé de moi. Et toi ? Tu as réussi à t'installer et à ranger tes affaires ?

— Je crois. C'est calme, ici.

— Oui, surtout parce que tu es au dernier étage. Il n'y a que toi, là-haut, et le type tout maigre.

— Tu le connais ?

Elle a haussé les épaules.

— Pas vraiment. Tu as fait sa connaissance ?

— Pas encore.

Même si c'était mon voisin direct, je ne lui avais jamais parlé et je ne l'avais vu que deux fois.

La première fois, il rentrait chez lui au milieu de la nuit en portant deux gros sacs de courses. À ce moment-là, j'étais en train d'étendre la lessive que j'avais oublié de sortir de la machine.

J'avais aperçu un type grand et mince, aux cheveux en bataille. Il portait plusieurs couches de vêtements, comme si on était à Hokkaido en plein hiver. Pourtant, il ne faisait même pas frais, ce jour-là. Plus étrange encore, malgré ses habits épais, il portait toujours aux pieds des *zori*, les sandales traditionnelles aux semelles de paille.

La seconde fois, je traînais sur le palier car je n'arrivais pas à dormir. Il était environ deux heures du matin. Ce jour-là encore, il était parti je ne sais où avant de revenir avec deux sacs en plastique. Ses *zori* claquaient fort quand il montait les marches de l'escalier. Lorsqu'il était passé devant moi, je l'avais salué d'un signe de tête, qu'il m'avait retourné.

Le reste du temps, sa porte et ses fenêtres étaient fermées. De chez lui, je n'entendais jamais un bruit, et il ne semblait jamais étendre sa lessive dehors. Depuis le palier, on aurait pu croire que personne ne vivait là.

— Je discute avec lui de temps en temps, évidemment, quand je récupère son loyer, m'a expliqué Izumi. Nous ne nous parlons que lorsque c'est nécessaire. Je ne le connais pas plus que toi, en fait. Il paraît qu'il est auteur-compositeur, mais je n'ai jamais entendu de musique s'échapper de son appartement, alors ça me semble peu probable.

— Il compose peut-être en numérique, ai-je hasardé. Il branche un casque sur son synthétiseur ou je ne sais quoi.

— Peut-être, a-t-elle lâché dans un haussement d'épaules. C'est un excentrique. Je me souviens l'avoir vu au parc vers minuit, un jour. Quand je l'ai salué, il m'a ignorée.

— Il ne t'a peut-être pas entendue.

— Je suis presque sûre d'avoir parlé assez fort. Je lui ai pratiquement crié dessus. Enfin, je vais faire la sieste. Évite de me...

— ... déranger pour rien.

— Bien, a-t-elle conclu en fermant sa porte.

J'ai regardé la brochure que je tenais à la main. Cinquante pages de documents photocopiés maintenus par une reliure à spirales. Sur la couverture, une maison dessinée, derrière des buissons fleuris et, au-dessus, écrit en grandes lettres, le mot BIENVENUE.

Une fois chez moi, je l'ai flanquée dans un tiroir de la commode, convaincu qu'elle ne verrait plus jamais la lumière du jour.

Je n'avais pas beaucoup changé de routine après mon déménagement. Le matin, j'allais faire du sport dans le parc d'à côté. Je courais une heure avant de rentrer chez moi prendre une douche rapide. Ensuite, j'allais au boulot.

L'arrêt de bus le plus proche était à une vingtaine de minutes de marche et il n'était desservi que par une seule ligne, qui passait toutes les quinze minutes. Neuf fois sur dix, je devais attendre un bon moment.

Sur le chemin, j'achetais mon déjeuner et je mangeais avant le premier cours. Je dînais le plus souvent avec Honda, qui me raccompagnait presque toujours en voiture.

— Je ne vis pas loin de chez toi, de toute façon, disait-il. Et c'est plus sympa d'avoir quelqu'un à qui parler pendant que je conduis.

Après les cours, j'étais trop fatigué pour refuser sa proposition. Je voulais rentrer chez moi le plus vite possible et me jeter sur mon lit. Honda, lui, bouillonnait d'énergie pendant le trajet nocturne. Il semblait se détendre dès qu'il s'asseyait derrière le volant.

— J'adore conduire de nuit avec les vitres ouvertes, me confiait-il en passant ses vitesses sans heurt. Le bruit du moteur et le vent qui me souffle dans la figure réussissent toujours à me calmer.

— Tu conduis souvent la nuit, sans destination précise ?

Il n'a pas répondu. Nous approchions d'un feu rouge. La voiture a ralenti avant de s'arrêter sur une pente escarpée.

— Quand j'étais encore avec mon ex, nous nous promenions la nuit, en voiture. Depuis qu'elle m'a quitté, j'essaie de ne pas conduire seul. Sinon, je me mets à penser à elle.

Le feu est passé au vert et Honda a desserré le frein à main. La voiture est repartie dans un rugissement de moteur.

— Et toi, Ishida ? Tu as une petite amie ?

— Oui.

— À Tokyo ?

— C'est ça.

— Parle-moi d'elle.

Je ne savais pas quoi dire, d'autant plus que Nae et moi ne nous étions pas parlé depuis longtemps.

— Elle est chouette, j'imagine. Nous fréquentons la même université.

— Elle n'a rien contre le fait que tu vives ici ?

Je me suis forcé à rire.

— À dire vrai, on s'est disputés et on ne s'est pas encore réconciliés.

— Je vois, a-t-il marmonné. Quand on s'est séparés, ma copine et moi, j'ai compris quelque chose. Quand on s'aime, on peut tout régler avec un simple mot d'excuse. Mais, si ce n'est pas le cas, c'est trop compliqué de faire vivre la relation.

— Je n'ai pas de mal à m'excuser quand je suis en tort. Le problème, c'est que je ne suis jamais à la hauteur de ses attentes. Tôt ou tard, on aura de nouveau le même désaccord. Elle et moi, on n'avance pas à la même vitesse.

— C'est pour ça que tu as quitté Tokyo ?

Je n'ai pas répondu et il n'a pas insisté.

La berline noire s'élançait par cette calme nuit d'été. Les rues étaient vides, illuminées par les lampadaires. Quand je plissais les yeux, ils devenaient flous et se fondaient les uns aux autres, créant une ligne lumineuse continue. Je me souvenais avoir déjà vu ce genre de chose, mais où ?

20

Une requête de Tokyo

Quand je suis rentré chez moi, une lettre m'attendait. L'enveloppe était froissée sur les bords et elle portait un tampon avec un papillon violet. Elle venait de ma mère. J'ai déchiré l'enveloppe, sorti la feuille de papier pliée en deux. La lettre disait :

Cher Ren,

Jin te cherche. Il dit que c'est urgent. Je lui ai expliqué que tu n'avais pas donné de numéro de téléphone et que je ne savais pas quand tu rentrerais à Tokyo, mais il continue à appeler. Peux-tu le contacter ?

Jin et moi, on était amis depuis l'école primaire.

Nous avions été dans la même classe pendant des années et nous jouions au foot tous les deux, si bien que nous passions beaucoup de temps ensemble. Après le lycée, nous étions partis vers des universités différentes. J'avais suivi les pas de ma sœur à Keio, pendant que Jin entrait à Waseda. Il m'appelait de temps en temps quand son équipe avait besoin de joueurs, mais nous ne nous voyions plus aussi souvent. Lorsque nous nous retrouvions en dehors des terrains de foot, on passait notre temps à faire la tournée des bars, pour draguer des filles.

Jin n'était pas très beau. Pas repoussant non plus, mais il n'avait pas le genre de physique à faire tourner la tête des filles. Par contre, il était doué avec les mots. Une fois qu'il persuadait une fille de l'écouter, il parvenait presque toujours à la mettre dans son lit. Je ne sais pour quelle raison, il avait besoin de moi comme partenaire de chasse.

— C'est une formule secrète, m'avait-il appris. On doit être deux. Toi et moi, on fait une combinaison parfaite. On se complète.

Pourquoi moi ? Il refusait de me l'expliquer. Cela dit, en suivant sa théorie fumeuse, j'avais séduit pas mal de jolies filles. Je n'hésitais jamais à le suivre dans ses virées.

Avant d'aller travailler le lendemain matin, j'ai fait un détour par une cabine téléphonique près du parc. Aujourd'hui encore, je connaissais le numéro de Jin par cœur.

Quelqu'un a décroché.

— Allô ?

J'ai aussitôt reconnu la voix grave distinctive de Jin.

— C'est Ren. Ma mère en a marre que t'appelles tout le temps.

— Ah, la vieille bique ! Elle m'a raccroché au nez, l'autre jour, s'est-il esclaffé. T'es passé où ?

— Je suis à Akakawa.

— Qu'est-ce que tu fous là-bas ?

— Je règle des affaires de famille.

Jin connaissait ma sœur mais je doutais de lui avoir dit qu'elle habitait ici et je n'avais pas envie de parler de sa mort.

— Alors, ai-je repris, pourquoi cet acharnement pour me joindre ?

— J'ai besoin de ton aide pour aller draguer.

Je n'en croyais pas mes oreilles.

— T'es sérieux ? C'est pour ça que tu n'as pas arrêté d'appeler ?

— Tu crois que je plaisante ?

Je sentais à son ton que ce n'était pas le cas, mais bon.

— Pourquoi c'est si urgent ?

— Je te le dirai en face. Tu peux revenir ? Pour une semaine, de préférence, et aussi vite que possible. Tu feras ça pour moi, n'est-ce pas ?

C'était la première fois qu'il implorait mon aide. Je ne pouvais pas le laisser tomber et, de toute façon, les vacances d'été approchaient.

— Je viendrai la semaine prochaine.

— Génial, a-t-il répondu, soulagé. Je rembourserai ton billet de train.

— Ne t'inquiète pas pour ça. Par contre, ne dis à personne que je suis à Tokyo, et surtout pas à ma mère.

— Je te comprends. Qui voudrait parler à cette vieille peau ?

Et donc, à la date convenue, je me suis présenté chez lui, dans le quartier de Meguro.

La maison de Jin était une villa à deux étages, dotée de son propre garage. Sa famille vivait là depuis trois générations. La porte s'est ouverte à la volée et Jin m'a accueilli chaleureusement.

— Bienvenue à Tokyo, M. Ishida, a-t-il lancé, un grand sourire sur les lèvres. Nous t'attendions.

— C'est quoi, le plan ? ai-je voulu savoir, incapable de contenir ma curiosité.

— Le plan... a-t-il lancé en sortant de chez lui avec une sacoche, c'est qu'on va s'éclater.

Jin a hélé un taxi puis a donné au chauffeur l'adresse d'un hôtel du quartier animé de Roppongi. Sur la route, il a fait semblant de dormir. Quand nous sommes arrivés à sa chambre d'hôtel, il a jeté son sac à terre et s'est rué sur le grand lit pendant que je restais debout devant lui. Après un long silence, il s'est mis à parler :

— Tu me croirais si je te disais que j'allais me marier ?

— T'es sérieux ? ai-je fait, les yeux écarquillés.

Comme moi, Jin avait vingt-quatre ans. Ça semblait jeune pour se caser, surtout pour un mec aussi allergique aux engagements que lui.

Il a répondu d'un ton neutre :

— J'aimerais que ce soit juste une blague.

— Qu'est-ce qui s'est passé ?

— Ma petite amie est enceinte. Le mariage aura lieu le mois prochain. C'est complètement précipité. On n'a pas le choix car elle en est déjà à sept semaines de grossesse. Ça se verra bientôt.

Je ne savais pas quoi dire. Je ne pouvais pas m'imaginer à quel point c'était dévastateur pour lui. Je me suis gratté la tête en lui lançant :

— C'est la fille aux cheveux courts que tu m'as présentée la dernière fois ? Comment elle s'appelait, déjà ?

— Sachiko. Mais c'est pas elle. Je l'ai quittée il y a des lustres.

Je savais que Jin enchaînait les conquêtes, qu'il en avait parfois même plusieurs en même temps, mais la fille aux cheveux courts de Waseda était la dernière que j'aie rencontrée.

— C'est donc une nouvelle.

— Oui. Et toi ? Toujours coincé avec cette Nae ?

— Qu'est-ce que tu veux dire par « cette Nae » ? Et, oui, nous sommes toujours ensemble… ai-je ajouté avant de me gratter la tête. Enfin, en quelque sorte.

Il a levé les yeux vers moi puis a éclaté de rire.

— Ça alors, tu l'as enfin larguée ! Il était temps, pas vrai ? Je t'aiderai à t'en remettre.

— On est toujours ensemble. Et puis, on n'est pas là pour parler de moi. Mais de toi et de la fille que tu vas épouser. Tu sortais avec elle depuis combien de temps quand elle est tombée enceinte ?

— Je ne sais pas, a-t-il avoué dans un haussement d'épaules. Un an ou deux.

— C'est impossible. Tu étais avec Sachiko l'année dernière. Ou alors tu les voyais toutes les deux en même temps.

— Bon, on n'était ensemble que depuis quelques mois. T'es content ? On peut passer à autre chose ?

— D'accord, d'accord, ai-je capitulé devant son emportement. Comment c'est arrivé ? Tu avais toujours pris tes précautions.

— J'ai *pris* mes précautions. C'est pour ça que je suis furax. Mais elle, elle est contente. Elle l'a dit au monde entier. Je n'ai pas le choix, je dois prendre mes responsabilités.

J'ai rapproché une chaise du lit pour m'asseoir.

— Et tu l'aimes ?

— Je l'aime bien, sinon je ne serais jamais sorti avec elle. Je ne suis pas fou d'elle ni rien, mais elle ne me dérange pas. C'est aussi un mariage avantageux. L'entreprise de son père est le principal client de notre société familiale. Difficile de refuser un tel arrangement.

— Alors c'est décidé ?

— J'imagine. C'est juste que c'est très soudain. Ça arrive au mauvais moment, tu vois ce que je veux dire ? Franchement, je ne suis pas encore prêt, mais je n'ai pas le choix.

J'ai soupiré.

— Alors ton plan, c'est quoi ? Coucher à droite à gauche pendant une semaine ?

— En gros, oui, a-t-il avoué avec un demi-sourire. Si je peux coucher avec suffisamment de nanas pour satisfaire toute une vie de libido, alors je me sentirais peut-être mieux à l'idée de me caser si tôt.

— Quel plan génial.

— Garde tes sarcasmes pour toi, Ren. Je sais que ça semble vain et puéril, mais je suis un homme vain et puéril.

Jin avait beau sourire, je savais qu'il était décontenancé. Il avait perdu la tête. Même si je compatissais, je n'étais pas d'accord avec la façon dont il avait prévu de gérer la situation.

— Ne t'inquiète pas, je ferai en sorte que tu t'amuses aussi.

— Ce n'est pas le problème. Je doute juste que tu te sentes mieux après tout ça.

— C'est mon problème, pas le tien. Je prends un pari, et j'accepte toute la responsabilité des conséquences.

Je savais que je ne le ferais pas changer d'avis. J'ai ôté mes chaussures en lui demandant :

— Alors, où est-ce qu'on va ce soir ?

— Tu le découvriras bien assez tôt.

Jin a sorti de sa poche la clef d'une autre chambre d'hôtel et me l'a lancée.

— Ne te déchausse pas ici. Va dans ta chambre. Tu ferais mieux de te reposer. Je te promets, la nuit va être longue.

— D'accord.

J'ai remis mes chaussures, j'ai pris mon sac et je suis sorti.

Jin était fils unique. Sa famille dirigeait une compagnie de confection traditionnelle haut de gamme depuis des générations. En travaillant d'arrache-pied, ils avaient gagné une bonne réputation et une clientèle d'élite constituée d'hommes politiques, de personnalités du show-biz et d'hommes d'affaires fortunés. L'usine se situait dans la préfecture de Kanagawa, où les parents de Jin possédaient une autre villa. La plupart du temps, Jin vivait seul dans la maison de famille de Meguro. La solitude… c'était un autre de nos points communs, avec le foot.

Quand nous étions au lycée, il m'invitait souvent chez lui pour voir des films X. Il avait la plus grande collection que j'avais jamais vue. Après le départ de ma sœur de Tokyo, je dormais souvent chez lui.

Même si ses parents n'étaient presque jamais là, Jin ne ramenait pas ses copines chez lui. Au lieu de quoi, il couchait avec au lycée – dans l'infirmerie, la réserve, les toilettes, partout. En grandissant, il était passé aux *love hotels*, ces établissements aux chambres thématiques qu'on peut louer à l'heure ou à la nuit. L'argent n'était pas un problème, ses parents étaient généreux avec lui.

Je lui avais demandé un jour pourquoi il se donnait tout ce mal, alors que sa maison était toujours déserte.

— Je ne peux pas prendre le risque que mes parents déboulent dans ma chambre alors que j'ai le pantalon baissé, m'avait-il expliqué.

— Est-ce qu'ils attendent de toi que tu restes vierge jusqu'au mariage ? avais-je plaisanté.

— Tu vois ce que je veux dire. Ils savent ce que je fais, mais n'auraient aucune envie de me surprendre en plein acte.

Parce que je l'accompagnais, je suis moi aussi devenu un client régulier des *love hotels*.

La méthode de Jin pour attirer des filles était simple. On allait dans un bar cool de Roppongi, on commandait quelques verres et on y restait jusqu'à ce qu'on voie deux filles qui nous plaisaient. Pas trop jeunes – le plus souvent, des étudiantes ou des employées de bureau au début de la vingtaine – et assez jolies. C'était toujours Jin qui allait leur parler. On leur offrait à boire, on écoutait leurs anecdotes, on les faisait rire. Si on avait de la chance, on pouvait s'amuser un peu après. Jin s'assurait que j'y trouve mon compte ; il payait l'addition et me laissait choisir quelle fille j'allais emmener jusqu'à ma chambre.

Cette fois aussi, nous avons suivi le même schéma. Les trois premières nuits s'étaient passées comme prévu. Jin avait toujours été doué pour convaincre des filles mais, cette fois-ci, il s'était surpassé. Je ne me plaignais pas, surtout que je n'avais fréquenté personne depuis que j'avais emménagé à Akakawa. En revanche, la quatrième nuit s'est passée un peu différemment.

En entrant dans le bar, j'ai remarqué deux jeunes filles qui buvaient seules. La première, plutôt petite, avait un sourire contagieux. L'autre – grande, svelte, peau diaphane – avait un look glamour, avec sa veste en cuir noir et son maquillage charbonneux. Son carré aux épaules mettait en valeur son long cou fin.

Je ne pensais pas avoir la moindre chance avec une fille comme ça mais Jin a vu que je les dévisageais, elle et sa copine. Sentant que j'aimais bien celle aux allures de mannequin, il a insisté pour qu'on tente le coup. Malgré mes réticences, j'ai décidé de le laisser user de sa technique magique quand la plus petite des deux nous a jeté un coup d'œil. Nous nous sommes installés à la table à côté d'elles et nous avons commandé un pichet de bière. Après ça, Jin est passé à l'action.

— Salut les filles, ça va ? Vous voulez vous joindre à nous ?

Il a posé la question d'un air si naturel qu'on aurait pu croire qu'il demandait si la table était libre. C'était un truc que seul Jin savait faire. Si j'avais utilisé la même réplique, j'aurais eu l'air de me forcer.

Les deux filles ont échangé un regard. Après un court silence, la plus grande a hoché la tête et la plus petite a répondu :

— Bien sûr, pourquoi pas.

— Vous venez souvent ici ? a lancé Jin en leur faisant de la place.

— De temps en temps, a répondu la grande.

Comme d'habitude, Jin a fait les présentations.

— Lui, c'est Ren, et moi, je m'appelle Jin.

— Elle, c'est Anzu et moi, Kaori, a lancé la plus petite. Vous êtes étudiants ?

— Oui, on est en fac de droit à Tsukuba, a menti Jin. On est là en vacances.

Se créer une fausse personnalité faisait partie de la formule magique de Jin. Le scénario des étudiants – de n'importe quelle université sauf Keio et Waseda – était celui qu'on utilisait le plus, mais il avait parfois prétendu qu'on était des cadres dans la pub, de simples employés ou des fonctionnaires. Jusque-là, personne n'avait découvert que nous mentions. Pas même lorsque les filles à qui nous parlions étaient étudiantes à la même université que celle qu'il avait choisie. Jin débitait ses mensonges avec beaucoup de conviction, comme s'il croyait à tout ce qu'il disait.

De leur côté, c'était Kaori la plus bavarde. Elles étudiaient toutes les deux le théâtre dans la même école privée d'art dramatique.

— On met en scène une pièce cet été, et je viens de décrocher l'un des rôles principaux, nous a expliqué Kaori. Si vous êtes à Tokyo, vous devriez venir la voir.

— C'est vrai ? Il faut fêter ça, a suggéré Jin.

Il nous a invités à trinquer puis a commandé une nouvelle tournée. Il a continué à discuter avec Kaori, qui semblait ravie de tout lui raconter sur son spectacle.

Je me suis tourné vers Anzu. Dans la pénombre, elle était fascinante. Et pas seulement par sa beauté frappante. Cette fille avait un air familier que je ne m'expliquais pas. Même si nous venions juste de nous rencontrer, j'avais l'impression de la connaître.

— Pourquoi est-ce que tu me fixes comme ça ? m'a-t-elle lancé.

— Ton visage me dit quelque chose. Est-ce qu'on s'est déjà croisés ?

Elle a écarté sa longue frange de ses yeux pour la glisser derrière son oreille.

— C'est une de tes approches de dragueur ?

— Peut-être, ai-je rétorqué avant de prendre une gorgée de bière. Et toi, tu joueras dans la pièce ?

— Non, a-t-elle répondu sans une once de déception. Je m'occupe du maquillage et des costumes.

— C'est ce qui t'intéresse ?

— Pas vraiment. J'ai choisi ça parce que je ne serai peut-être pas là le jour de la représentation. On est une douzaine, en coulisse. Ce ne sera pas dramatique si je ne viens pas.

— Anzu est une mannequin célèbre, a glissé Kaori d'un ton gai. Elle a bossé pour la marque de vêtements Comme des Garçons la semaine dernière.

Ce devait être pour ça que je pensais l'avoir déjà vue.

— Alors on verra ta photo sur les panneaux d'affichage ?

Anzu a éclaté de rire.

— Non ! Ce n'était pas une campagne de pub. Juste un petit défilé. Je ne suis pas connue du tout. Kaori me taquinait.

J'ai jeté un œil vers cette dernière, mais elle était trop occupée à écouter Jin.

— Je ne suis pas une grande fan de théâtre, en fait. Je devais juste m'inscrire à la fac pour faire plaisir à mes parents, a repris Anzu. Ils tiennent absolument à ce que j'aie un diplôme.

— N'importe lequel ?

— Oui, n'importe. Je pensais que la comédie, c'est ce qui se rapprochait le plus de mon activité actuelle, mais ce n'était peut-être pas le meilleur choix. Je suis nulle pour me souvenir des textes, et je n'arrive pas du tout à jouer. Le stylisme, ça aurait peut-être été mieux.

— Pourquoi tu ne changes pas de filière ?

— La moitié du temps, je ne suis pas en cours. Si je passais en stylisme, je ne pourrais pas fournir le travail demandé.

— Tu n'as pas déjà eu des problèmes pour respecter la présence minimum ?

— Ça va. Mes copines m'aident en signant la feuille de présence à ma place. Les chargés de cours connaissent ma situation, du coup ils ferment les yeux. Je n'aurai pas de mal à obtenir mon diplôme. C'est une petite école, pas l'université de Tsukuba, et mon but n'est pas de devenir la prochaine star.

J'ai fini ma bière puis j'ai rempli nos verres. Jin et Kaori étaient dans leur propre monde. Kaori a gloussé lorsque Jin lui a passé le bras autour de la taille.

— Et toi ? m'a interrogé Anzu. Pourquoi as-tu choisi le droit ?

Il m'a fallu un moment pour trouver une réponse.

— Je ne savais pas quoi faire comme études alors mes parents m'ont suggéré de suivre la voie de ma grande sœur.

— Elle est avocate ?

— Oui, ai-je répondu après m'être raclé la gorge.

— Du coup, elle pourra te recommander. Ton avenir est pratiquement assuré. Tu as fait le bon choix. Du moins, tu as bien planifié ta vie. Plein de jeunes de notre âge ne savent pas du tout ce qu'ils vont faire après leurs études.

— C'est dur, quand on a vingt ans et quelques, de décider de ce qu'on fera jusqu'à la fin de nos jours.

— C'est vrai, mais c'est comme ça, s'est-elle lamentée. Les décisions qu'on prend à ce moment-là seront peut-être les plus importantes de notre vie. Notre futur métier, le genre de personne qu'on va épouser, tous ces trucs. Nous sommes encore jeunes. Trop naïfs et trop insouciants pour faire des choix si importants.

J'ai marmonné que j'étais d'accord puis j'ai fini ma bière en quelques gorgées.

Jin a passé son bras autour de mes épaules.

— Désolé de vous déranger en pleine conversation, mais je suis mort de fatigue. Je rentre à l'hôtel.

Anzu a remonté la manche de sa veste pour consulter sa montre. C'était une Seiko vintage.

— Je ne m'étais pas rendu compte qu'il était si tard.

— Comment vous rentrez ? a demandé Jin.

— On va devoir prendre un taxi, puisqu'on a raté le dernier train, a répondu Anzu.

— Notre hôtel est à deux pas d'ici. Si vous voulez, vous pouvez venir vous reposer en attendant le premier train.

— Vraiment ? s'est réjouie Kaori en s'accrochant à Anzu. Allons-y. Je suis fauchée. Je ne veux pas prendre de taxi.

Anzu n'a rien dit. Jin a payé l'addition et nous sommes sortis du bar tous les quatre. Jin et moi, on marchait devant, pendant que les filles nous suivaient.

Je me suis assuré qu'elles ne nous écoutaient pas avant de murmurer à Jin :

— Tu es certain que Anzu ne t'intéresse pas ?

— Oui, c'est toi qui l'as vue en premier, m'a-t-il lancé avec nonchalance. En plus, Kaori est mignonne. Et, qui sait, elle deviendra peut-être célèbre un jour – ce sera la cerise sur le gâteau de mes conquêtes.

— Tu peux toujours rêver.

Nous sommes entrés dans le bâtiment. Jin a pris Kaori dans ses bras et lui a murmuré quelques mots. Ils ont tous les deux filé droit vers sa chambre et ont refermé la porte sans un mot pour moi ou Anzu.

J'ai levé les yeux vers elle, un peu gêné.

— Bon…

— On dirait que t'es coincé avec moi, a-t-elle déclaré dans un haussement d'épaules.

— Je n'ai rien contre.

Je lui ai pris la main puis j'ai sorti la clef de ma chambre.

— Tu dors ? m'a demandé Anzu en roulant près de moi, sous la couverture.

— Pas encore. Ce serait du gâchis de dormir alors que tu es encore réveillée.

— C'est mignon, a-t-elle susurré.

Elle est montée sur moi et nous nous sommes embrassés. Pour lui dégager le visage, j'ai glissé les mèches qui lui tombaient devant les yeux derrière son oreille. Bizarrement, elle semblait avoir changé, depuis que je l'avais repérée au bar, et en mieux. Il m'a fallu un moment pour comprendre que c'était la couleur de sa bouche. Dans nos ébats, son rouge à lèvres bordeaux foncé s'était effacé, ce qui lui donnait l'air plus jeune.

— Ça faisait longtemps, a-t-elle confessé.

— Vraiment ? ai-je fait après l'avoir embrassée encore.

— Ma priorité, c'est ma carrière. Un petit ami ne ferait que me freiner.

— Tu ne te sens pas seule ?

— Parfois. Plus tard, j'aimerais avoir une relation sérieuse, avec quelqu'un que j'aime vraiment. J'ai essayé de sortir avec quelques mecs, mais ils finissent toujours par me laisser tomber parce que je ne suis pas assez présente.

— Tu n'as pas encore rencontré le bon. Comment as-tu décidé de devenir mannequin ?

Anzu s'est recouchée près de moi.

— C'était mon rêve d'enfant, depuis toujours.

Elle avait les yeux grands ouverts, comme si elle n'avait pas l'intention de dormir.

— Raconte-moi.

— Eh bien, aussi longtemps que je me souvienne, j'ai toujours adoré étudier les magazines de mode, admirer les top models avec leurs vêtements branchés et leur maquillage parfait. À dix-sept ans, j'ai passé une audition de mannequins amateurs pour faire la couverture d'un magazine. J'ai été prise, puis une agence m'a offert un contrat.

— Un rêve devenu réalité, en somme.

— Oui.

Elle a fixé un instant le plafond avant d'éclater de rire.

— Qu'est-ce qui est si drôle ?

— Mes parents ne l'ont découvert que quelques années plus tard. Mon père travaille à Manille et ma mère l'a suivi là-bas. J'habite à Tokyo, chez ma tante, m'a-t-elle expliqué avant de se tourner vers moi. Imagine leur réaction ! Ils pensaient que je jouais juste les rebelles. Heureusement, ma tante a géré la situation.

— Mmm. Est-ce que le monde du mannequinat est tel que tu l'imaginais ?

Après quelques secondes de réflexion, elle a répondu :

— Dans l'ensemble, oui. Par contre, je ne savais pas que la compétition serait si féroce. Il y a plein de filles magnifiques en concurrence sur le moindre boulot. J'essuie refus sur refus, mais je travaille dur. Mon agent reconnaît mes efforts, et elle m'a donné plus d'opportunités. Quand il y a une urgence ou qu'un mannequin tombe malade, je suis en haut de la liste, comme remplaçante possible.

Elle s'est rapprochée un peu plus pour poser la tête sur mon bras.

— Par exemple, a-t-elle poursuivi, si elle m'appelait là, tout de suite... je te quitterais en moins de temps qu'il n'en faut pour le dire.

— Ça, c'est de la conscience professionnelle.

Ses paroles m'ont fait penser à la mère de Seven Stars.

— Est-ce qu'il y a des mannequins spécialisées pour des parties de leurs corps, dans ton agence ? l'ai-je interrogée.

— Non, mais de temps en temps, on reçoit des propositions étranges de ce genre. On m'a demandé une fois d'être « mannequin jambe » pour une marque de collant. Ça n'arrive pas très souvent. Pourquoi ?

— La femme d'une de mes connaissances est « mannequin main ».

— Comment elle s'appelle ? Je la connais peut-être.

— Je n'ai jamais entendu son prénom, mais son nom de famille, c'est Nakajima. Il paraît qu'elle est célèbre.

— Il y a quelques mannequins main célèbres, puisqu'elles ont plus de débouchés que celles qui font les autres parties du corps, mais je n'ai jamais entendu parler d'une Nakajima. Cela dit, c'est un travail difficile. Les clients attendent davantage qu'une jolie paire de mains. Ils paient bien, alors ils veulent des supports sans défaut, sans poils, sans pores, sans veines.

— C'est très exigeant.

— J'ai travaillé avec l'une d'elles, une fois. Une vraie mannequin main, pas quelqu'un qui le fait de temps en temps comme moi. Elle portait des gants tous les jours. Et, tu ne vas pas le croire, mais elle gardait toujours ses mains au niveau de sa poitrine pour améliorer sa circulation sanguine. Un peu extrême, non ? Moi, je ne voudrais pas...

Deux coups frappés à la porte nous ont interrompus. J'ai enfilé mon pantalon avant d'aller ouvrir. Jin se tenait là, sa chemise froissée toujours bien boutonnée.

— Désolé de te déranger. Kaori ne se sent pas bien. Elle a vomi dans la salle de bains et, maintenant, elle pleure. Je ne sais pas quoi faire. J'ai essayé de lui parler mais elle n'arrête pas de sangloter.

— Je vais aller la voir, a déclaré Anzu en se levant pour s'habiller. Ren, ça t'embêterait de laisser Jin dormir dans ta chambre ? Je sais comment est Kaori quand elle est saoule, et il vaudrait mieux que je reste avec elle.

— Pas de problème.

Après un dernier baiser, Anzu est partie. Jin ne l'avait pas quittée des yeux un seul instant.

— Cette fille est très, très fine, non ? On voit presque ses os. Hé, désolé d'avoir déboulé comme ça, mais Kaori était complètement bourrée.

— T'inquiète pas, on avait fini, de toute façon.

Il a pris un coussin sur le lit et m'a lancé :

— Je vais dormir sur le canapé. Ne discute pas. J'en ai eu assez pour cette nuit.

J'étais trop fatigué pour protester, de toute façon. Je suis retourné me coucher et, au moment où j'allais m'endormir, j'ai entendu la voix de Jin.

— Hé, Ren, merci d'avoir partagé ma dernière nuit d'homme libre.

— De rien, ai-je répondu en souriant. J'en ai bien profité aussi.

— Tant mieux.

Le canapé a grincé lorsqu'il s'est tourné pour chercher une position plus confortable. Il a donné un coup de poing dans l'oreiller avant de me demander :

— Au fait, tu ne m'as pas vraiment expliqué ce que tu fichais à Akakawa.

— Comme je te l'ai dit, j'ai des affaires de famille à régler.

Je ne voulais toujours pas parler de ma sœur. Il me le reprocherait sans doute lorsqu'il finirait par le découvrir mais, à cet instant, je m'en fichais.

— Je devrais rentrer à Tokyo dans quelques mois, ai-je ajouté.

Jin a marmonné quelque chose que je n'ai pas compris. Je m'attendais à ce qu'il me pose d'autres questions mais, lorsque j'ai regardé vers lui, j'ai vu qu'il dormait déjà profondément.

Quand je me suis réveillé, Jin dormait encore. J'ai tiré l'épais rideau pour laisser entrer la lumière du soleil. La luminosité soudaine l'a tiré de son coma.

— Bonjour, Belle au bois dormant, l'ai-je taquiné.

— Quelle heure il est ? a-t-il demandé dans un bâillement.

— Onze heures, lui ai-je appris après avoir jeté un coup d'œil à la pendule. On va bientôt devoir rendre la chambre.

Après nous être douchés et rasés, nous sommes allés dans la chambre de Jin. Il a frappé à la porte, en vain.

— Bizarre, a-t-il marmonné, sourcils froncés.

Il a dû craindre le pire, car il avait laissé ses affaires à l'intérieur.

J'ai tourné la poignée. La porte n'était pas fermée, mais il n'y avait personne.

— J'imagine qu'elles sont déjà parties, a soupiré Jin en inspectant les lieux avant de prendre un petit mot laissé sur la table de nuit.

— C'est pour toi, de la part d'Anzu.

J'ai pris le papier.

Salut Ren,

Désolée d'être partie tôt, nous devions aller en cours, ce matin. La nuit dernière était chouette, j'ai passé un bon moment. Je ne m'attendais pas à te revoir, mais j'espère que l'avenir continuera à me surprendre.

Bises, Anzu.

— Elle a une jolie écriture, a remarqué Jin. Par contre, elle ne t'a pas laissé son numéro de téléphone. Et ça veut dire quoi « je ne m'attendais pas à te revoir » ? Tu la connaissais déjà ?

Je me posais la même question mais je ne voulais pas que Jin insiste sur le sujet.

— Pas que je sache.

J'ai froissé le papier et l'ai jeté à la poubelle. Est-ce que je l'avais vraiment déjà croisée quelque part ? Ou est-ce que c'était une sorte de blague parce que je lui avais dit que son visage me semblait familier ?

Après avoir rendu nos clefs, nous avons pris le métro pour retourner chez Jin. Je devais quitter Tokyo un peu plus tard dans la journée.

Devant sa porte, Jin m'a fixé d'un air content de lui.

— Alors c'est la fin.

— Oui, on dirait bien.

— Tu as des mots d'adieux à m'adresser ?

— Prends soin de toi, sois un bon mari et un bon père. Tu sais quoi, je te souhaite d'avoir une belle vie. On se revoit à ton mariage.

— Toi aussi, Ren. Je te souhaite d'avoir une belle vie.

Il m'a serré la main fermement avant de me donner une accolade, puis je suis parti.

À l'époque, je ne pouvais pas savoir que ce serait la dernière fois que je le verrais. Jin ne m'a pas invité à son mariage.

Quand je suis parti de chez lui, je pensais que tout irait bien pour lui. Même s'il était volage, il avait la tête fermement plantée sur ses épaules. J'ai donc été surpris quand, quelques années plus tard, un ami commun m'a appris qu'il était empêtré dans un divorce compliqué.

— Quel abruti, m'avait dit cet ami. Tout allait si bien pour lui. Il a une jolie femme et deux enfants. Il a même repris l'entreprise de son beau-père. Et puis il s'est fait surprendre avec la prof de théâtre de ses enfants. Ça a fait un gros scandale et la fille a perdu son boulot. J'ai entendu dire qu'ils allaient jusqu'à Bruges pour leurs rendez-vous.

Manque de bol, son beau-frère y était aussi pour un voyage en famille.

J'aurais voulu dire à Jin qu'il aurait dû tenir parole, et arrêter ses écarts, mais nous ne nous sommes plus jamais croisés.

21

Des *dorayaki* tout chauds sous la pluie

Après le dernier cours, je suis passé au bureau pour ranger mes dossiers et attendre Honda. Il est arrivé peu après.

— Désolé, je ne peux pas te déposer ce soir. L'un de mes élèves a une évaluation demain et il n'arrive toujours pas à comprendre les formules. Il va échouer si je ne l'aide pas. Pour être honnête, je ne sais pas à quelle heure on va finir.

— Ne t'inquiète pas, occupe-toi de lui. On se voit demain. Essaie de ne pas rentrer trop tard.

J'ai enfilé ma parka et j'ai descendu les marches jusqu'au rez-de-chaussée. L'accueil était désert et l'endroit déjà plus calme.

Quand je suis sorti du bâtiment, une bourrasque glaciale m'a fouetté le visage. L'asphalte humide reflétait les lumières des réverbères. Des flaques, piquetées de gouttes de pluie, gisaient le long du trottoir. J'aurais pu retourner chercher un parapluie à Yotsuba, mais ce n'était qu'un léger crachin. Les mains enfoncées dans les poches, je me suis éloigné du campus.

De l'autre côté de la rue, Seven Stars se tenait sous la pluie, dans un manteau rouge. Quand nos regards se sont croisés, elle a esquissé un sourire. À croire qu'elle m'attendait.

Je me suis approché d'elle, pensant qu'elle allait dire quelque chose, mais elle a gardé le silence. Son regard glissait entre les flaques et moi. Des gouttes d'eau scintillaient sur ses cheveux.

— Je n'ai pas de parapluie, ai-je annoncé.

— Je n'ai pas dit qu'il m'en fallait un.

— Qu'est-ce que tu fais là ?

Elle a gardé le silence.

— Tu vas tomber malade si tu restes sous la pluie. Tu veux qu'on marche ensemble jusqu'à la gare ?

Au lieu de répondre, elle a agité les doigts. Elle s'était mis du vernis beige sur les ongles, une entorse au règlement de l'école.

— Parle-moi, d'accord ?

— J'ai faim. Je veux manger quelque chose de chaud.

— Allons au *konbini* pour voir ce qu'ils proposent.

Elle a secoué la tête ;

— Je ne veux pas un truc du *konbini*.

Je commençais à perdre patience.

— OK, qu'est-ce que tu veux, dans ce cas ?

— Des *dorayaki* faits maison.

— Génial. Et où est-ce qu'on va trouver ça ? ai-je demandé en regardant ma montre. Il est déjà vingt-deux heures trente.

— Je sais où aller.

Seven Stars est passée devant pour me montrer le chemin. De temps en temps, elle se retournait vers moi. Je ne sais pas si elle s'en rendait compte, mais elle souriait, comme pour elle-même.

— Ne t'en fais pas, ai-je lancé. Je ne vais pas me perdre.

Elle s'est arrêtée.

— Et si vous nous facilitiez un peu les choses, à tous les deux ? Marchez à côté de moi.

La question était surtout de savoir pourquoi j'avais accepté de la suivre. Je n'en avais aucune idée.

— J'adore marcher sous la pluie, a-t-elle déclaré. C'est drôle, non ?

Cette fois-ci, c'est moi qui n'ai rien dit.

Elle a sauté dans les flaques devant nous. L'eau a éclaboussé mon pantalon. Je l'ai foudroyé du regard, elle a éclaté de rire. Peu après, nous sommes arrivés à un parc que je ne connaissais pas.

— C'est là, a-t-elle annoncé en pointant du doigt la camionnette d'un vendeur ambulant. Attendez-moi ici.

Sans que j'aie le temps de répondre, elle a couru vers le marchand en me laissant seul. Quelques minutes plus tard, elle est revenue avec deux galettes aux haricots rouges enveloppées dans des sacs en papier marron et m'en a tendu une.

— Merci.

Tout en m'entraînant plus loin dans le parc, elle s'est expliquée :

— Ce M. Dorayaki est toujours là, par tous les temps. À toute heure, qu'il pleuve ou qu'il fasse beau, il se tient à cet endroit. D'aussi loin que je m'en souvienne, il a toujours été là.

— Tu viens souvent ici ?

Elle a hoché la tête.

— Quand j'étais jeune, je venais ici tout le temps.

— Comment ça, quand t'étais jeune ? ai-je ri en lui tapotant la tête. Tu es encore jeune.

Elle a écarté ma main.

— Arrêtez ça. Je ne suis pas une gamine.

Nous avons marché jusqu'à une aire de jeux déserte au cœur du parc. Il y avait deux balançoires, un toboggan et une cage à poules. Elle s'est assise sur une balançoire, moi sur l'autre.

J'ai ouvert le sac marron et de la vapeur s'en est échappée. La galette était encore brûlante. J'ai attendu qu'elle refroidisse avant d'en prendre une bouchée. Elle était moelleuse et la pâte de haricots rouges sucrée et onctueuse.

— Avant qu'elle commence à travailler, ma mère avait l'habitude de m'amener là, m'a appris Seven Stars. Je faisais toujours de la balançoire. Elle tentait de me convaincre d'essayer les autres jeux, mais je ne l'écoutais pas. Dès que nous venions, je m'asseyais sur cette balançoire, et elle me poussait. Bizarrement, je ne m'en lassais jamais.

— Tu veux que je te pousse ? ai-je demandé en riant.

Elle a fait la moue.

— J'ai passé l'âge depuis longtemps.

Du bout des pieds, elle a pris appui sur le sol pour se balancer. Les maillons en métal ont émis quelques grincements.

— Dès que je viens ici, je me sens nostalgique. Après toutes ces années, rien n'a changé.

— C'est plutôt bien, non ?

Elle a hoché la tête.

— Et vous, M. Ishida ? Vous alliez jouer au square quand vous étiez petit ? Ou est-ce que les enfants de Tokyo sont trop sérieux pour ça ?

— Trop sérieux ? Pas que je me souvienne. Il y avait une aire de jeux près de chez moi, un peu plus grande que celle-ci, mais j'y allais rarement.

— Où alliez-vous, dans ce cas ?

— Dans un terrain vague près de l'école, où je jouais au foot avec mes amis. On devait faire attention, parce que le terrain était près d'un canal. Si on tapait la balle trop fort, elle tombait dans l'eau et c'était impossible de la repêcher. C'est quand même arrivé, deux ou trois fois.

Ses yeux se sont illuminés.

— Je me souviens que vous m'aviez parlé de votre rêve de devenir footballeur professionnel. Vous étiez assez bon, mais pas suffisamment.

— Arrête de te moquer de moi.

Quand j'ai essayé de lui donner un coup de coude, elle m'a esquivé.

— Ne vous fâchez pas, au moins vous jouiez quand même bien.

— Je prends ça comme un compliment.

— Mais c'en est un ! Alors, ce terrain vague, il existe toujours ?

— Non.

Après mes adieux à Jin, j'avais eu quelques heures à tuer avant de prendre le train pour Akakawa. Sur un coup de tête, j'étais retourné voir le champ. Passer du temps avec Jin m'avait rendu sentimental. Notre enfance me manquait, je crois, cette époque où nous jouions au foot ensemble tous les jours, où ma sœur était encore à Tokyo.

Beaucoup de choses avaient changé depuis qu'elle avait quitté notre ville natale, y compris ce champ. L'endroit avait été bitumé et transformé en parking. La seule chose qui avait survécu, c'était l'escalier de béton pour y accéder. Pourtant, debout en haut des marches, en regardant les rangées de voitures garées, j'avais senti que j'avais perdu ce qui me liait à cet endroit. Le terrain vague jadis si familier me semblait maintenant distant. Comme si tout cela – le temps passé, les jeux – était sorti de mon imagination.

— M. Ishida, comment trouvez-vous le dorayaki ? C'est bon ? m'a demandé Seven Stars en se balançant toujours du bout du pied.

— De la nourriture chaude par un jour de pluie, c'est souvent bon, ai-je répondu, le regard tourné vers les flaques.

Elles ne bougeaient plus, la pluie avait cessé. Je me suis tournée vers elle pour l'interroger :

— Tu ne m'as pas dit pourquoi tu m'as amené ici.

— J'avais faim.

— Si tu veux me parler de quelque chose, c'est le bon moment.

Elle m'a jeté un coup d'œil dérouté.

— C'est pour ça que tu m'as conduit ici, non ? ai-je insisté. Pour qu'on discute. Qu'est-ce qu'il se passe ?

— Rien. J'avais juste une envie irrépressible de dorayaki.

C'est ça. Elle m'avait traîné là juste pour faire de la balançoire et manger des galettes avec moi.

Les feuilles des arbres qui nous entouraient frémissaient bruyamment.

— Même après avoir mangé, j'ai toujours froid, a-t-elle déclaré comme pour changer de sujet.

— Tu t'attendais à quoi ? On est en septembre.

Elle s'est frotté les paumes l'une contre l'autre.

— M. Ishida, vous avez arrêté le sport ? Je ne vous vois plus faire votre jogging, le matin.

— J'ai déménagé il y a quelques semaines.

— Je comprends mieux, a-t-elle murmuré en soufflant de l'air chaud sur ses mains.

Je me suis levé.

— Rentrons, ou nous allons rater le dernier train.

Seven Stars m'a imité et nous sommes partis côte à côte. Le vent forcissait. Ses cheveux n'arrêtaient pas de lui voler dans la figure, si bien qu'elle a dû les coincer derrière ses oreilles. Elle ne portait pas de gants. Ses doigts devaient être gelés. J'ai eu envie de lui attraper les mains pour les réchauffer.

Qu'est ce que tu fabriques ? me suis-je dit. *Ce n'est qu'une gamine.*

— M. Ishida, a repris Seven Stars en shootant dans un gravillon. À quoi ressemblait votre premier amour ?

— Pourquoi cette question ? ai-je demandé en me tournant vers elle.

— Pour rien. Je suis juste curieuse.

— D'habitude, les gens ne posent pas ce genre de questions.

— Pourquoi ne pouvez-vous pas simplement me répondre ? a-t-elle lancé, tête penchée.

— Si tu insistes...

J'ai soupiré en essayant de me rappeler les traits de celle dont j'étais tombé amoureux. Elle n'avait rien de spécial.

— C'était une fille discrète, banale.

— Une camarade de classe ?

— Non, mais nous étions dans la même école. Elle venait s'asseoir sur les marches de l'escalier menant au champ dont je t'ai parlé, pour nous regarder, mes amis et moi, jouer au foot.

— Et qu'est-ce qu'elle faisait, elle ? Elle vous renvoyait la balle quand elle sortait ?

— Parfois, ai-je reconnu en me frottant le nez. C'est un peu un cliché, non ?

— Et vous lui avez demandé de sortir avec vous ? Laissez-moi deviner, elle vous a mis un râteau.

J'ai soupiré. Le culot qu'elle avait...

— Je ne lui ai jamais déclaré ma flamme. Cela dit, tu n'as pas tout faux. Elle m'aurait bel et bien mis un râteau, si je l'avais fait.

— Pourquoi en êtes-vous si sûr ?

— Elle préférait le gardien de l'équipe plutôt que le meilleur joueur.

— Attendez, attendez. Le meilleur joueur... a repris Seven Stars en feignant la surprise. Ça ne peut pas être vous, si ?

— Toi alors...

J'ai laissé ma phrase en suspens et nous avons éclaté de rire ensemble. J'étais surpris qu'elle ait réussi à me faire parler de ma vie privée.

En fait, c'était Jin qui était sorti avec cette fille. C'était sa première petite amie et c'était elle qui avait fait le premier pas. Il n'était pas aussi amoureux d'elle qu'elle l'était de lui. Je ne peux pas lui en vouloir. Je ne lui avais jamais avoué mes sentiments, même après leur rupture. Je ne l'aimais peut-être pas tant que ça, finalement.

Jin était le premier de notre classe à avoir une copine. Les autres garçons l'admiraient. De temps en temps, ils venaient le voir pendant la récré pour lui demander des conseils de drague. Apparemment, il était bon dans ce domaine. Il avait aidé plusieurs de nos camarades à se trouver des copines.

À l'époque, je m'intéressais davantage au foot qu'au sexe opposé. J'aimais bien cette fille, mais je n'avais jamais pensé à sortir avec elle. Je n'étais pas encore arrivé à l'étape où je voulais une relation amoureuse.

Par contre, un jour, j'avais demandé à Jin :

— Est-ce que tu aimes ta copine ?

— Je crois bien, avait-il répondu.

— Est-ce que tu sais seulement ce que c'est, que l'amour ?

Je ne savais pas du tout pourquoi je le prenais de haut comme ça. Peut-être que je n'arrivais pas à croire que le véritable amour puisse exister à notre âge. Nos camarades qui se prétendaient amoureux confondaient excitation et sentiments troubles avec l'amour.

— C'est simple, une fois que tu connais les bases, m'avait expliqué Jin.

Il avait ouvert son cahier pour y dessiner un diagramme de Venn – deux cercles en partie superposés. Il avait écrit *A*, *A*, *A* dans les trois sections. Le doigt tendu vers son dessin, il s'était expliqué :

— L'Affection, ici, c'est quand tu veux passer du temps avec une personne. L'Attirance, ici, de l'autre côté, c'est quand tu veux coucher avec elle. Ou quand tu veux lui toucher les seins – ça, c'est de l'attirance.

Pour finir, il avait pointé du doigt la zone commune aux deux cercles.

— Ce morceau, au milieu, c'est ça que nous appelons l'Amour. Une intersection entre l'Affection et l'Attirance. Tu comprends, maintenant ?

— Je crois.

Notre discussion s'était arrêtée là, mais ses paroles avaient longtemps hanté mon esprit. Je m'étais rendu compte que les seins des filles titillaient ma curiosité. Que ressentait-on, à les toucher ?

Du coup, quand une fille m'avait proposé de sortir avec elle, j'avais accepté. Il s'avérait qu'elle avait des seins bien développés. Malheureusement, après les premières caresses, mon enthousiasme avait disparu.

— M. Ishida, ça me fait peur quand vous arrêtez de parler tout à coup, a déclaré Seven Stars.

— Qu'est-ce que tu veux que je te dise, dans ce cas ? Tu as d'autres questions ?

— Vous n'allez pas m'interroger sur mon premier amour ?

— Tu me le diras si tu veux que je le sache.

— C'est vrai.

Mais Seven Stars n'a pas dit un mot de plus. Elle est restée silencieuse tout le long du chemin jusqu'à la gare, et même quand je l'ai saluée sur le quai.

Je ne prenais pas le même train qu'elle, et le mien était arrivé en premier. Quand je suis monté dans le wagon, elle me fixait toujours. Et quand les portes se sont refermées, j'ai vu ses lèvres remuer. Elle me disait quelque chose que je n'ai pas entendu. Le train est parti et elle s'est fondue dans la marée humaine.

Quand je suis arrivé à la gare, le dernier bus jusqu'à chez moi était déjà parti. Je savais qu'il était tard, mais je ne m'étais pas rendu compte que nous étions restés ensemble si longtemps. J'ai relevé le col de ma parka pour protéger mon cou du vent froid et je suis sorti de la gare. L'odeur de la pluie imprégnait encore l'air.

Il m'a fallu près d'une heure de marche pour rentrer chez moi. J'ai grimpé l'escalier jusqu'au quatrième étage presque en courant. Quand je suis arrivé sur le palier, j'ai trouvé une enveloppe devant ma porte.

22

À la recherche de la clinique Kobayashi

J'ai ramassé l'épaisse enveloppe marron. Mon nom et mon adresse y étaient notés au marqueur noir, mais l'expéditeur n'avait pas renseigné son identité et il n'y avait pas de timbre. L'envoyeur avait dû la déposer lui-même.

Pourtant, je n'avais donné ma nouvelle adresse à personne. Les seuls qui la connaissaient étaient Honda et Mme Itano. Ça ne pouvait pas être Honda, puisque je l'avais vu plus tôt. La lettre devait donc venir de Mme Itano ou de Izumi. Je devais peut-être signer d'autres documents pour la location.

J'ai déverrouillé la porte et je suis entré chez moi. Assis à même le sol, j'ai décacheté l'enveloppe et j'en ai sorti une pile de feuilles A4. C'étaient des photocopies d'archives médicales de la clinique Kobayashi pour femmes. Je n'avais jamais entendu parler de cet endroit. Quand j'ai vu le nom du patient, mon sang n'a fait qu'un tour.

Keiko Ishida.

J'ai étudié soigneusement les colonnes de données. Plus j'essayais de les interpréter, plus elles s'emmêlaient. Puis, les nombres ont fait place aux mots et les mots ont perdu leur essence. Je les lisais, mais je n'arrivais pas à saisir leur signification. Ma conscience s'est dissipée et mon âme s'est échappée de mon corps.

Bientôt, je me suis retrouvé debout, devant un autre moi – mon enveloppe corporelle dépourvue de son esprit. Assis par terre, l'homme qui tenait les photocopies avait un regard vide, dérouté par le contenu des documents médicaux. Il avait beau lire et relire ces feuilles, il ne réagissait pas.

J'ai secoué mon autre moi.

— Tu dois montrer ça à la police.

Il m'a dévisagé.

— Appelle la police, et dis-leur que tu as trouvé un indice ! ai-je hurlé.

Il a détourné les yeux, sans un mot. Il a remonté les genoux sous son menton et y a enfoui son visage. Recroquevillé ainsi, il semblait bien plus petit. Non, pas seulement plus petit. Il avait rapetissé jusqu'à devenir un petit garçon de huit ans.

Le garçon a levé la tête. Je voyais dans ses yeux qu'il allait pleurer. Je me suis mis à côté de lui pour lui tapoter l'épaule, afin d'essayer de le consoler.

— Je comprends que tu sois sous le choc mais, demain, tu te sentiras mieux, l'ai-je réconforté. Crois-moi, tout ira bien.

Je suis resté un instant saisi, en comprenant que ma sœur aurait dit exactement la même chose.

Quand le petit garçon a fondu en larmes, j'ai continué à lui tapoter l'épaule. Il a pleuré en silence jusqu'à ce qu'il finisse par s'endormir, épuisé. Ensuite, je me suis assoupi à mon tour.

Je me suis réveillé allongé par terre. Quel rêve étrange.

Je m'étais lové dans une mauvaise position et, maintenant, j'avais mal partout. Je me suis étiré en bâillant puis j'ai regardé ma montre. Trois heures du matin. J'ai ôté ma montre, j'ai enlevé mes vêtements de travail pour enfiler un sweat et un bas de jogging. Je suis revenu dans le salon pour éteindre la lumière mais je me suis retenu juste avant d'appuyer sur l'interrupteur.

Qu'est-ce que c'était, ce truc ? Une épaisse enveloppe marron dépassait de sous la table basse. Je me suis baissé pour la ramasser. Elle était déjà ouverte. Je n'avais pas besoin d'en sortir le contenu pour savoir ce qui se trouvait à l'intérieur.

Ce n'était pas un rêve, finalement. Ma sœur avait vraiment été enceinte, cinq ans plus tôt.

J'ai posé un jour de congé d'urgence le lendemain pour retrouver la clinique Kobayashi pour femmes.

Je savais que j'aurais pu remettre ces documents à la police. Les autorités seraient bien plus efficaces que moi pour mener l'enquête, mais ma sœur n'aurait pas voulu que quiconque découvre ce qui s'était passé, et je me sentais obligé de respecter sa décision.

Selon l'adresse indiquée sur l'en-tête des documents, la clinique était située dans une banlieue de Kuromachi. C'était à une heure de train d'Akakawa, à quoi il fallait ajouter un trajet en bus.

Quand je suis arrivé à la gare de Kuromachi, l'endroit était à moitié endormi. Il n'y avait que sept voyageurs, moi y compris. Dès que je suis descendu du train, j'ai eu l'impression que le temps ralentissait. Les gens marchaient sans se presser, le contrôleur a pris son temps pour regarder mon billet tandis que l'homme près de moi respirait bruyamment.

Je suis allé au point information et j'ai montré à l'employé l'adresse que je cherchais. Il m'a expliqué comment rejoindre un arrêt de bus devant la gare.

— Quel bus faut-il que je prenne ?

— N'importe lequel. Il n'y a qu'une ligne.

J'ai attendu vingt minutes avant qu'il arrive. Il était presque vide. Les autres passagers étaient un couple âgé et une femme portant des courses. J'ai montré l'adresse de la clinique au conducteur. Comme il a hoché la tête, je me suis assis sur la deuxième rangée de sièges.

Le voyage était ardu, plein de virages en épingle à cheveux. Les arrêts étaient très espacés et le bus ne les marquait pas souvent puisque personne n'attendait de monter. Pour lutter contre le mal des transports, je suçotais pastille de menthe sur pastille de menthe.

Environ une demi-heure plus tard, le conducteur a crié :

— Jeune homme, c'est votre arrêt.

— Merci, ai-je répondu en descendant en vitesse.

J'ai eu le tournis. Il était midi et le soleil était à son zénith. J'aurais dû prendre une casquette mais je ne m'attendais pas à subir une canicule en septembre. Sans savoir quelle direction prendre, j'ai traversé la rue, où se dressait une rangée de boutiques.

Un vieil homme vendait des boissons en cannettes devant une épicerie. Il les gardait au frais dans un bac rempli de glaçons. J'ai acheté un Pocari Sweat et je lui ai demandé mon chemin.

— Vous êtes descendu au mauvais endroit, m'a-t-il expliqué. Vous pouvez soit marcher soit attendre le prochain bus, mais ce sera plus long.

J'ai décidé de marcher. Grave erreur – l'arrêt suivant était à plus de deux kilomètres. Le temps que j'y arrive, mon tee-shirt était trempé de sueur. Je me suis retrouvé dans un quartier résidentiel, où j'ai cherché un panneau indiquant le nom de la rue. Ah, au moins, j'étais dans la bonne. La clinique devrait être tout près. J'ai fini ma boisson puis ai repris mes recherches.

L'adresse était celle d'un site de construction dont l'accès était barré par des rubans. J'ai exploré les environs pour m'en assurer. Je ne me trompais pas. La clinique aurait dû être là. J'ai jeté un coup d'œil par le portail entrouvert mais il n'y avait personne.

J'ai erré dans le quartier, cherchant quelqu'un à qui parler. J'ai fini par apercevoir une vieille dame balayant devant sa porte. Je l'ai observée un moment avant d'approcher de sa maison. Elle était toute voûtée. Par deux fois, elle s'est arrêtée pour se cogner les reins. Le bruit de son balai de chanvre glissant sur le carrelage me rappelait la maison.

— Bonjour, l'ai-je saluée. Je cherche la clinique Kobayashi pour femmes. Vous savez où elle est ?

Elle m'a fixé, les yeux plissés.

— Je cherche la clinique Kobayashi pour femmes, ai-je répété, plus fort.

— La clinique... a-t-elle articulé en hochant la tête. Plus là... plus là... partie.

Elle a tendu le doigt vers le site de construction.

— Plus là, a-t-elle répété.

— Est-ce qu'elle a été transférée ?

Elle a baissé les yeux pour continuer à balayer, comme si elle ne me voyait plus. Peu après, une fille en uniforme de collégienne est sortie de la maison. Elle portait toute une rangée de bracelets colorés en plastique et tenait une sucette dans sa main.

— Ma grand-mère n'entend pas bien, m'a-t-elle expliqué. Comme elle vous l'a dit, la clinique a déménagé.

— Quand ça ?

— Il y a deux ou trois ans, peut-être ? Le promoteur voulait construire un centre commercial mais il y a eu des problèmes avec les fondations, du coup le projet est suspendu.

— Est-ce que tu sais où elle se trouve, maintenant ?

— Aucune idée, a-t-elle répondu en léchant sa sucette.

Je l'ai remerciée pour son aide et suis parti. La vieille dame était encore en train de balayer quand la fille est rentrée dans la maison.

Au coin de la rue, j'ai aperçu un *konbini*. Je suis allé y acheter une bouteille d'eau et j'en ai profité pour interroger le vendeur sur la clinique, mais il m'a appris qu'il n'était arrivé en ville que quelques jours plus tôt.

— J'ai entendu dire que le site était abandonné depuis un moment, maintenant.

J'ai fait le tour du quartier pour interroger quelques personnes de plus. Une femme revenant du supermarché, un groupe d'enfants jouant à cache-cache, et un facteur poussant un vélo avec un pneu à plat. Aucun d'eux ne savait ce qui était arrivé à la clinique – à croire que l'établissement s'était volatilisé du jour au lendemain.

À bout de forces, j'ai repris le bus vers la gare. J'ai essayé de dormir dans le train vers Akakawa, sans succès. L'enveloppe marron dans mon sac me mettait mal à l'aise. Trop de questions restées sans réponses.

23

Lune d'automne et demi-lune

Cette nuit-là, j'avais un grand besoin de sommeil mais mon esprit refusait de s'apaiser. Même après minuit, je me tournais et me retournais dans mon lit, les yeux grand ouverts. C'était une nuit étrange et sans fin ; l'obscurité semblait oppressante.

Le clair de lune parvenait à filtrer par les trous dans les épais rideaux de brocart. Il s'étalait sur le plafond blanc et illuminait un coin où la peinture s'écaillait. Combien de temps faudrait-il à cette peinture pour tomber ? Un mois, une année, une décennie ?

Par des nuits pareilles, le temps s'étirait et mes sens s'aiguisaient. Le bruit du passage d'un véhicule occasionnel au loin devenait perçant. Si je me concentrais, je pouvais même entendre le tic-tac de la trotteuse de mon réveil. Même si j'avais quitté Kuromachi, tout évoluait encore lentement. J'espérais que, le lendemain, le temps retrouverait son cours normal.

Je me suis levé pour aller prendre une bière dans la cuisine. Pas de chance, je n'en avais plus. Juste au moment où j'avais vraiment besoin de boire.

Le *konbini* le plus près, ouvert 24 heures sur 24, se trouvait à deux kilomètres, de l'autre côté du parc. La nuit n'était pas venteuse, mais il faisait froid. J'ai hâté le pas pour me réchauffer.

Les lumières vives et les publicités colorées sur la vitrine de la boutique contrastaient avec le parc mal éclairé. Quand j'ai poussé la porte pour entrer, une clochette a tinté. Malgré l'heure incongrue, je n'étais pas le seul client. L'autre, c'était mon mystérieux voisin, l'homme aux *zori*. J'aurais dû m'attendre à le croiser un jour ou l'autre.

Sa capuche noire dissimulait ses cheveux ébouriffés. En dessous, j'ai aperçu un coin de sweat gris. Et, bien sûr, il portait ses fidèles *zori*. Il devait avoir les doigts de pied gelés.

J'ai pris un pack de bières Asahi Super Dry et l'ai porté jusqu'à la caisse. L'homme aux *zori* se tenait juste devant moi. Il sortait ses courses du panier une par une – des nouilles instantanées à différents assaisonnements et un pack de cannettes de Coca Light. Après avoir payé, il est sorti sans me lancer un regard. Était-il trop plongé dans ses pensées ? Est-ce qu'il ne m'avait pas du tout reconnu ? J'ai payé mes bières et je suis parti.

Évidemment, nous marchions dans la même direction. Son pas était plus lent que le mien, sans doute parce qu'il portait ses *zori*. Les sandales émettaient un raclement sonore sur le sol à chacun de ses pas.

Il ne m'a pas fallu longtemps pour le rattraper. Il s'est arrêté pour se tourner vers moi.

— Je suis votre voisin, ai-je déclaré – je préférais me présenter pour éviter qu'il ne me prenne pour quelqu'un de suspect. On habite au même étage.

— Désolé, je ne vous entends pas, a-t-il articulé avec un accent étrange. Vous voulez bien répéter ?

— Je suis votre voisin.

— Oui, je vous ai déjà vu.

— J'aurais dû me présenter quand j'ai emménagé.

— Ce n'est pas grave.

Il s'est remis en route et nous avons cheminé côte à côte.

— J'ai remarqué que vous ne sortiez que la nuit, ai-je repris.

L'homme aux *zori* est resté longtemps silencieux, à croire qu'il ne m'avait pas entendu. Gêné, j'ai fait comme si je n'avais rien dit. Les raclements de ses semelles résonnaient dans la nuit calme.

Tout à coup, il s'est tourné vers moi pour me dire :

— Si vous me parlez et que je ne réponds pas, ce n'est pas parce que je vous ignore. Je suis sourd, en fait. Mais, ne vous inquiétez pas, je peux lire sur les lèvres, même si là c'est un peu difficile car il fait nuit.

— J'ai dit que je vous avais toujours vu sortir de nuit, ai-je répété lentement.

— Oui, j'essaie de rester chez moi dans la journée. Il y a trop de monde qui parle en même temps, c'est perturbant.

J'ai hoché la tête, sans rien ajouter. Il aurait du mal à lire sur mes lèvres tout en marchant. À la sortie du parc, nous avons grimpé les escaliers extérieurs jusqu'au quatrième étage avant d'atteindre notre palier commun.

— Bonne nuit, m'a-t-il lancé.

— Bonne nuit, ai-je répété avant de m'incliner.

En entrant dans mon appartement, j'ai filé droit dans la cuisine. J'ai déchiré le pack de bières, et ai mis toutes les cannettes au frigo, sauf une. Celle-ci, je l'ai placée dans le congélateur avant d'aller dans la salle de bains. Quand je suis revenu, elle était déjà froide. Je l'ai décapsulée puis j'ai pris une longue gorgée. Elle n'était pas aussi fraîche que je l'aurais voulu mais je m'en contenterais. Je suis sorti sur le palier pour profiter du calme de la nuit.

Je n'étais pas le seul à avoir eu cette idée. L'homme aux *zori* s'y tenait déjà, accoudé à la rambarde. Il regardait le parc, comme absorbé dans ses pensées. Ses vêtements épais avaient disparu, remplacés par un tee-shirt ample qui flottait sur sa silhouette maigre. J'avais froid juste en le regardant.

Je me suis approché de lui et lui ai doucement tapoté l'épaule.

— Vous voulez une bière ? J'ai acheté un pack.

S'il a d'abord eu l'air surpris, il a fini par me sourire poliment.

— Je ne bois pas d'alcool ; je ne le tolère pas. Mais merci quand même.

Je me suis posté à côté de lui pour l'interroger :

— Vous n'arrivez pas à dormir ?

— Le plus souvent, je ne dors pas la nuit.

J'ai pris une autre gorgée de bière, en regardant nonchalamment le parc. Ils devraient y installer plus d'éclairages. L'endroit était trop sombre. D'un autre côté, presque personne ne s'y rendait à cette heure. J'ai compté deux joggeurs et un homme qui promenait son chien.

— C'est joli, non ? La lune d'automne, a murmuré mon voisin.

— Oui, ai-je répondu, tourné vers lui. Elle est paisible.

Il a hoché la tête. Au bout d'un moment, il a ajouté :

— Je suis curieux. Qu'est-ce que vous faites comme travail ? Je vous vois souvent rentrer tard le soir.

— Je donne des cours dans un *juku*. Je finis souvent après vingt et une heures trente.

— Je vois. Et qu'est-ce que vous enseignez ?

— L'anglais.

— Ça vous plaît ?

— Je ne me plains pas. Ça paie le loyer. Et vous ? J'ai entendu dire que vous composiez des chansons.

Il a éclaté de rire.

— Qu'est-ce qui vous fait penser que je pourrais faire ça, vu ma condition ?

— Désolé, c'était indélicat de ma part, ai-je répondu, rouge de honte. Je n'y ai pas réfléchi, c'est une autre locataire qui me l'a dit.

— C'est presque ça, en fait. J'écris des poèmes.

— Vous êtes poète ?

Il a hoché la tête.

— Mais pas très connu, en revanche.

— De quoi parlent vos poèmes ?

— De tout ce qui pique mon intérêt, même cet appartement, m'a-t-il expliqué avec un grand sourire. C'est peut-être pour ça que je ne suis pas connu.

— Vous voulez dire pas *encore* connu.

Il a ri de nouveau.

— Elle est bonne, celle-là.

— Du coup, vous travaillez chez vous.

— Oui. C'est plus pratique pour moi, pas vrai ? Je ne me plains pas de mon sort. Je suis sourd depuis si longtemps que je m'y suis habitué. Ça me semble naturel, comme si tout le monde naissait sourd. Certains atteignent ce stade, d'autres non. Vous voyez ce que je veux dire ?

Je ne voyais pas, mais je n'ai pas pu me résoudre à le lui dire.

— Est-ce que vous êtes sourd de naissance ?

— Non. C'est une longue histoire. Je doute que vous ayez envie de l'entendre.

— J'ai tout mon temps. Vous pouvez me la raconter, si vous voulez.

Il a fait pianoter ses doigts sur la rambarde avant de se lancer :

— Quand j'étais en primaire, ma maîtresse avait remarqué que j'entendais mal et avait conseillé à mes parents de m'emmener faire une visite de contrôle. Nous sommes allés voir un oto-rhino-laryngologiste, qui a diagnostiqué une perte d'audition progressive. Il nous a appris que j'allais finir sourd, même s'il ne pouvait pas identifier la cause précise. Il nous a proposé un traitement, décrit comme douloureux, mais qui ne ferait que ralentir le processus, au lieu de l'interrompre.

— Et vous l'avez suivi ?

— Un temps, oui. Puis j'ai dit à mes parents que ça ne servait à rien de souffrir puisque je finirais sourd de toute façon. Le traitement était coûteux, en plus. Même si ma décision les a contrariés, ils ont compris mon raisonnement si bien que nous avons arrêté. Comme prévu, mon ouïe s'est détériorée rapidement. Un jour, au réveil, je me suis rendu compte que je n'entendais plus rien. Comme ça, pouf, j'étais devenu complètement sourd.

Il s'est tu pour reprendre son souffle. À croire qu'il n'était pas habitué à parler autant.

J'ai attendu un instant avant de lancer :

— Qu'est-ce que ça fait, de perdre son ouïe ?

— C'est moins effrayant que je l'imaginais. La plupart des bruits autour de nous sont inutiles. Mes oreilles les bloquent et, au passage, elles bloquent tout le reste. Le problème principal, c'est qu'il est plus difficile d'avoir des relations humaines. J'ai appris à lire sur les lèvres, ce qui n'est pas facile quand les gens parlent trop vite, ou s'ils sont plusieurs à parler en même temps. Je suis gêné quand je dois demander aux gens de répéter. Et, s'ils font exprès de parler lentement, je m'en veux de leur demander cet effort. Autrement, je crois que ça va.

J'ai vidé le fond de ma bière.

— Vous n'êtes pas d'ici, pas vrai ? m'a-t-il dit. Vous avez emménagé ici pour le travail ?

— J'étais venu régler des affaires personnelles mais, puisque je savais que je devrais rester un moment, j'ai pris un boulot pour couvrir mes dépenses.

— Vous aimez enseigner ?

— J'imagine, ai-je répondu en écrasant la cannette. Comme je vous l'ai dit, je ne me plains pas.

— C'est votre premier emploi ?

— Oui. Mon premier boulot à temps plein, du moins.

— Moi aussi, c'est mon premier boulot.

J'ai bâillé involontairement. Après l'insomnie qui m'avait fait me relever, j'avais maintenant sommeil.

— Désolé, j'ai dû vous barber avec mes histoires, s'est excusé l'homme aux *zori*. Vous devriez aller vous coucher.

— Ce n'est pas vous. Le froid et la bière, ça me donne envie de dormir. Cela dit, vous avez raison. Il faut que j'aille bientôt me coucher, je bosse demain.

— Je dois finir de travailler aussi. Merci de m'avoir tenu compagnie.

— C'était avec plaisir. Retrouvons-nous un de ces quatre.

Il a hoché la tête avant de rentrer chez lui. J'aurais dû lui demander pourquoi il portait toujours ces *zori*, mais je ne voulais pas être indiscret.

Après son départ, je suis resté un moment dehors. Le ciel était vaste et noir, sans plus de lune ou d'étoiles. Je me suis dit qu'on devait se sentir seul, là-haut.

Dans mon rêve, j'étais assis sur un banc devant un lac avec Couette-Couette. L'eau sombre scintillait, reflétant le clair de lune. Le vent faisait bruisser les feuilles.

J'ai regardé la demi-lune.

— Elle est jolie, non ?

Elle n'a pas répondu.

— Tu vois la lune ? ai-je insisté.

La petite fille a hoché deux fois la tête.

— Quelqu'un a coupé la lune en deux et en a pris la moitié, a-t-elle déclaré. T'as vu ?

J'ai souri, sans la détromper.

— Je peux enfin te parler, a-t-elle ajouté. Il y avait trop de bruit, avant, mais, maintenant, certains ont été bloqués, du coup tu m'entends clairement. Ça facilite bien les choses, non ?

— Oui. Est-ce que tu peux enfin me dire qui tu es ?

Elle a secoué la tête.

— Je ne peux pas. Tu dois trouver tout seul.

— Pourquoi ?

Elle a souri.

— Une fois que tu auras compris qui je suis, tout deviendra clair.

— Ma mission, c'est donc de découvrir ton identité ?

— Exact.

— Pourquoi moi ? Qu'est-ce que j'ai à voir là-dedans ?

Elle a de nouveau secoué la tête.

— Désolée, je ne peux rien dire.

— Est-ce que je peux essayer de deviner ?

Sans attendre de réponse, j'ai enchaîné :

— Tu es Miyuki Katou ? Ou...

— Le fait que tu me poses cette question prouve que tu n'as pas encore deviné. Quand tu trouveras la réponse, tu comprendras.

— Comment est-ce que je peux être sûr de ne pas me tromper ?

— Réfléchis. Réfléchis correctement. Et regarde autour de toi. Regarde mieux.

Quand Couette-Couette parlait, elle faisait plus que son âge.

— Une fois que tu auras trouvé la clef, tout deviendra clair.

Encore une énigme. J'ai soupiré.

— C'est très simple, en fait, et tu es tout près.

— Et qu'est-ce qui se passera ensuite ?

Elle a regardé la lune. Au bout d'un moment, elle a répondu :

— Je disparaîtrai.

24

La flemme du dimanche matin

Je me suis réveillé tôt mais j'ai traîné au lit ; on était dimanche et je n'avais pas envie d'aller courir. J'ai fini par me lever vers dix heures et, quand j'ai ouvert les rideaux, le soleil a envahi la pièce, m'aveuglant au passage. J'ai plissé les yeux jusqu'à ce que je me sois habitué à la luminosité. Au moins, il faisait beau. Il ne pleuvrait sans doute pas ce jour-là.

J'ai pris une douche rapide, je me suis brossé les dents et rasé. Après avoir glissé mon portefeuille et mes clefs dans mes poches, je suis parti. C'était ma sœur qui m'avait habitué à sortir de la maison chaque jour, sans faute.

— Si tu restes là sans rien faire, c'est comme si tu perdais un jour de ta vie, me disait-elle le matin. Et si ce jour était ton dernier jour sur terre ? Imagine. Tu ne regretterais pas de n'avoir rien fait ?

Là, je remontais la couverture sur mon nez.

— Fiche-moi la paix.

— Ne fais pas ta tête de mule, insistait-elle en tentant de m'arracher la couverture.

Nous finissions par nous bagarrer pour la couverture mais, je ne sais pas pourquoi, elle gagnait toujours. Alors que je la trouvais vraiment agaçante, parfois, maintenant je regrettais de ne pas pouvoir retourner à cette époque.

Je me suis arrêté chez un marchand de journaux pour acheter le quotidien local. Tout en attendant le bus, je l'ai feuilleté en scrutant les titres. La ville avait construit une nouvelle piste cyclable et un centre commercial avait été inauguré en fanfare par une actrice dont je n'avais jamais entendu parler. Les sections publicitaires présentaient des entreprises locales. Rien d'important.

En refermant le journal, j'ai regardé ma montre. Onze heures. Comme j'avais sauté le petit déjeuner, je mourais de faim. Alors que j'hésitais entre aller m'acheter quelque chose au *konbini* ou continuer à attendre le bus, il est arrivé, m'évitant de choisir. Je suis monté à bord et me suis assis au fond. Le véhicule a traversé le parc, un champ désert et un quartier résidentiel avant de s'arrêter à la gare.

À bord du train qui m'amenait vers le centre-ville, j'ai fait une liste dans ma tête. Est-ce que j'avais besoin de quelque chose ? Du shampooing, du gel douche, du dentifrice, du papier toilette ? De la bière ou du café ? Non, j'avais fait des stocks de tout ça. Je pouvais juste aller déjeuner en vitesse et passer à la librairie pour acheter quelques livres de poche.

À la sortie de la gare, j'ai traversé la rue jusqu'au MacDo. Après avoir commandé un burger teriyaki et un café, je me suis installé à une table dans un coin. Ce devait être l'influence de Seven Stars.

Seven Stars. Pourquoi traversait-elle mes pensées ?

J'ai soulevé le couvercle du café pour le laisser refroidir. Ils servent toujours le café bouillant, dans les fast-foods. Pourquoi ne pouvait-il pas être à la bonne température ?

— Je peux me joindre à vous ?

Surpris, j'ai levé la tête et j'ai vu Seven Stars devant moi, avec un plateau. Sans me laisser le temps de répondre, elle s'est laissé tomber sur la chaise en face de moi. Elle avait pris un chickenburger et un Coca.

— Qu'est-ce que tu fais là ? lui ai-je demandé.

— Comme tout le monde. Je mange, évidemment. Qu'est-ce qu'il y a ? Vous ne voulez pas que je m'asseye ici, M. Ishida ?

— Je n'ai pas dit ça. Tu es toute seule ?

— Comment pourrais-je être toute seule ? Vous êtes là, avec moi, non ?

J'ai mangé mon burger sans un mot. La sauce teriyaki a coulé du sandwich et a goutté sur ma main. Seven Stars a brandi une serviette en papier pour l'essuyer.

— Vous êtes maladroit, M. Ishida ? Ou bien affamé ?

— Je meurs de faim, ai-je répondu en lui prenant la serviette des mains, gêné. Je n'ai pas pris de petit déjeuner.

— Il est presque midi. Vous allez pouvoir sauter un repas et économiser un peu.

— Sans doute. C'est la deuxième fois que je te vois manger un hamburger. Tu aimes tant que ça les fast-foods ?

— J'aime tous les plats qui sont moelleux et chauds.

Elle a ouvert son sandwich et a dessiné un visage souriant avec le ketchup sur le poulet pané.

— On dirait que tu t'amuses bien.

— Bien sûr que je m'amuse. Et vous, M. Ishida ? Quel est votre plat préféré ?

— Le riz au curry, ai-je répondu sans réfléchir.

— Ce n'est pas très original. On en trouve partout.

— Peut-être. C'est une longue histoire, mais ce n'est pas qu'une question de nourriture.

— Laissez-moi deviner, votre petite amie en préparait.

— Pas ma petite amie. Ma sœur.

J'ai cru que, comme d'habitude, elle me poserait d'autres questions, sauf que, cette fois-ci, elle n'a rien ajouté. J'avais dû casser l'ambiance en évoquant une personne décédée.

— Mes parents étaient rarement à la maison, ai-je expliqué en essayant de détendre l'atmosphère. Quand j'étais petit, ma sœur et moi, on allait acheter à manger au *konbini* tous les jours. C'est devenu lassant au bout d'un moment, alors elle s'est mise à cuisiner pour moi. Le premier plat qu'elle ait fait, c'était du riz au curry.

— Je n'avais pas l'intention de parler d'elle et de vous rendre triste, s'est excusée Seven Stars. Du coup, je m'en veux de vous avoir interrogé.

— Je ne suis pas triste, inutile de t'en vouloir. Ma sœur occupait une place importante, dans ma vie. Elle était – et est toujours – chère à mon cœur.

Je me suis mordu la lèvre en comprenant que j'étais trop sentimental. Pourquoi lui avoir raconté cela ?

Seven Stars ne disait rien. Elle semblait calme, presque douce. Quand elle ne parlait pas, on ne pouvait pas se douter qu'elle pouvait être si directe.

— Selon vous, le silence me va bien, a-t-elle déclaré en lisant dans mes pensées.

— Je n'ai pas dit ça, me suis-je défendu dans un éclat de rire.

— On me l'explique tout le temps, m'a-t-elle appris en secouant son gobelet pour que les glaçons s'entrechoquent. « Jeune fille, vous devriez changer d'attitude. »

— Hé, je ne suis pas d'accord. Ça fait partie de ton charme.

Elle n'a rien répondu mais, quand je lui ai jeté un coup d'œil, j'ai vu qu'une esquisse de sourire illuminait son visage. Nous avons mangé en silence. Le fast-food était désert. Peu de personnes allaient chez MacDo pour déjeuner de bonne heure le dimanche.

— M. Ishida, vous aimiez votre sœur plus que tout, non ?

Sa franchise m'a abasourdi.

— Et vous ne protestez même pas, a-t-elle poursuivi. Que c'est barbant.

J'ai pris une gorgée de café. Il m'a encore brûlé la langue, même si je l'avais laissé refroidir depuis longtemps. J'ai regardé Seven Stars, mais ses yeux étaient ailleurs.

— Tu as peut-être raison, ai-je admis. Je l'aimais plus que tout. À une époque, je n'avais qu'elle.

Le regard toujours ailleurs, elle m'a interrogé :

— Et votre sœur ? Est-ce qu'elle vous aimait plus que tout ?

J'ai haussé les épaules.

— Sans doute. Elle s'est toujours montrée surprotectrice avec moi.

— Mais vous avez tout de même réussi à avoir des petites amies.

— Elle n'était pas au courant, pour la plupart d'entre elles. Celles qu'elle connaissait, elle ne les aimait pas. Enfin, pour être honnête, aucune d'elles ne l'aimait non plus. C'est un peu bizarre, puisqu'elles ne s'étaient jamais rencontrées.

— Sans blague, a-t-elle lâché en faisant claquer sa langue.

— Sauf pour ma petite amie actuelle, ai-je précisé. Ma sœur l'adorait.

— Et comment a-t-elle réussi à faire fondre son cœur de glace ?

Après une courte hésitation, j'ai répondu :

— Grâce à elle, j'ai arrêté de prendre des somnifères. Je souffrais d'insomnies et j'imagine que j'en prenais parfois plus que nécessaire.

Seven Stars m'a dévisagé d'un air surpris, sans toutefois donner son avis.

— Et qu'a-t-elle fait pour que vous arrêtiez d'en prendre, M. Ishida ?

— Elle m'a juste dit d'arrêter de me faire du mal. Et je me suis surpris moi-même en obéissant. En fait, j'imagine qu'elle était sincère. Elle tenait à moi, et je le sentais.

J'ai aussitôt regretté mes paroles. Pourquoi est-ce que je n'arrivais pas à me taire, devant elle ? Ce n'était pas une attitude professionnelle. Je ne devrais pas partager des détails de ma vie personnelle avec une élève.

— M. Ishida, et si on avalait des somnifères ensemble ?

J'ai froncé les sourcils.

— Tu es devenue folle ou quoi ? Pourquoi ?

— Parce que votre petite amie serait contrariée et que, peut-être, vous vous sépareriez.

— Et ça t'avancerait à quoi ?

— On serait célibataire, tous les deux.

— Il y a suffisamment de célibataires au Japon pour former une colonie. Pas besoin de me mêler à ça.

Elle a éclaté de rire.

— Vous êtes trop sérieux, vous savez ? C'est pas grave, j'imagine que ça fait partie de votre... Quel mot avez-vous employé tout à l'heure ? Charme ? C'est ça. Ça fait partie de votre charme.

Cette fille était exaspérante.

— Et vous, M. Ishida ? Est-ce que vous appréciez certains des petits amis de votre sœur ?

— Elle n'en a jamais eu.

Seven Stars m'a lancé un sourire moqueur.

— Vous, vous ne connaissez rien aux femmes, pas vrai ? Je suis certaine qu'elle en a eu. Elle ne voulait pas que vous le sachiez, c'est tout.

— Peut-être, mais pourquoi l'aurait-elle caché ? Elle n'était pas une enfant. Et je n'avais rien contre le fait qu'elle sorte avec quelqu'un.

Elle a haussé les épaules.

— Je ne sais pas, peut-être qu'elle pensait que vous n'approuveriez pas sa relation.

— J'en doute. Je suis quelqu'un de raisonnable. Je n'avais pas d'attentes extraordinaires sur le genre de type qu'elle devait fréquenter. Tant qu'ils se seraient aimés, ça m'aurait convenu.

— Elle appréciait peut-être le genre de mec que vous n'auriez jamais voulu avoir comme beau-frère, même si vous êtes coulant. Comme un homme marié avec des enfants, ou un autre avec une maladie incurable contagieuse ou… je ne sais pas, peut-être qu'elle préférait les femmes et qu'elle ne voulait pas que vous le découvriez.

J'ai secoué la tête.

— Tu as une imagination folle, jeune fille.

— Je sais, on me l'a déjà dit. Bon, au moins, je vous fais rire. C'est plutôt généreux de ma part, non ? Je vous tiens compagnie pendant le repas et, en plus, je vous amuse.

— Oui, oui. Merci à toi.

Elle a souri.

— Où allez-vous, ensuite ?

— Peut-être à la librairie.

— Est-ce que je peux vous accompagner ?

— À la librairie ?

Elle a levé les yeux au ciel.

— Évidemment !

— Ça ne me dérange pas mais… tu ne vas pas t'ennuyer ?

— Non, a-t-elle répondu avant d'ajouter : j'adore les livres, vous savez.

J'ai senti que ce n'était pas sincère.

Elle a fait mine de se fâcher.

— Hé, pourquoi vous me regardez comme ça ? Pourquoi vous ne voulez pas me croire ?

— Je te crois, l'ai-je taquinée. Tu adores les livres.

— J'ai fini, a-t-elle annoncé en prenant une autre serviette en papier au distributeur.

J'ai regardé ses doigts tandis qu'elle tapotait ses lèvres douces et roses. Elle a écarquillé les yeux.

— Qu'est-ce que vous fixez comme ça ?

— Rien. Tu te fais des idées.

J'ai fini mon café et j'ai rapporté nos deux plateaux. Nous sommes sortis du fast-food pour nous diriger vers la librairie, près de la gare. Seven Stars m'a doublé puis s'est retournée vers moi pour marcher à reculons.

— M. Ishida, qu'est-ce que vous allez acheter ?

— Je ne sais pas. N'importe quel livre qui suscitera mon intérêt.

Je l'ai prise par les épaules et l'ai fait pivoter dans le bon sens.

— Ne marche pas comme ça. Tu vas te cogner dans un poteau.

Elle m'a jeté un coup d'œil par-dessus l'épaule.

— Qu'est-ce que vous aimez, comme genre de livres ?

— Les bons, ai-je soupiré. Tu veux bien regarder où tu vas ?

Seven Stars m'a ignoré et a continué à marcher la tête tournée vers moi.

— Vous ne m'avez même pas dit quel genre vous aimiez. Vous devez être plus précis.

— Je le sais juste quand je le vois. Maintenant, est-ce que tu veux bien avancer correctement ?

Elle a gloussé et a attendu que je sois à son niveau, puis nous sommes entrés dans la librairie côte à côte. Un jeune homme avec un tablier vert olive nous a accueillis. Je l'ai salué d'un signe de tête et j'ai regardé autour de moi, Seven Stars sur les talons. Quand j'ai repéré les étagères des romans, j'ai filé droit vers les nouveautés pour scruter les couvertures.

— Ishida, c'est toi ? m'a lancé une voix familière.

En levant les yeux, j'ai vu Izumi, l'intendante de mon immeuble. Elle portait elle aussi un tablier vert olive et ses cheveux étaient rassemblés en une queue-de-cheval haute. Elle était plus jolie que le jour où je l'avais vue pour la première fois, dans ses habits ordinaires.

Comme c'était étrange qu'on se croise – deuxième coïncidence de la journée, j'imagine. À moins que la ville ne soit vraiment petite. J'étais trop habitué à Tokyo, où la probabilité de croiser ne serait-ce qu'une connaissance dans la journée était infime.

— Tiens, tu travailles ici ? L'uniforme te va bien.

Izumi a souri en rougissant un peu. C'était la première fois que je la voyais s'émouvoir.

— Arrête de me taquiner. C'est la première fois que tu viens ?

— Non, j'ai dû passer deux ou trois fois, déjà.

— Je parie que c'était en semaine. D'habitude, je ne travaille pas le samedi et le dimanche mais, aujourd'hui, je remplace une collègue malade. Tu cherchais un livre en particulier ?

— Rien de précis. Tu as des recommandations ?

— Suffisamment pour te mettre sur la paille. Ça fait presque quatre ans que je travaille ici.

Izumi a porté son regard sur Seven Stars, qui se tenait à côté de moi.

— Hé, Ishida, tu as amené une jolie fille avec toi. Pourquoi tu ne nous présentes pas ?

— Ce n'est pas ce que tu crois. C'est une élève, et nous nous sommes croisés par hasard.

— Comme c'est décevant. Je pensais que tu t'étais trouvé une copine d'ici.

— M. Ishida, a coupé Seven Stars, je m'en vais. Il semblerait que je vous gêne, votre amie et vous.

— Je n'ai pas dit ça, ai-je rétorqué, mais elle s'était déjà éloignée. On se voit lundi !

Je ne savais pas si elle m'avait entendu – elle est sortie sans un regard en arrière. Les ados sont vraiment malpolis, de nos jours.

— Tu la laisses partir ?

Je l'ai fixée sans comprendre.

— C'est pourtant évident, non ? Tu la fais craquer, ton élève. Qu'est-ce que tu vas faire ? Lui courir après ? Elle est vraiment très jolie, tu ne trouves pas ?

— Qu'est-ce que tu racontes ? Cette fille n'a que dix-sept ans. C'est presque une enfant, en plus d'être mon élève.

— Si tu le dis, a-t-elle soupiré dans un haussement d'épaules.

— Et même si ce que tu dis est vrai, il vaudrait mieux ne pas lui courir après. Je ne veux pas lui donner de faux espoirs.

— Tu as raison, a-t-elle murmuré. Mais si c'est bien de l'amour, n'est-il pas déjà trop tard ? À moins que tu ne fasses partie de ces gens qui ne prennent pas les sentiments des ados au sérieux ?

Je n'ai rien répondu.

— Alors comme ça, t'es prof ?

— Oui. J'enseigne l'anglais dans un *juku*.

— Je comprends mieux. Je me demandais ce que tu faisais, comme boulot. Tu sors de chez toi vers midi et tu reviens plutôt tard. Je pensais que tu étais dans la vente, comme moi.

— Ça aurait été logique, aussi.

— Hé, Izumi, a lancé le jeune homme qui m'avait salué un peu plus tôt. Désolé de vous interrompre mais ton créneau est terminé.

— Vraiment ? s'est-elle étonnée, l'œil sur sa montre – son poignet était fin et osseux. T'as raison. Merci de me prévenir.

— De rien, a-t-il répondu avant de s'éloigner.

Izumi a défait sa queue-de-cheval et s'est démêlé les cheveux du bout des doigts.

— Qu'est-ce que tu fais cet après-midi, Ishida ?

— Je ne sais pas encore, je n'ai rien de prévu.

— Dans ce cas, est-ce que tu pourrais m'aider à faire quelques courses ?

— Qu'est-ce qu'il te faut ?

— Je te le dirai dans une seconde. Attends ici, je reviens tout de suite, m'a-t-elle lancé par-dessus son épaule.

Livré à moi-même, j'ai attrapé quelques romans que j'ai retournés pour lire les résumés. Aucun ne m'a donné vraiment envie, mais je me sentais obligé d'en prendre un, après avoir fait tout ce chemin pour venir ici.

— Je suis prête, m'a annoncé Izumi – elle avait enlevé son tablier et portait un sac en toile. Tu as trouvé quelque chose à ton goût ?

— Pas encore.

— Le destin voulait peut-être que tu n'achètes rien aujourd'hui, a-t-elle conclu en me traînant hors de la boutique. Allons-y. Nous avons plein de choses à faire.

— Attends, tu ne m'as pas encore dit où nous allions.

— Patience, tu le découvriras bientôt. Sortons d'ici.

Évidemment, ses paroles n'ont fait qu'attiser ma curiosité.

25

Strange Fruits

Après être sortis de la librairie, nous avons rejoint la rue principale et longé l'allée piétonne. Izumi fredonnait. À la voir si heureuse, je me suis détendu et j'ai décidé de jouer le jeu, quoi qu'elle ait en tête.

Rapidement, elle m'a entraîné chez un fleuriste. Contrairement au premier où j'étais allé, celui-là était une vraie boutique offrant une large sélection. En revanche, il n'y avait pas de vendeur en vue. Je me sentais dépassé par cet océan de fleurs colorées. Il y avait des roses, des lys, des tulipes et bien d'autres que je ne reconnaissais pas. Tout à coup, j'ai vu une brassée de gypsophiles dans l'un des seaux.

— Tu aimes ces fleurs ? m'a demandé Izumi. Un peu quelconques, non ?

— Elles ont une belle signification.

— Vraiment ?

— Elles symbolisent l'amour éternel.

— Comme c'est romantique. Bon, c'est réglé, comme ça.

Un ton au-dessus, elle a lancé :

— Excusez-moi, quelqu'un pourrait nous aider ?

Une dame est sortie de l'arrière-boutique.

— Je m'excuse, je ne vous avais pas vu entrer. Est-ce que je peux vous renseigner ?

— Oui, a fait Izumi en montrant les gypsophiles. Est-ce que vous pourriez me faire un bouquet avec ces fleurs ? Ou est-ce que ce serait trop blanc ?

— Que diriez-vous de les associer à des hortensias bleus ?

La fleuriste a traversé sa boutique avant de revenir avec un bouquet de fleurs fraîches. Elle les a tenues contre les gypsophiles.

— Qu'en pensez-vous ?

— C'est joli, a confirmé Izumi.

Elle a payé les fleurs et nous sommes ressortis. Dehors, elle m'a passé le bouquet.

— C'est pour qui ? ai-je demandé.

— Tu le sauras bientôt, a-t-elle répondu avec un sourire malicieux.

Nous sommes montés dans un bus et avons choisi les sièges du milieu. Je n'avais jamais emprunté cette ligne, du coup je n'avais aucune idée de l'endroit où nous allions. Izumi semblait apprécier d'être la seule à savoir ce qui se passait.

Quand le bus a démarré, elle s'est tournée vers moi pour me demander :

— Tu es sûr que ça ne te dérange pas ? Nous sommes assis côte à côte avec des fleurs. Si quelqu'un nous voit, il croira que nous sommes ensemble.

— Tu as peur que ton petit copain nous surprenne ?

— Non, je n'ai pas de petit copain. Et toi ?

— Je n'ai pas de petit copain non plus, ai-je plaisanté.

— Et plus sérieusement ?

— Je suis sérieux. Je n'ai pas de petit copain.

Izumi a soupiré.

— Très bien. Et une petite copine ?

— On ne risque pas de la croiser. Elle est à Tokyo.

Je n'avais pas repensé à Nae, et à notre dispute, depuis longtemps. Est-ce qu'elle se demandait pourquoi je n'avais pas appelé ? Elle considérait peut-être que c'était fini, entre nous. Je ne voulais pas que notre histoire se termine comme ça, alors pourquoi est-ce que je n'arrivais pas à trouver le courage de lui parler ? Combien de temps allais-je l'éviter ? Nos problèmes n'allaient pas se résoudre tout seuls.

— Ishida, a murmuré Izumi. Puisque ta copine est loin, à Tokyo, est-ce que tu accepterais d'être mon petit ami pour deux heures ?

Je me suis écarté d'elle.

— Qu'est-ce que tu projettes, exactement ?

— D'avoir une dette envers toi, a-t-elle répondu avant d'appuyer sur le bouton de la barre près de son siège. Prépare-toi, on descend au prochain arrêt.

Nous nous sommes retrouvés devant un parc. C'était celui où je m'étais promené sous la pluie avec Seven Stars.

— Il faut encore marcher vingt minutes, m'a annoncé Izumi. Ça va aller ?

— Sans problème, mais j'apprécierais que tu me dises ce que tu as en tête.

Elle a fait mine de ne pas m'entendre. Nous avons traversé le parc, puis un pont, et nous sommes entrés dans un quartier résidentiel calme. Les maisons y étaient presque aussi grandes que dans Segayaki, mais elles semblaient moins bien entretenues et les jardins étaient envahis de mauvaises herbes.

Izumi avançait devant moi sans ralentir. Elle savait exactement où elle allait, comme si elle avait fait ce trajet des milliers de fois. Pour finir, nous sommes arrivés devant une maison de retraite.

— Qui allons-nous voir ?

— Ma grand-mère. Elle vit ici depuis six ans. Je viens toujours lui rendre visite pendant mon jour de repos.

Nous sommes entrés dans l'établissement. À l'accueil, le réceptionniste a salué Izumi d'un signe de tête, et celle-ci lui a rendu son salut. Elle m'a ensuite entraîné dans un long couloir jusqu'à la chambre 108, où elle a frappé à la porte.

— Qui est là ? a fait une petite voix à l'intérieur.

— C'est moi, grand-mère, a répondu Izumi en entrant.

Elle m'a fait signe de la suivre et j'ai vu une femme frêle assise sur le lit. Ses cheveux étaient tout blancs.

— Qui est ce beau jeune homme ?

— Je t'ai dit que je viendrais avec mon petit ami, n'est-ce pas ? Voici Ishida. Il est professeur, a expliqué Izumi en prenant une chaise pour s'asseoir près d'elle. Regarde, il t'a apporté un joli bouquet. Il veut faire bonne impression.

La femme a souri.

— Bonjour, je m'appelle Ren Ishida.

Voyant un vase vide sur la table de nuit, j'ai demandé à la vieille dame :

— Voulez-vous que je mette les fleurs dedans ?

— Oui, s'il te plaît. Ishida, ne te sens pas obligé de m'apporter des présents. Je sais que, qui qu'il soit, un homme choisi par ma petite-fille sera digne de son affection. C'est la fille la plus difficile que j'ai jamais vue.

— Arrête, c'est gênant, a protesté Izumi.

J'ai arrangé les fleurs en silence.

— Comment te sens-tu, grand-mère ? Est-ce que le docteur est venu te voir, cette semaine ?

La vieille dame a hoché la tête.

— Il a dit que tout allait bien.

— Tu as pris ton médicament ?

— Oui, arrête de te tracasser pour moi.

En se tournant vers moi, Izumi a remarqué la corbeille de fruits près du vase.

— Est-ce que tonton est venu ?

— Oui, il y a environ une heure.

Izumi s'est relevé pour inspecter le contenu du panier.

— Regarde, grand-mère, un melon cantaloup, ton fruit préféré.

Elle a ouvert le tiroir pour en sortir un grand couteau. Je suis resté dans un coin de la pièce, à la regarder manier la lame. Sous la peau vert pâle, la chair du melon était orange. Du jus lui a dégouliné sur les doigts. Elle avait verni ses ongles avec une laque transparente. Ils luisaient, reflétant la lumière du soleil qui filtrait par les minces rideaux blancs.

Izumi en a coupé une fine tranche avant d'en prendre une bouchée.

— Miam, a-t-elle fait avant d'en découper deux plus grands morceaux qu'elle nous a donnés, à sa grand-mère et moi.

J'ai croqué dans le fruit. La chair était ferme mais succulente, une explosion de saveurs sucrées.

— C'est bien ton tonton, ça, de venir avec un fruit si luxueux[4].

Tandis que nous mangions tous les trois du melon dans la chambre 108, les rideaux ont voleté dans la brise. Ces fins voilages blancs m'ont rappelé Mme Katou. Je me suis demandé comment elle allait maintenant – mieux, j'espérais.

Izumi a continué à discuter avec sa grand-mère. Une petite fossette apparaissait sur sa joue gauche dès qu'elle souriait.

Au bout d'un moment, leurs voix ont commencé à s'assourdir. Elles souriaient, riaient. Peu à peu, j'ai eu l'impression de quitter la scène, de les regarder de loin. Comme si j'étais assis devant la télévision, avec la petite-fille et la grand-mère joyeuses à l'écran, dans une autre réalité.

J'ai croisé les bras et posé ma tête contre le mur. Je n'ai pas mis longtemps à retomber dans le passé.

J'étais assis dans le canapé du salon, à côté de ma sœur. Nous regardions un homme en smoking noir à la télévision. Il jouait un morceau de jazz sur un piano à queue Yamaha devant une très large audience.

— Il fait une improvisation sur *Strange Fruits,* m'avait expliqué ma sœur en lisant les sous-titres.

— Il est doué ?

— Je pense, sinon son concert ne serait pas retransmis à la télé.

Je n'arrivais pas à le quitter des yeux. Son style était magnifique. Mais, ce qui retenait surtout mon attention, c'était ses doigts. Longs et fins, avec des ongles larges arborant une couleur rose saine. Ils se déplaçaient avec grâce sur les touches monochromes comme une troupe de danseurs synchronisés.

Le pianiste a déchaîné le public, qui lui a fait une ovation. Il s'est incliné devant l'assemblée sous un tonnerre

4. Au Japon, les fruits sont souvent hors de prix et considérés comme des produits de luxe. NdT.

d'applaudissements. Un sourire confiant sur les lèvres, il a agité ses jolis doigts.

— Ishida, tu m'entends ? m'a demandé Izumi, ce qui m'a fait sursauter.

Nous retournions à l'arrêt de bus.

— Désolé. Tu disais quoi ?

— Que je te remerciais pour ton aide. C'était important pour moi, a-t-elle ajouté en souriant. Ma grand-mère est la personne qui compte le plus dans ma vie. J'ai vécu chez elle très jeune, jusqu'à mes dix-sept ans.

— Et tes parents ? Pourquoi ne vivais-tu pas avec eux ?

— Ils sont morts quand j'avais deux ans. Un accident de voiture. Mon père roulait trop vite. Je suis fille unique, du coup je me suis retrouvée toute seule.

— Tes parents ont dû beaucoup te manquer.

— Comment quelqu'un qu'on a presque oublié pourrait-il nous manquer ? Je connais leurs visages, grâce aux photos, mais je n'ai pas de souvenirs d'eux. Pour moi, ce ne sont que deux noms écrits sur mon livret de famille.

Je n'ai rien dit.

— Tu me trouves froide, Ishida ?

Je n'ai pas répondu. Ça ressemblait plus à une affirmation qu'à une question.

— Malgré ses problèmes de santé, grand-mère a été la seule à proposer de m'accueillir. Ensuite, avec l'âge, son état a commencé à se dégrader et elle a eu plusieurs légères attaques. Je ne pouvais pas veiller sur elle en permanence puisque je devais aller à l'école. Notre famille a décidé qu'il valait mieux pour elle qu'elle vive dans une bonne maison de retraite où elle bénéficierait de soins professionnels toute la journée.

Nous sommes restés silencieux un moment puis j'ai déclaré :

— Ça a dû être dur pour toi.

— Non, ça va. Heureusement, j'ai un oncle fortuné qui soutient financièrement ma grand-mère. Il a aussi payé tous mes frais jusqu'à ce que j'aie le bac. Je le rembourse petit à petit. Je ne gagne pas grand-chose à la librairie mais je devrais avoir fini de régler mes dettes l'année prochaine. J'économise aussi pour mes frais d'université.

J'ai marmonné quelques mots compatissants. Pas étonnant qu'elle soit si déterminée à faire baisser son loyer.

— Au fait, qu'est-ce que ma grand-mère t'a dit, quand je suis allée aux toilettes ? Est-ce qu'elle t'a suggéré de me demander en mariage ou quoi ?

Je lui ai adressé un grand sourire.

— Rien de si précis. Elle m'a dit de prendre bien soin de toi.

— Et qu'est-ce que tu as répondu ?

— À ton avis ? Dans cette situation, n'importe qui aurait dit oui. Je ne pouvais pas lui rétorquer : « Non, madame, je ne suis qu'un petit ami temporaire. Mon contrat expire dans deux heures », surtout que c'est une vieille dame adorable.

— Vraiment ? a-t-elle fait, les yeux écarquillés. Tu vas prendre soin de moi à partir de maintenant, Ishida ?

— Je jouais le rôle du petit ami modèle. Tu ne peux pas me prendre au mot.

— Je plaisantais, ne prends pas tout si sérieusement, m'a-t-elle taquiné en posant la main sur mon coude. Ça serait chouette, d'avoir un petit ami.

— Et pourquoi tu n'en as pas ?

— Un petit ami ?

J'ai acquiescé.

— Ce n'est pas le moment. Je ne veux pas m'engager avec qui que ce soit pour l'instant.

Je n'ai rien dit. Ses doigts me serraient le bras de plus en plus. Sa paume était chaude et sa chaleur irradiait en moi.

Côte à côte, nous avons traversé le parc, en longeant la rivière. Izumi ne m'avait toujours pas lâché le bras. Un groupe d'enfants est passé devant nous. Ils riaient et se pourchassaient les uns les autres. Derrière eux, deux jeunes mères poussaient des landaus. Six hommes mûrs faisaient des étirements au bord de l'eau.

— Tu sais d'où vient le nom d'Akakawa ? m'a demandé Izumi.

— Non. Et si tu me l'expliquais ?

— Je connais deux versions de l'histoire. La première, c'est ma grand-mère qui me l'a racontée. Elle disait que cet endroit était jadis un village de fermiers. Un groupe de paysans était arrivé en automne et avait établi une colonie autour de cette rivière. À cette époque, un nombre incroyable d'érables du Japon bordaient le cours d'eau. Les feuilles pourpres tombaient dans le courant, teintant la rivière de rouge, si bien que les paysans nommèrent leur ville Akakawa. « *Aka* », signifie « rouge » et « *kawa* », « rivière ».

— Et la deuxième version ?

— Selon elle, deux groupes de paysans se sont battus pour cette terre. Dans un moment de rage, ils se sont attaqués avec leurs outils. L'un des groupes fut décimé. Les autres fermiers ont jeté leurs cadavres dans la rivière, et leur sang a teinté l'eau de rouge.

Quelle fin sanglante...

— Alors, à laquelle crois-tu ? lui ai-je demandé.

— J'ai l'impression que les deux sont vraies, a-t-elle répondu dans un haussement d'épaules.

Nous sommes passés devant plusieurs joggeurs qui portaient des serviettes autour du cou. Au bout d'un moment, je me suis rendu compte que nous avions fait un grand détour, mais j'ai feint de n'avoir rien remarqué.

— Nous avons assez marché pour aujourd'hui, a-t-elle déclaré. On rentre ?

J'ai hoché la tête.

— Tu comptes me tenir la main pendant encore longtemps ?

Elle a jeté un œil à sa montre.

— Encore douze minutes, jusqu'à la fin de notre contrat.

— On doit le respecter si scrupuleusement ?

Izumi m'a tapoté le bras en souriant.

— Puisque tu te tiens si bien, je vais te libérer plus tôt.

Elle a dégagé sa main et a continué à marcher un peu devant moi. Le soleil faisait briller ses cheveux, révélant une touche auburn que je n'avais pas repérée avant. Elle était radieuse, par cet après-midi ensoleillé.

Dès que je voyais les cheveux longs d'une fille briller au soleil, je pensais à ma sœur. Contrairement au reste de la famille, elle avait des cheveux naturellement châtain foncé. J'avais toujours aimé cette couleur.

Un jour, pour essayer, je m'étais même teint en châtain. Mais, quand ils avaient repoussé, j'avais détesté découvrir les racines noires et j'étais trop feignant pour les retoucher. Quelques mois plus tard, je les avais reteints en noir. C'était la première et dernière fois que j'avais changé la couleur de mes cheveux.

— Marche plus vite, tu veux bien ? m'a crié Izumi, quelques pas devant moi.

J'ai pressé l'allure pour la rattraper. Nous devions changer deux fois de bus pour rejoindre notre immeuble. Je l'ai raccompagnée jusqu'à sa porte. Avant d'entrer, Izumi a sorti un sac en plastique de son cabas et me l'a donné.

— Qu'est-ce que c'est ?

— Ton salaire pour avoir été mon petit ami pendant deux heures, m'a-t-elle expliqué tout en refermant la porte avant que j'aie le temps de la remercier.

Je suis monté jusqu'au quatrième étage et, une fois chez moi, j'ai ouvert le sac. À l'intérieur, il y avait une édition anglaise d'*Ulysse*, de James Joyce. Quel choix. Je me suis assis confortablement avant de commencer ma lecture. Au bout d'un moment, je l'ai refermé.

Dans ces moments-là, les jours passés avec Mme Katou dans sa chambre venteuse au fond de la maison me manquaient. Elle devait être à Hakone, maintenant. Est-ce que la culpabilité la rongeait toujours ? Ou bien avait-elle réussi à se pardonner ? J'espérais qu'elle se sentait mieux. Au moins, l'air frais de la montagne à Hakone lui ferait du bien.

J'ai ouvert un tiroir et y ai rangé le livre, près des documents médicaux de la clinique Kobayashi pour femmes. Je ne sais pourquoi, j'ai senti l'irrépressible besoin de les ressortir.

Depuis que j'étais revenu de Kuromachi, je n'y avais plus touché. C'était trop dur, de les lire. Cela me faisait de la peine de penser à ce que ma sœur avait enduré seule, en faisant comme si tout allait bien lorsqu'elle m'appelait. Tandis que je regardais les colonnes, chaque mot, chaque chiffre, je me suis demandé : *Comment as-tu fait pour ne pas remarquer que quelque chose n'allait pas ?*

C'est là que j'ai noté une chose étrange. Son groupe sanguin était référencé comme *A*.

Ce devait être une erreur. Est-ce que tous les membres de notre famille n'étaient pas des *O* ? J'ai feuilleté les autres pages. Encore et encore, son groupe sanguin était noté *A*. Est-ce que la clinique avait enregistré le mauvais groupe ? Ce genre d'erreurs était impossible. Et cela ne pouvait signifier qu'une chose. Keiko et moi, nous n'avions pas de liens du sang. Cela expliquait pourquoi elle avait de jolis cheveux châtain foncé et moi pas.

— Maman me fait toujours des reproches injustes, m'avait dit ma sœur, mais je n'y avais pas prêté attention, mettant cela sur le compte de sa grande sensibilité.

Et puis il y avait la froideur de ma mère lorsque ma sœur avait quitté la maison familiale. Maintenant, tout devenait clair. Ma sœur avait été adoptée !

Vu l'âge de ma mère, elle avait sans doute renoncé à avoir un enfant lorsqu'elle avait accueilli ma sœur. Mais, neuf ans plus tard, j'étais arrivé dans sa vie et elle n'avait plus eu besoin de sa fille adoptive.

Quel sacré coup du sort. Mes parents avaient adopté ma sœur et, à son tour, elle avait fini par m'adopter, moi, faisant de son mieux pour remplir leurs rôles. Cependant, en notre for intérieur, nous savions qu'il nous manquait quelque chose. Il y avait un vide en nous. Nous nous sentions seuls, tous les deux.

Je me suis allongé par terre, les documents éparpillés autour de moi. Quand j'ai levé les yeux vers la fenêtre, il faisait nuit. La lune était haute dans le ciel. L'heure du dîner était passée, mais je n'avais pas faim. J'ai braqué mon regard vers la lune orange. En la fixant, j'ai eu l'impression que le monde tourbillonnait trop vite. Ou était-ce les nuages qui filaient dans le ciel ? Alors que je scrutais la lune, soudain, je n'ai plus vu qu'une faible lueur.

Sans quitter le ciel des yeux, j'ai glissé vers le monde des rêves.

En disposant une couverture sur moi, ma sœur m'a réveillé accidentellement. La lune illuminait la pièce et faisait briller la cascade de ses longs cheveux châtain.

— Est-ce que je rêve ? lui ai-je demandé.

Le sourire aux lèvres, elle a dégagé ses cheveux derrière son épaule. Elle s'est glissée près de moi sous la couverture.

— Si c'est le cas, pourquoi se réveiller maintenant ?

Nous étions si proches que je sentais son parfum. Elle portait une eau de toilette simple, pure, qui me rappelait l'odeur du linge tout juste repassé.

Je l'ai regardée droit dans les yeux et, sans réfléchir, j'ai dit :

— Keiko, tu me manques vraiment.

Elle n'a rien répondu. C'était la première fois que je l'appelais par son prénom – avant je l'appelais toujours *onesan* – « grande sœur » –, ce qui a dû la toucher. Puis elle a esquissé un sourire.

— Tu me manques aussi, Ren.

J'ai fermé les yeux. Un sentiment chaleureux et familier m'a envahi. Je ne savais pas vraiment ce que c'était. Quelque chose qui dépassait le chagrin, ou même le réconfort que j'éprouvais en la revoyant...

J'ai ouvert les yeux et j'ai murmuré :

— Je crois que j'étais amoureux de toi.

Elle m'a regardé d'un air surpris avant de retrouver une contenance.

— C'est rien, Ren. C'est du passé. N'y pense plus, maintenant.

J'ai hoché la tête, et nous nous sommes endormis tous les deux.

26

La ronde des vies antérieures

Je suis allé au commissariat pour récupérer les affaires de ma sœur. La veille, l'inspecteur Oda m'avait appelé à Yotsuba.

— Nous avons l'autorisation de vous restituer la plupart des possessions de Mlle Ishida. Il n'y a pas grand-chose mais j'ai pensé que vous seriez heureux de les récupérer. Nous les tiendrons à votre disposition dès demain, si cela vous convient.

— Demain, c'est parfait. Je passerai avant midi.

Cependant, à mon arrivée, l'inspecteur n'était nulle part en vue. Une agente très mince au menton pointu était à l'accueil. Après avoir vérifié ma carte d'identité, elle m'a tendu un formulaire de restitution à remplir.

— L'inspecteur Oda a dû partir pour une autre enquête, m'a-t-elle expliqué pour l'excuser.

J'étais abasourdi. Je pensais qu'il s'en occuperait personnellement et qu'il me fournirait un compte rendu des dernières avancées de l'enquête. Cela me donnait l'impression qu'il ne souhaitait plus élucider le meurtre de ma sœur. Était-ce parce que l'intérêt des médias était retombé ?

Après avoir rempli le formulaire, la policière a sorti les effets et les a énumérés en suivant sa liste. Tout tenait dans une grande enveloppe, que j'ai jetée dans mon sac avant d'aller au travail. Cela me semblait déplacé d'emporter cette enveloppe au bureau mais, si je rentrais d'abord chez moi, je serais en retard pour mon cours. Pressé par le temps, je suis monté dans le bus allant à Yotsuba.

— Ishida, tu as l'air à côté de tes pompes, m'a lancé un collègue dont le nom m'échappait. Tout va bien ?

— Oui, je suis juste un peu fatigué.

Il a hoché la tête avant de me laisser seul. J'ai fermé les yeux et j'ai inspiré profondément. *Arrête de penser à l'enquête*, me suis-je dit. Je devais me concentrer sur mon travail.

En rouvrant les yeux, j'ai parcouru la liste de présence. Seven Stars assistait à mon premier cours du jour. J'avais oublié la scène à la librairie, quand elle était partie en trombe. Je me suis soudain souvenu des paroles de Izumi : *C'est pourtant évident, non ? Ton élève, tu la fais craquer.*

Stupide Izumi. Maintenant, je ne pouvais plus m'ôter cette idée de la tête.

J'ai rassemblé mes fiches et je suis descendu en classe. La moitié des élèves était déjà arrivée, dont Seven Stars. Quand elle m'a vu, elle a détourné le regard.

Après la sonnerie, j'ai fait l'appel. J'ai noté les présents et les absents, j'ai expliqué deux-trois points de grammaire, répondu à quelques questions et distribué les feuilles d'exercices. Seven Stars gardait ses distances. Dès que nos regards se croisaient, elle faisait exprès de détourner les yeux. Elle n'a pas souri de tout le cours. À la fin de l'heure, elle a ramassé ses affaires pour partir précipitamment. Je lui ai couru après malgré la présence des autres élèves – j'avais agi sans réfléchir.

Je l'ai attrapée par la main.

— Pourquoi est-ce que tu es fâchée ?

— Qui a dit que j'étais fâchée ? m'a-t-elle rétorqué en me décochant un regard noir.

— Écoute, est-ce que tu as quelque chose à me dire ? me suis-je forcé à articuler. Je suis prêt à tout entendre.

Elle a libéré sa main.

— C'est rien, M. Ishida. Et pourquoi voudrais-je vous parler, de toute façon ?

Je savais que je ne devais pas la croire. Quand une fille dit qu'il n'y a rien, ça signifie que l'on a raté beaucoup de choses. Je ne voulais pas qu'on en reste là, mais je sentais les regards des autres élèves sur nous.

Je suis retourné en classe pour ne pas attirer davantage l'attention. Ce n'était peut-être pas si grave. Je m'étais trop rapproché d'elle et il valait mieux qu'on reste à bonne distance. Elle était toujours mon élève. Un investissement plus grand serait dangereux.

Je suis rentré chez moi vers onze heures. J'ai sorti l'enveloppe de mon sac et vidé son contenu sur le sol de mon salon. Il y avait un passeport, un album photo et des cahiers. J'ai regardé son passeport. Il était vide et avait été tamponné pour qu'il ne puisse plus servir. Keiko Ishida, pourquoi avais-tu un passeport ? Elle n'était jamais partie à l'étranger. Est-ce qu'elle avait prévu de voyager un jour ?

Je ne savais pas trop quoi faire de tout ça. Ce qui était certain, c'est que m'accrocher à des objets sentimentaux ne m'apporterait rien de bon. Je les ai remis dans l'enveloppe, j'ai attrapé un briquet et je suis sorti.

Il avait plu un peu plus tôt ce jour-là. L'odeur fraîche s'attardait dans l'air et une fine brume montait de la végétation. Des feuilles, éparpillées par le vent, jonchaient l'asphalte noir.

J'ai trouvé un seau en métal abandonné dans le parking désert derrière l'immeuble. Accroupi, dos au vent, j'ai sorti les objets de l'enveloppe, que j'ai enflammée et jetée dans le seau. Un nuage de fumée est monté vers le ciel, dégageant une odeur âcre et poisseuse.

Une par une, j'ai brûlé les affaires de ma sœur, à commencer par le passeport.

J'ai feuilleté ses cahiers. Des notes pour ses cours. Son écriture était élégante. Pas étonnant qu'elle m'ait toujours critiqué pour mon manque de soin. Après avoir parcouru chaque cahier, je les ai jetés dans le seau. Les pages se recourbaient avant de se transformer en cendres.

Le dernier cahier de la pile avait une couverture en tissu japonais présentant un motif géométrique. Les pages blanches jaunissaient et j'ai trouvé un billet de 10 000 yens glissé à l'intérieur. J'ai hésité à garder l'argent, avant de décider de le laisser là.

Après avoir jeté le dernier cahier au feu, j'ai senti que la présence de ma sœur disparaissait. Je commençais à intégrer la réalité de sa mort.

Ensuite, l'album photo. Il était rempli de clichés d'une sortie des professeurs de Yotsuba. J'ai aperçu Maeda sur plusieurs photos. Elle affichait toujours un visage sérieux au travail mais, quand elle était en congé, elle savait relâcher la pression. Quand elle souriait, ses yeux n'étaient plus que deux lignes minuscules.

Honda figurait sur beaucoup de photos. Il semblait aussi jovial que d'habitude, et un cliché le montrait même endormi, la bouche ouverte. J'ai été tenté de le garder pour le chambrer, mais ma sœur était aussi dessus, levant deux doigts victorieux. Non, je ferais mieux de ne pas la garder.

Il y avait d'autres visages familiers. Le principal, Hiroko, Abe et bien d'autres membres du personnel. Ils avaient vraiment l'air différent quand ils ne portaient pas leurs habits de travail. J'avais l'habitude de les définir selon leur spécialité – la prof de japonais, le prof de maths, le prof de sciences sociales… En dehors de la classe, leurs personnalités transparaissaient. Le prof de sciences humaines portait un tee-shirt des Hanshin Tigers, une équipe de baseball. La prof de japonais avait enfilé une combinaison colorée. Et, parmi eux, ma sœur. Elle portait un chemisier blanc et une jupe droite bleu marine. Son sourire était doux. Elle était pleine de vie.

J'ai regardé la photo que je tenais à la main, un portrait d'elle. Debout devant une rangée de statues de Jizo, ma sœur était charmante. Elle avait au bras un sac à main beige, le même qu'elle portait quand elle avait été assassinée. Ce sac m'a ramené au jour où je suis entré pour la première fois dans le commissariat.

L'inspecteur Oda m'avait montré des photos du sac éclaboussé de sang et de son contenu : un portefeuille, un foulard rouge, des clefs, une plaquette de pilules contraceptives, un agenda et des stylos.

Les clefs étaient rassemblées sur un anneau métallique où pendait un lapin en porcelaine. Mais.... j'avais déjà vu ce lapin. Il pendait aussi derrière un rétroviseur et avait reflété le soleil quand la voiture avait fait demi-tour, m'aveuglant au passage.

Son nom a surgi dans ma tête.

Honda.

27

J'ai quelque chose à te dire

Alors qu'on mangeait une fois de plus des ramen instantanés pour le dîner dans la salle des profs, j'ai demandé à Honda s'il pouvait passer chez moi ce soir-là.

— Quelque chose ne va pas ?

J'ai secoué la tête.

— J'aimerais juste avoir un peu de compagnie.

— Tu te sens seul, a-t-il plaisanté. Eh bien, t'as de la chance, parce que je me sens seul aussi. On peut se faire une petite fête, juste tous les deux.

— Super, ai-je répondu en finissant mes nouilles. À tout à l'heure.

J'ai jeté le bol en polystyrène avant de retourner à mon bureau. Je ne voulais pas prolonger la conversation de peur qu'il ne soupçonne quelque chose, mais il avait dû le sentir. D'habitude, il n'arrêtait pas de parler jusqu'au cours suivant.

— Qu'est-ce que tu veux manger ? m'a lancé Honda en démarrant la voiture.

— T'as encore faim ?

— Pas vraiment, mais je ne rate jamais une occasion de manger.

— Et si on prenait des sushi à emporter ? C'est moi qui régale… sauf que je ne connais pas de bon restaurant.

— Laisse-moi faire.

La voiture est sortie du parking souterrain pour rejoindre la route principale. Quelques minutes plus tard, elle s'arrêtait devant un bar à sushi. Il était juste au coin de la rue, pourtant je ne l'avais jamais remarqué. Je suis entré dans le restaurant pendant que Honda attendait dans la voiture.

Le lieu était désert, à part deux employés qui semblaient saouls. L'heure de la fermeture approchait sans doute.

— Bienvenue, m'a lancé un cuisinier à l'air sérieux derrière le comptoir. Qu'est-ce que je vous sers ?

J'ai jeté un œil au menu. Il y avait différents assortiments de sushi. J'en ai pointé un du doigt en disant :

— Un comme ça à emporter.

L'homme a hoché la tête avant de préparer ma commande. Il a moulé les sushi à la perfection et les a placés précautionneusement sur un plateau noir en plastique. Il y a ajouté des lamelles de gingembre, du wasabi et du radis blanc râpé. Ses gestes étaient précis et efficaces. J'ai payé pour le tout et je suis retourné à la voiture.

Honda a jeté un coup d'œil au sac en plastique.

— Tu ne crois pas que ça fait beaucoup, pour deux ?

— Mieux vaut trop que pas assez.

Il a éclaté de rire puis nous avons filé vers mon appartement.

Plus on s'approchait de chez moi, plus je me sentais nerveux. Je ne savais pas comment aborder le sujet. J'avais essayé de penser à différentes approches, mais aucune ne me paraissait satisfaisante. Je commençais à regretter de ne pas plutôt être allé trouver la police.

J'ai écouté les anecdotes de Honda tout en mangeant les sushi dans mon salon minuscule. Je ne parlais pas beaucoup, me contentant de hocher la tête aux moments opportuns tandis qu'il me racontait quelques trucs intéressants qui s'étaient passés au travail.

— Il y a deux jours, j'ai fait passer une évaluation à ma classe, disait-il. Un questionnaire à choix multiples avec quatre possibilités par question. Même sans étudier, on a toujours une chance de répondre correctement à quelques questions. Il est pratiquement impossible d'avoir zéro à moins de rendre copie blanche.

J'ai marmonné un mot d'approbation.

— Pourtant, j'ai quand même dû mettre un zéro à l'un de mes élèves. Il avait visiblement triché. Sa réponse pour la deuxième question était celle de la première, celle de la troisième était la bonne pour la deuxième, etc.

— Il n'a même pas réussi à copier correctement.

— Exact, a confirmé Honda en me regardant droit dans les yeux. Enfin, j'ai assez parlé. À quoi penses-tu, Ishida ? Tu voulais qu'on discute de quelque chose, non ?

J'ai hoché la tête mais je ne me sentais pas prêt. Je lui ai fait signe de se resservir.

— Finissons d'abord les sushi.

Après qu'on eut tout terminé, j'ai débarrassé la table et je lui ai demandé ce qu'il voulait boire.

— Je me fais un café, ai-je annoncé.

— Dans ce cas, je te suis.

Je suis revenu de la cuisine avec deux tasses de café très chaud, une petite cuillère et un paquet de sucre. J'ai placé une tasse devant lui avec la cuillère et le sucre.

— Tu le prends noir ? s'est-il étonné.

— Oui. Je n'aime pas le sucre.

Il a hoché la tête avant de déchirer le petit sachet de sucre et de vider la poudre dans sa tasse. Lorsqu'il a remué le café, l'arôme s'est exhalé. La riche senteur de grains torréfiés s'est répandue dans la pièce, pourtant ni lui ni moi n'avons touché nos tasses. Au bout d'un long silence, Honda a pris la parole :

— Tu vas rester muet pendant combien de temps, Ishida ? On n'ira nulle part, comme ça.

— Hum.

J'ai pris une première gorgée de café puis j'ai reposé la tasse sur la table. Je me suis lancé :

— Cette ex-petite amie dont tu m'as parlé… c'était ma sœur ?

Honda m'a dévisagé, surpris, avant de détourner les yeux.

Puisque j'avais lâché le morceau, je ne voyais plus l'utilité de continuer à dissimuler mes pensées.

— C'est vrai, n'est-ce pas ?

Il est resté silencieux, les yeux rivés au mur.

— Est-ce que c'est toi qui l'as tuée ? ai-je murmuré.

Honda a inspiré profondément.

— Donc, en gros, tu as deux questions. La première, est-ce que je suis sorti avec ta sœur ? La réponse est oui. Keiko et moi sommes restés un moment ensemble. Malheureusement, ça n'a pas marché entre nous.

C'était à mon tour de rester silencieux. Comme je l'avais soupçonné, Honda et ma sœur avaient acheté les porte-clefs lapins ensemble, comme un couple.

— Quant à ta deuxième question, est-ce que c'est moi qui l'ai tuée ? Non, ce n'est pas moi. Bien sûr, j'étais bouleversé par notre rupture. Pour être honnête, je lui en voulais un peu, mais j'ai fini par accepter sa décision.

J'ai hoché la tête, ne sachant toujours pas si je devais le croire.

— Quand je l'ai rencontrée, j'avais trente-quatre ans. Elle était l'image parfaite de l'enseignante. Bien éduquée, raffinée, et elle s'intéressait vraiment à ses élèves. Je n'éprouvais que du respect pour elle.

Il a tendu la main vers son café avant d'ajouter :

— Même si elle m'a joué un drôle de tour.

— Comment ça ?

— C'est parti d'une mauvaise blague, a-t-il répondu dans un demi-sourire. Ça ne se voit sans doute plus maintenant, pourtant j'étais quelqu'un de discret, avant. Je n'aime pas me faire remarquer et mon nom n'est pas facile à retenir.

— Honda ?

— Ça, c'est le surnom que ta sœur m'a donné. Je m'appelle Shinosagawa, et la plupart des gens peinent à s'en souvenir. Un jour, Keiko m'a vu nettoyer ma voiture à l'eau distillée. Elle en a fait tout un plat. Étrange, pas vrai ? Tout le monde fait ça, non ?

Je voulais le détromper, ou au moins lui dire que je n'avais jamais entendu parler de ça, mais j'ai gardé mon avis pour moi.

— Si on utilise de l'eau du robinet pour laver sa voiture, ça laisse des traces. Ma voiture est noire. Ça ne ferait pas joli avec des traces.

— Mmm.

— Keiko l'avait raconté à tout le monde, comme si c'était un Toc bizarre. Depuis, tout le monde m'appelle Honda.

— Et tu es tombé amoureux d'elle à cause de ça ?

Il a émis un rire gêné.

— Tu crois que c'est comme ça que ça s'est passé ? Non, j'étais vexé, à l'époque. Ensuite, je dois admettre que le surnom a fini par me plaire. En fait, nous nous sommes rapprochés au cours d'une période où elle n'arrêtait pas de tomber malade, ce qui ne lui ressemblait pas. J'ai senti le besoin de m'occuper d'elle et j'en ai conclu que, pour moi, elle était davantage qu'une collègue.

— Et c'était vrai.

— Juste pour un temps.

Il a soupiré avant de reprendre :

— Ce n'est pas moi qui l'ai tuée, Ishida. Même si j'étais furieux et déçu, je l'aimais. J'aurai dû te le dire plus tôt, mais je ne savais pas comment aborder la question.

— Ce n'est pas grave. Il s'est passé beaucoup de choses.

— Pour être honnête, je n'ai pas d'alibi. La nuit où elle a été assassinée, j'étais dans la rue, à conduire seul. Je n'ai rien pour prouver mon innocence.

— Ne t'inquiète pas, je te fais confiance. Et ce n'est pas comme si j'avais le moindre indice qui t'impliquerait.

Je n'aurais pas su l'expliquer, pourtant je le croyais, il disait la vérité. Il n'était pas connu pour être un menteur.

— J'ai une dernière question… Je ne suis pas certain que je devrais te la poser.

— Vas-y, m'a-t-il encouragé en buvant une gorgée de café. On n'est plus à ça près.

Je me suis raclé la gorge.

— C'est sans doute grossier de te demander ça, mais je dois savoir. Est-ce que c'est toi qui l'a mise enceinte ?

Honda s'est tu et ses mains se sont crispées sur sa tasse. Il n'a pas bu, il ne l'a pas reposée non plus.

— Je suis désolé de t'avoir vexé.

— Non, je ne suis pas vexé. C'est juste que... Ce n'était pas moi. En fait, elle m'a laissé tomber pour un autre homme.

Je n'arrivais pas à croire qu'il y ait eu deux hommes dans sa vie – et pas juste un seul – dont je n'aie jamais rien su.

— Même avant que je fasse le premier pas, je savais qu'il y avait quelqu'un d'autre. Elle m'avait assuré que c'était fini entre eux, qu'elle avait tourné la page. Je lui ai fait confiance. J'imagine que c'était une erreur. Keiko ne l'a jamais oublié. Il faisait partie d'elle.

— Qui est cet homme ?

— Je ne sais pas, Ishida, sinon je l'aurais déjà dit à la police. Keiko était très discrète, à son sujet, et je ne voulais pas insister car elle disait que c'était du passé et je ne voulais pas me transformer en petit ami jaloux. Cela dit, si elle est vraiment tombée enceinte, je suis certain que c'était de cet homme.

Il a siroté son café.

— Aucune chance que ce soit mon enfant. En fait, on n'a jamais... Tu vois, quoi.

J'en suis resté sans voix.

— Elle n'était pas l'aise, avec ça, et je ne voulais pas la forcer. Je savais que quelque chose n'allait pas. Puis elle m'a blessé, quand elle m'a quitté, du coup, j'ai fait mine de me moquer de son sort. Après notre rupture, j'ai gardé mes distances.

Sachant ce qui s'était passé, je ne pouvais pas lui en vouloir.

— Je le regrette, à présent. J'aurais dû être plus honnête. Si je l'avais été, elle serait peut-être encore parmi nous. Je me hais, à cause de ça. J'aurais pu l'aider si je n'avais pas lâché l'affaire si facilement. En un sens, je me sens personnellement responsable de sa mort.

— Tu ne devrais pas t'en vouloir. Tu sais aussi bien que moi qu'elle n'aurait écouté personne. Si tu es responsable, alors je suis aussi coupable que toi. J'étais indifférent, avec elle, trop préoccupé par mes propres problèmes. Moi aussi, je savais que quelque chose n'allait pas, mais je faisais semblant de ne pas le voir. On pourrait tout aussi bien dire que c'est moi qui l'ai tuée.

Un silence pesant s'est installé dans la pièce. J'ai baissé les yeux vers mon café. Il ne fumait plus, et le liquide sombre était inerte. Des bulles minuscules léchaient le bord de la tasse.

— Si j'avais été plus insistant, tu crois qu'elle m'aurait choisi, moi ? a fini par demander Honda.

J'ai haussé les épaules.

— Mais tu n'aurais pas pu faire ça, si ?

— Tu me connais bien, Ishida. J'avais besoin qu'elle me choisisse parce qu'elle le voulait, pas par culpabilité ou par pitié. Autrement, ça n'aurait eu aucun sens. Je suis peut-être naïf, mais c'est ce que je ressens.

— À ta place, j'aurais fait la même chose.

— Ça t'a surpris ?

— Toi et ma sœur ?

— Oui.

— Pas vraiment, en fait…

J'ai laissé ma phrase en suspens. Il aurait été déplacé de lui dire que j'avais toujours su qu'elle avait un penchant pour les profs.

— Keiko ne m'a jamais dit qu'elle m'aimait. Pas une seule fois, m'a confié Honda. Elle m'a juste dit qu'elle m'appréciait. Quelle idiote, elle n'a même pas essayé de le cacher. J'aurais préféré qu'elle me mente. Je l'aurais crue.

J'ai attrapé mon café et l'ai fait tournoyer doucement dans ma tasse.

— Quand Keiko et moi sortions ensemble, elle vivait dans un appartement qui ressemblait beaucoup à celui-ci, m'a-t-il expliqué en balayant l'endroit du regard. C'était il y a quelques années. L'endroit a été rasé et reconstruit. Je savais qu'elle devait déménager mais je n'aurais jamais deviné que ce serait pour emménager chez les Katou.

Je me suis forcé à sourire.

— C'était un arrangement inhabituel.

— Quand nous étions ensemble, elle parlait beaucoup de toi.

— Qu'est-ce qu'elle disait ?

— Que tu étais un beau gamin, et que tu changeais de petite copine plus souvent que de coiffure, a-t-il répondu en souriant, comme s'il était de nouveau à l'aise. Selon elle, tu étais sorti avec au moins cinquante filles différentes.

— Elle plaisantait. C'est une exagération.

— Quel est le vrai chiffre ?

— Je ne sais pas. Vingt, trente peut-être ? Pas cinquante, en tout cas.

— C'est beaucoup.

— Tu devais avoir une mauvaise opinion de moi.

— Pas vraiment. Elle disait que, sous ces dehors nonchalants, tu étais sensible. Et que, une fois que tu trouverais la bonne, tu la chérirais pour toujours.

Je me suis forcé à sourire pendant que Honda me tapotait l'épaule.

— Tu es encore jeune. Ne sois pas trop dur avec toi-même. La plupart des relations ne fonctionnent pas, malgré tous nos efforts.

Je savais qu'il parlait d'expérience, même si nos situations étaient différentes.

— Dans mon cas, c'était ma faute, ai-je confessé.

— Comment ça ?

Ma sœur, avec son doux sourire, m'est apparue.

— J'étais épris de quelqu'un. Ou c'était plutôt un fantasme. J'ai créé une image idéale, que je comparais à toutes celles avec qui je sortais. À cause de ça, ça ne pouvait jamais marcher.

J'ai repensé à Nae, à toutes les disputes qu'on avait eues avant que je ne quitte Tokyo. Et pas seulement à elle, mais aussi aux autres filles avec qui j'étais sorti.

— Il m'a fallu trop longtemps pour comprendre mon erreur et, pendant ce temps, j'ai blessé beaucoup de personnes qui tenaient à moi. C'est peut-être pour ça que ma sœur est partie.

— Ce n'est pas vrai. La venue de Keiko à Akakawa n'a rien à voir avec toi. Elle t'adorait, Ishida. Tu le sais, non ?

— Oui, ai-je reconnu en hochant doucement la tête. Elle me voyait toujours comme le petit frère de huit ans qui avait besoin que sa grande sœur le surveille tout le temps.

— C'est parce qu'elle tenait à toi. Elle t'encensait tellement que, parfois, j'étais jaloux, alors qu'on sortait ensemble.

Mais, maintenant que je t'ai rencontré, je suis d'accord avec elle. Je pense vraiment que tu es quelqu'un de bien.

J'ai détourné le regard pour masquer mon embarras.

— Son côté protecteur a dû déteindre sur moi. Je ne sais pas quand ça a commencé, mais j'ai eu l'impression que je devais veiller sur toi à sa place, que je devais jouer le rôle du grand frère.

C'était donc pour ça qu'il s'était montré aussi serviable.

— Keiko s'inquiétait car elle avait peur de t'embêter, m'a-t-il appris.

— Vraiment ?

— Je sais qu'elle t'appelait toutes les semaines.

— Ces appels me manquent, ai-je répondu, les yeux baissés.

— Il arrive souvent qu'on se rende compte de ce qui est important une fois qu'on l'a perdu.

— Mmm, ai-je marmonné en m'étirant les jambes. Tu veux une bière ? C'est une bonne façon d'évacuer les émotions.

— Je vais devoir passer mon tour, je dois conduire pour rentrer chez moi.

Il a consulté sa montre avant de se lever.

— Il est presque minuit. Il faut que j'y aille. Merci d'avoir été si honnête avec moi – je me sens vraiment mieux, maintenant que je t'ai tout raconté.

J'ai hoché la tête – j'essayais toujours de digérer tout ce qu'il m'avait dit.

— À demain, Ishida.

Je l'ai raccompagné à la porte. Après son départ, je suis allé chercher une bière dans le frigo. Il restait cinq cannettes d'Asahi Super Dry. Je les ai toutes emportées dans le salon. Après ce qu'il s'était passé, j'avais besoin de boire.

Avant que je puisse ouvrir la première cannette, quelqu'un a frappé à la porte. Est-ce que Honda avait oublié quelque chose ? J'ai reposé ma bière pour aller voir qui était mon visiteur nocturne.

28

La reine de la fête

Seule sur le palier, Seven Stars, qui portait encore son uniforme de lycéenne, me dévisageait. Elle tenait un sac plastique blanc dans sa main droite. Quand nos regards se sont croisés, elle m'a demandé :

— Je peux entrer ?

Sans attendre que je sois remis du choc de la voir là, elle s'est faufilée à l'intérieur. Elle a posé son sac à dos par terre et s'est assise devant la table basse.

J'ai fermé la porte à contrecœur.

— Qu'est-ce que tu fiches ici ?

— Je passe juste vous saluer, a-t-elle répondu comme si de rien n'était, avant de scruter la table. Vous buvez beaucoup, non ?

— Je pensais que tu ne m'adressais plus la parole ? ai-je rétorqué en ignorant sa question.

Elle m'a fusillé du regard.

— Comment as-tu su où j'habitais ?

— Je vous ai suivi en taxi. Je sais que M. Honda vous ramène chez vous d'habitude, alors j'ai eu l'idée de venir vous voir, après son départ. Mais il est venu chez vous, aujourd'hui, du coup j'ai dû attendre. Vous avez mis si longtemps que j'ai failli geler, dehors.

Après avoir jeté un coup d'œil aux bières, elle a ajouté :
— Je pensais que vous discutiez de choses importantes, liées au travail. Qui aurait cru que c'était en fait une beuverie ?
— Ça ne te regarde pas, ai-je répliqué en avançant vers elle. Tu ne m'avais pas dit que tu souffrais d'un sacré mal des transports ?
— Je vous ai aussi dit que je pouvais le supporter, si je le voulais. Je faisais souvent des promenades en voiture avec ma mère avant qu'elle soit accaparée par son travail. Il n'y a pas si longtemps que je ne monte plus en voiture. Mon père n'a pas le permis.
Je me suis tourné vers elle.
— Puisque tu as fait tout ce chemin pour venir ici, j'en déduis que tu n'es plus fâchée ?
Elle a opiné.
— Tout va bien, alors ?
Elle a de nouveau hoché la tête en souriant, deux doigts levés pour former le *V* de la victoire.
— Oui, tout va bien.
— Tant mieux. Bon, puisqu'on est réconciliés, tu dois partir, maintenant. Il est tard, et tu es dans l'appartement d'un homme célibataire. Tu ne devrais pas être ici.
Elle m'a jeté un regard froid sans bouger de sa place.
— Est-ce que ton père sait où tu es ? Il est plus de minuit.
Je me suis souvenu que ses parents avaient un ami dans la police.
— Si ça se trouve, il a déjà signalé ta disparition au commissariat.
— Croyez-moi, ce n'est pas le cas. Ce ne sera pas la première fois que je rentrerai tard, ni la dernière, d'ailleurs. Ça m'arrive souvent, alors détendez-vous, d'accord ? Asseyez-vous.
Seven Stars a poussé les bières pour faire de la place sur la table. Elle a ouvert le sac en plastique et en a sorti une boîte à gâteau en carton blanc. À l'intérieur, il y avait un soufflé rond.
— Regardez, M. Ishida, j'essaie de vous corrompre.
— C'est gentil, mais tu dois vraiment partir maintenant.

Elle a poursuivi en ignorant ma remarque :

— C'est le meilleur soufflé du monde. Vous devriez essayer. Il est si léger et moelleux que même ceux qui haïssent les gâteaux l'adoreraient.

Je me suis gratté la tête. C'était vraiment, vraiment mal parti.

— En plus, c'est mon anniversaire aujourd'hui. Vous n'allez pas me chasser le jour de mon anniversaire, n'est-ce pas ?

J'ai inspiré profondément.

— Bon, tu peux rester, mais c'est juste pour aujourd'hui. Et parce que c'est ton anniversaire.

— Marché conclu, a-t-elle répondu, ravie.

Je me suis assis en face d'elle.

Seven Stars a sorti quelques bougies colorées qu'elle a disposées sur le gâteau. Après avoir planté la dernière, elle m'a regardé et m'a lancé :

— Est-ce que je peux vous emprunter un briquet ?

— Ce n'est pas toi, la fumeuse ?

— J'ai arrêté.

J'ai cru qu'elle plaisantait mais son expression était solennelle.

— Depuis quand ?

— Aujourd'hui.

— Pour quelle raison ?

— C'est mon anniversaire. Est-ce que ce n'est pas une raison suffisante pour arrêter de fumer ?

— Bien sûr. Ça vaut mieux pour toi.

Je suis allé chercher un briquet dans la cuisine – le même que j'avais utilisé pour brûler les affaires de ma sœur. Il était encore plein aux trois quarts. Je m'en étais à peine servi, après tout. Je suis retourné dans le salon pour allumer une par une les bougies tandis que Seven Stars m'observait, tout excitée.

— Tu veux qu'on chante ?

Elle a éclaté de rire avant de se mettre à chanter, et je l'ai accompagnée à mi-parcours. À la fin de la chanson, elle a joint les mains. Après quelques secondes de silence, elle a soufflé les bougies.

— Joyeux anniversaire, l'ai-je félicitée.

— Vous ne voulez pas savoir ce que j'ai fait comme vœu ? m'a-t-elle interrogé en souriant.

— C'est censé être un secret.

— Je vous le dirai si vous me le demandez.

— Je n'ai pas besoin de le savoir, ai-je rétorqué dans un éclat de rire.

— Si vous le dites.

Je l'ai aidée à enlever les bougies du gâteau. Elle a sorti un couteau en plastique fourni dans la boîte pendant que je retournais dans la cuisine pour aller chercher des assiettes et des cuillères.

À mon retour, elle avait relevé ses cheveux en queue-de-cheval. Elle s'est penchée pour poser les parts dans les assiettes, ce qui m'a donné une vue dégagée de sa nuque fine. Mon cœur s'est mis à palpiter. J'ai détourné les yeux en espérant qu'elle n'avait rien remarqué.

— M. Ishida, a-t-elle lancé en me tendant la première assiette. Goûtez.

J'ai pris l'assiette. Le bout de ses doigts a frôlé les miens et je me suis crispé. Seven Stars a entamé sa propre part. Je l'ai regardée plonger sa cuillère dans le gâteau et la porter jusqu'à ses lèvres rosées, avant de reposer l'assiette.

— Parfait ! a-t-elle lancé en mâchant gaiement. M. Ishida, vous devriez manger votre gâteau au lieu de me fixer.

Troublé, j'ai posé mon assiette sur la table pour prendre une cuillerée. Qu'est-ce qui clochait, chez moi ? J'en ai pris une bouchée. C'était délicieux. Onctueux et mousseux, l'équilibre parfait entre sucré et crémeux.

— Il est vraiment bon, ai-je confirmé.

Elle a acquiescé avant d'en reprendre une cuillerée. La tête penchée de côté, elle m'a interrogé :

— M. Ishida, est-ce que vous me trouvez jolie ?

— Oui, ai-je admis sans réfléchir.

Ses lèvres se sont ourlées pour former un sourire.

— Est-ce que vous me croiriez si je vous disais que je vous apprécie ?

Cette fille jouait avec mes nerfs.

— Je ne sais pas. Peut-être.

Seven Stars a posé sa main sur la mienne et m'a regardé droit dans les yeux.

— Je vous apprécie beaucoup, M. Ishida.

J'ai ôté ma main.

— Ne plaisante pas avec ça. Ce n'est pas drôle.

— Je suis très sérieuse, a-t-elle affirmé d'une voix ténue, presque suppliante. Je vous apprécie vraiment, vraiment beaucoup.

À court de mots, j'ai gardé le silence. Je n'aurais jamais dû la laisser entrer.

— La moindre des choses serait que vous me répondiez.

J'ai posé mon assiette et l'ai toisée durement. Je devais intervenir avant que ça n'aille trop loin.

— Qu'est-ce que tu veux ?

— Que vous arrêtiez de me voir comme une enfant, que vous arrêtiez de nier mes sentiments. Je vous l'ai déjà dit et je le dirai encore. Je vous aime beaucoup et je suis très sérieuse. Vous ne pouvez pas me considérer comme une femme ?

Je ne m'étais pas préparé à ça.

— Tu veux que je te traite comme une femme ?

— Je *suis* une femme, a-t-elle rétorqué en me foudroyant du regard.

L'esprit confus, j'ai décidé de l'effrayer pour qu'elle s'en aille. Je l'ai attrapée par les poignets et l'ai clouée au sol. La cuillère, tombée de sa main, a tinté sur le parquet.

— Tu sais ce qu'un homme fait à une femme lorsqu'il est seul avec elle ? ai-je demandé.

Elle a libéré ses mains, sans chercher à se relever.

Passant les bras autour de mon cou, elle a murmuré :

— Nous pouvons le faire, si vous le voulez.

— Tu n'as pas peur ? ai-je insisté, mon corps toujours sur le sien. Tu l'as déjà fait ?

— Non, mais je n'ai pas peur, parce que c'est vous.

Ses paroles m'ont noué la gorge. Non, je ne pouvais pas. Je me suis écarté d'elle pour m'asseoir.

— Tu devrais partir, maintenant.

Après un court silence, elle s'est assise en face de moi.

— Qu'est-ce qui cloche, chez vous ? Je ne suis pas assez jolie ?

J'ai soupiré.

— Ça n'a rien à voir. Tu es séduisante, tu le sais déjà. Pour commencer, tu es trop jeune.

— Vous ne m'aviez pas dit que l'âge ne voulait rien dire ?

— Tu es mon élève. J'ai l'impression de profiter de toi.

Elle a plissé les yeux.

— M. Ishida, ce n'est pas parce que vous êtes plus âgé que vous pouvez décider de ce qui est bien ou mal.

Son ton était tranchant, presque hostile. Je devais trouver un moyen de la calmer.

J'ai inspiré profondément avant de lancer :

— Tu as les idées confuses. Tu éprouves des sentiments pour moi juste parce que j'ai été gentil avec toi, et tu vas gâcher ta vie si tu les prends au sérieux. Crois-moi, ce n'est pas ça, la réalité, et tu t'en remettras.

— Et si vous m'appreniez la réalité, dans ce cas ?

— Arrête, ça va trop loin, l'ai-je réprimandée.

Je devais mettre un terme à tout ça avant qu'on ne se blesse davantage.

— Ça suffit. Fin de la discussion, ai-je poursuivi.

Seven Stars s'est mordu les lèvres, les yeux tournés vers le mur. Je me demandais si elle allait pleurer. Je n'avais pas voulu être aussi dur, mais trop d'indulgence risquait de l'encourager, ce que je ne pouvais pas me permettre. Maintenant, je n'avais plus qu'à lui dire de partir. Je pouvais lui appeler un taxi, juste pour m'assurer qu'elle rentrerait chez elle sans encombre.

Tout à coup, elle s'est penchée vers moi et nos lèvres se sont rencontrées. Surpris par sa spontanéité, je suis resté figé un instant, avant que mon désir ne prenne le dessus. J'ai laissé sa langue glisser dans ma bouche et je lui ai caressé les cheveux tandis qu'elle poussait un gémissement sensuel.

Elle m'avait dit qu'elle n'avait jamais eu de petit ami, non ? Pourtant, elle embrassait si bien que j'ai eu l'impression d'être emporté par une tempête en haute mer, sans aucune chance de survie. J'ai laissé les vagues m'attirer vers le bas, toujours plus profondément dans le plaisir.

Seven Stars a déboutonné sa veste et l'a laissée tomber par terre. Elle m'a grimpé dessus, et j'ai senti un début d'érection brutal. Je n'arrivais pas à y croire.

Je me suis détourné en espérant qu'elle n'avait rien remarqué.

— Arrête, c'est...

— Détendez-vous, m'a-t-elle glissé à l'oreille.

Elle m'a fait taire en m'embrassant et en déboutonnant mon pantalon. Je savais que nous foncions tout droit vers l'irréversible mais je ne me maîtrisais plus. Comme ses cheveux avaient glissé devant ses yeux, je les lui ai remis derrière l'oreille. Elle m'a souri en rougissant. Là, j'ai perdu le contrôle. Je savais que je la désirais. Je l'ai fait basculer sur le sol pour me mettre sur elle.

— Tu es sûre de toi ? lui ai-je demandé. Il n'est pas trop tard.

— Plus sûre que jamais.

En l'entendant, j'ai cédé à mon désir. J'ai dénoué le ruban de son uniforme et l'ai fait glisser pour dégager son cou, avant de déboutonner son chemisier. Elle a détourné le regard. J'ai senti mon cœur palpiter. Je faisais de mon mieux pour être doux.

Soudain, j'ai entendu un claquement sonore. En levant la tête, j'ai vu qu'une fenêtre avait été mal fermée. Je me suis tourné vers Seven Stars. Les trois premiers boutons de son chemisier étaient défaits, m'offrant un aperçu de sa lingerie blanche. Elle m'a fixé de son regard innocent.

Un poids insupportable m'a soudain comprimé la poitrine. Qu'est-ce que je faisais ? Elle n'avait que dix-huit ans – à peu près l'âge de ma sœur quand M. Tsuda l'avait anéantie. Je me suis écarté d'elle.

— Je suis désolé. On ne devrait pas faire ça.

Elle s'est rapprochée de moi, pas le moins du monde gênée par son chemisier à moitié ouvert.

— Qu'est-ce que vous dites, M. Ishida ?

— Nous devons en rester là, ai-je insisté sans pouvoir la regarder. Ce n'est pas correct.

— Vous avez peur d'admettre vos sentiments ?

— Ni toi, ni moi n'éprouvons de vrais sentiments l'un pour l'autre. Ce n'est que du désir. Un besoin biologique universel, ai-je expliqué tout en sachant très bien que c'était faux et que je le regretterais sans doute un jour. Va-t'en, ai-je soupiré pour la faire fuir. Je ne suis pas d'humeur à jouer à ce petit jeu avec toi.

— Ce n'est pas un jeu. Dites-moi ce que je dois faire pour que vous compreniez que je suis sérieuse.

J'ai détourné les yeux. J'aurais voulu lui répondre quelque chose, mais j'avais l'esprit embrumé.

Elle s'est glissée devant moi.

— Regardez-moi, M. Ishida. Quelle partie de mon corps n'est pas assez adulte pour vous ? Vous avez peur de perdre quelqu'un d'autre – admettez-le. Moi, je ne vous quitterai jamais. Je resterai avec vous pour toujours, pas comme votre sœur.

L'entendre parler de ma sœur m'a rendu furieux.

— Qu'est-ce que tu attends de moi ? Que je sois ton petit ami ? J'ai déjà une copine. Ou tu espères devenir ma maîtresse ? Quelqu'un avec qui je pourrais coucher dès que l'envie m'en prendrait ?

Elle m'a foudroyé du regard. Elle a levé la main pour me gifler mais je l'ai rattrapée avant.

— Ne fais pas ça.

Quand elle a tenté de se libérer, j'ai tenu bon.

— Lâchez-moi. Vous me faites mal.

J'ai desserré les doigts, elle s'est écartée. Je craignais d'y avoir été un peu fort... mais je devais vraiment la pousser à partir avant que les choses ne tournent mal.

— Tu connais le chemin, ai-je déclaré avant de rejoindre ma chambre.

J'ai fermé la porte à clef et je me suis laissé tomber par terre. Je n'arrivais pas à croire à ce qui venait de se passer. Je n'avais jamais perdu le contrôle, de cette façon. J'étais furieux et honteux. Comment avais-je pu envisager de répéter l'erreur que M. Tsuda avait commise, sachant à quel point ma sœur en avait souffert ?

J'ai fermé les yeux en guettant le claquement de la porte d'entrée. Rien. Combien de temps comptait-elle rester là ?

Je ne sortirais pas avant qu'elle ne soit partie. Autrement, je ne pourrais plus lui échapper.

Après un long silence, j'ai entendu un bruit étouffé. Ténu, d'abord, puis de plus en plus sonore. Je me suis crispé et j'ai rouvert les yeux. Ça m'a rappelé la nuit où j'avais découvert ma sœur accroupie dans la cuisine.

Je l'avais fixée, incapable de bouger. Aujourd'hui encore, je ne savais toujours pas quoi faire devant une fille en pleurs. Devais-je sortir de ma chambre et la consoler ? La prendre dans mes bras, lui dire que tout irait bien ? C'était probablement ce que M. Tsuda s'était dit, à l'époque.

Sans ce qui était arrivé à ma sœur cette nuit-là, c'est sans doute ce que j'aurais fait avec Seven Stars. Sans aucun doute, même. Je serais sorti de ma chambre, je l'aurais prise dans mes bras. Je l'aurais embrassée avant de la mettre dans mon lit. Mais là, j'en étais incapable. Je devais m'empêcher de détruire cette jeune fille brillante. Je ne pouvais pas lui infliger ce que ma sœur avait subi.

J'entendais toujours les sanglots assourdis de Seven Stars. Elle est restée assise là un long moment. Elle a pleuré encore et encore, jusqu'à épuisement.

Un bref silence s'en est suivi, avant que la porte d'entrée ne s'ouvre et se referme. Enfin. J'ai inspiré profondément. Mes paumes étaient moites. Je les ai fourrées dans mes poches pour les essuyer.

Je suis sorti de ma chambre pour aller verrouiller la porte d'entrée, puis j'ai traversé le salon, vers l'endroit où elle s'était tenue. On pouvait encore sentir sa présence. Elle avait laissé les restes du gâteau dans la boîte, qui trônait, fermée, sur la table.

Je me suis assis par terre, j'ai ouvert une bière avant d'en boire quelques gorgées. Quel gâchis. Au moins, c'était fini. J'ai compté les cannettes sur la table. Il en manquait une. Bon, qu'elle la garde. La nuit avait été longue et c'était son anniversaire. J'ai bu une autre gorgée. Je me suis imaginé Seven Stars marchant seule dans le froid, tenant une cannette de bière entre ses mains gelées. Ses pas lourds faisaient parfois crisser les feuilles mortes qui jonchaient le sol.

Alors que je pensais l'ouragan parti, on a encore frappé à ma porte. Je me suis relevé en sursautant. Je ne pensais pas qu'elle pouvait revenir. À moins que ce ne soit quelqu'un d'autre ? Mais qui viendrait à cette heure-ci ?

On a frappé encore, plus fort, cette fois-ci.

Je suis resté où j'étais, déchiré. Impossible de savoir qui se tenait dehors sans aller voir. Sauf que, si c'était elle, lui ouvrir pourrait s'avérer une grave erreur. Je risquais de laisser reparler mes pulsions si je la voyais pleurer.

— Ishida, je sais que tu es là, a lancé une voix familière. Ouvre, s'il te plaît.

— Qu'est-ce que tu fiches ici ? ai-je demandé à Honda. Je pensais que tu étais parti depuis des heures.

— Comment aurais-je pu partir ? a-t-il rétorqué en entrant. Alors que j'allais démarrer, j'ai vu cette fille devant ta porte. Je n'arrive pas à croire que tu l'aies laissée entrer.

Je ne savais pas quoi répondre. Honda avait raison.

— C'est l'élève qui t'a tapé dans l'œil, c'est ça ? a-t-il soupiré. Tu m'as vraiment mis dans une situation difficile, Ishida. Ça m'aurait gêné de débarquer chez toi alors que tu étais avec elle, mais je ne pouvais pas partir non plus.

— Tu t'inquiètes pour rien. Il ne s'est rien passé, crois-moi.

— Que faisait-elle ici ? a-t-il voulu savoir, sceptique.

— Elle passait devant l'immeuble et, comme elle t'a vu partir, elle est venue frapper chez moi, ai-je expliqué en lui montrant la boîte du gâteau. Elle a apporté un soufflé.

— C'est tout ?

Il a soupiré une nouvelle fois, l'air encore gêné.

J'ai attendu qu'il parle, en vain. Il se disait sans doute que, même s'il s'était passé quelque chose, nous étions deux adultes consentants et que c'était une histoire privée.

— Cela dit, tu as raison. Je n'aurais pas dû la laisser entrer, ai-je déclaré avant de m'asseoir par terre et de lui proposer une bière tiède. Et si tu buvais un coup avec moi ?

— D'accord, je t'en prends une, a-t-il répondu en s'installant à mon côté.

Je lui ai tendu une cannette, qu'il a décapsulée et bue doucement, les yeux dans le vague. J'en ai profité pour finir ma propre bière.

— Cette fille est jolie, a lancé Honda, mais il y a quelque chose chez elle qui la rend inapprochable.

— Je n'avais pas remarqué.

— C'est quoi, son nom de famille ? Nakajima ?

— Oui.

— Elle est fille unique, non ?

— Oui. Tu la connais ?

— Pas vraiment, mais j'aime les voitures et sa mère conduit une Mazda MX-5 rouge. C'est une de mes préférées, une traction arrière magnifique. Un jour, alors que je m'étais arrêté à une intersection, sa voiture s'est retrouvée à côté de la mienne.

— À quoi ressemblait sa mère ?

— À dire vrai, je ne l'ai pas bien vue. Ça n'a duré que quelques secondes et je n'ai vu que son profil. D'un coup d'œil, on voyait qu'elle était très belle.

C'était donc vrai, alors, que Seven Stars tenait de sa mère.

— C'était quand ?

— Il y a longtemps, au début de l'année.

— Tu as une bonne mémoire.

— Il y avait quelque chose d'étrange, chez elle, c'est pour ça que je m'en souviens. Elle portait des gants blancs qui lui remontaient jusqu'au coude. Je ne sais pas pourquoi, en tout cas ce n'étaient pas du tout des gants de conduite.

— Elle les porte pour se protéger les doigts. Elle est mannequin main.

— Elle est quoi ?

— Mannequin main professionnel, ai-je répété. Tu vois ces pubs où une main tient un produit ? Il faut bien que quelqu'un fasse ce boulot.

— Ah.

Après m'avoir regardé un instant droit dans les yeux, Honda m'a demandé :

— Hé, Ishida, quand tu me disais que tu étais épris d'une femme, tu ne parlais pas de Nakajima, au moins ?

Je me suis forcé à rire.

— Bien sûr que non. Comment serait-ce possible ? On s'est rencontrés il y a quelques mois à peine. Et ce n'est qu'une gamine, ai-je répondu en détournant les yeux. Celle dont je t'ai parlé appartient à mon passé.

— Dans ce cas, ne la laisse pas continuer à te hanter.

J'ai hoché la tête.

— J'y songerai.

Nous nous sommes tus pour boire en silence. J'écoutais les bruits occasionnels que nous faisions en sirotant nos bières. Honda avait fort à penser, et moi aussi. Cette nuit-là, j'avais vraiment besoin de me saouler.

— Ça t'embête si je m'allonge ? a soupiré Honda.

— Vas-y.

Il s'est couché par terre, les bras croisés derrière la tête, puis a fermé les yeux et est resté dans cette position. J'ai ouvert une autre cannette. Peu après, je l'ai entendu ronfler. Par ses paupières entrouvertes, je voyais le blanc de ses yeux. On aurait dit qu'il faisait semblant de dormir. Mais, grâce au rythme de sa respiration, je devinais qu'il plongeait dans un profond sommeil.

Le silence s'est peu à peu épaissi, engloutissant le salon. Il s'est glissé par les fissures entre les fenêtres et sous les portes. L'air s'est solidifié, formant une couverture de brume translucide et dense.

Je respire le silence.

Il a pénétré en moi et m'a changé en silence.

Je suis le silence.

Je me suis retrouvé entouré de brume blanche.

— Hé oh ? ai-je crié. Il y a quelqu'un ?

Pour seule réponse, j'ai entendu l'écho de ma propre voix.

Je savais que je devais bouger, mais quelle direction prendre ? Où que je regarde, l'épais brouillard me masquait la vue. J'avais l'impression d'être déjà venu ici.

Les bras tendus devant moi, j'ai avancé tout droit en espérant atteindre la fin du brouillard. J'avais beau avancer, il semblait infini. J'ai marché plus vite, encore plus vite, j'ai fini par courir. J'ai couru jusqu'à l'épuisement, et pourtant j'étais encore pris au piège dans cette vaste blancheur. Je me suis arrêté pour reprendre mon souffle. À ce rythme-là, je ne sortirais jamais d'ici. En y pensant, un frisson m'a parcouru l'échine. Est-ce que j'étais pris au piège ici pour toujours ? À marcher sans but, sans en voir la fin ?

Alors que je commençais à désespérer, j'ai entendu des pas approcher. Je me suis tourné vers eux, les yeux plissés, mais je ne voyais rien. La brume voilait mon champ de vision.

Les bruits se sont interrompus. Le silence est revenu et, pourtant, je savais que quelqu'un se tenait à quelques pas de moi.

J'ai crié :

— Keiko ? C'est toi ?

Pas de réponse.

— Couette-Couette ?

Toujours rien. Le silence m'étouffait.

— Ren, par ici, m'a crié quelqu'un de l'autre côté.

C'était la voix de Nae.

Quand je me suis réveillé, Honda était parti.

J'avais une migraine terrible. Lorsque je me suis levé pour aller me laver la figure dans la salle de bains, j'ai fini par vomir dans les toilettes. Accroupi, j'ai tout rendu puis j'ai tiré deux fois la chasse d'eau. J'avais dû me vider entièrement l'estomac. Adieu, soufflé mousseux. Encore étourdi, je me suis lavé les dents puis j'ai pris le temps de faire un gargarisme. Ensuite, j'ai gobé une pastille à la menthe.

Mon appartement était en désordre, mais je n'avais pas l'intention de le nettoyer maintenant. Ça attendrait le lendemain. Pour l'instant, tout ce que je voulais, c'était dormir.

29

Chance, décisions et appels téléphoniques

— Ishida, m'a hélé Maeda lorsque je suis arrivé à l'école. Le principal te cherche. Tu peux aller dans son bureau ?

J'ai aussitôt eu les mains moites. Est-ce que c'était lié à la visite de Seven Stars ? Peut-être que quelqu'un d'autre l'avait vue, ou son père avait découvert où elle était et m'avait dénoncé. *Calme-toi,* me suis-je dit. *Il ne s'est rien passé.*

Quand je suis entré dans le bureau du principal, il arrosait sa curieuse plante en pot avec une bouteille d'eau.

— Ishida, asseyez-vous s'il vous plaît. Que pensez-vous de notre école, jusqu'à maintenant ? Vous vous êtes habitué au boulot ?

— Oui, j'aime bien enseigner.

— Bien, bien, a-t-il fait en hochant lentement la tête. Vous pensez toujours rentrer à Tokyo ?

Je n'étais pas certain de voir où il voulait en venir.

— On dirait que vous ne vous êtes pas décidé, a-t-il ajouté.

— En effet, ai-je confirmé, en choisissant la voie de la facilité.

— Bien, j'irai droit au but. Je vous ai convoqué parce que votre contrat va bientôt prendre fin et j'aimerais vous proposer un poste définitif. Je suis certain que Hiroko vous en a déjà parlé. Avez-vous déjà une idée de ce que vous voulez faire ?

C'était donc juste ça. J'ai poussé un soupir de soulagement.

— Je m'excuse, mais j'ai besoin d'y réfléchir encore un peu.

— Bien sûr, je ne m'attends pas à ce que vous répondiez tout de suite. Je sais qu'il y a de nombreux facteurs à prendre en compte, surtout en sachant que votre famille est à Tokyo. Mais pensez-y. Et donnez-moi votre réponse avant la fin de votre contrat.

— Je n'y manquerai pas. Merci pour cette proposition.

— Je ne vous retiens pas plus longtemps. Votre premier cours va bientôt commencer.

Je me suis incliné avant de sortir. Une fois de retour à mon bureau, Maeda est venue me voir alors que j'étais en train de rassembler mes fiches.

— Tu vas nous rejoindre, Ishida ? m'a-t-elle demandé.

— Comment le sais-tu ? me suis-je étonné.

— J'ai entendu Hiroko en discuter avec le principal, l'autre jour, m'a-t-elle expliqué d'un air enthousiaste. Alors, tu as accepté ? Tu te débrouilles bien, ici, non ? Il y a quelques semaines, un parent nous a appelés pour nous dire du bien de toi.

— C'était qui ?

— Tu ne savais pas ? Il veut peut-être rester anonyme. Dans ce cas, je n'aurais pas dû te le dire non plus, je suis bête ! a-t-elle ajouté en se couvrant la bouche.

— Ce n'est pas comme si j'allais répéter à qui que ce soit que c'est toi qui me l'as dit.

— C'était le père de Rio Nakajima, a-t-elle murmuré.

— Je vois.

Tout ça parce que, un jour, je l'avais empêchée de voler des chewing-gums ?

— Ishida, tu n'as pas répondu à ma question.

Elle était pénible.

— À dire vrai, je ne sais pas encore. J'aime enseigner mais, à l'origine, je comptais retourner à Tokyo. Je me sens obligé de m'occuper de mes parents, puisque je suis maintenant leur seul enfant.

— C'est vrai. Tu pourrais aussi enseigner à Tokyo. Je suis sûr qu'il y a plus de *juku* qu'ici. Ou tu pourrais essayer de devenir prof dans l'éducation nationale. J'ai entendu dire que le concours n'était pas facile. Par contre, le secteur public offre des avantages sociaux.

Ça me semblait une bonne idée.

— Tu devrais y penser, Ishida.

— Oui, je vais y réfléchir, ai-je promis en souriant.

Visiblement satisfaite, elle est retournée à son poste de travail. Quelques minutes plus tard, nous avons tous disparu dans nos classes respectives.

En descendant les marches, j'ai repensé à la suggestion de Maeda. Devenir enseignant me motivait bien plus que travailler en entreprise. L'idée me rendait nerveux, après l'incident de la nuit, mais je savais que je ne commettrais plus jamais la même erreur.

La sonnerie a retenti quand j'ai ouvert la porte de la classe. Après avoir posé mes dossiers, j'ai regardé les jeunes visages qui m'ont salué. Ils étaient si énergiques, pleins de fougue et d'innocence... À être proche d'eux, leur vitalité juvénile me gagnait aussi.

Ce n'était peut-être pas une mauvaise idée, finalement, ai-je songé en ouvrant le cahier d'appel.

Quand Honda et moi sommes sortis pour aller dîner, nous avons aperçu une nouvelle réceptionniste derrière le comptoir.

— Où est Abe ? lui a demandé Honda.

— Elle a pris trois jours pour aller aux funérailles d'un proche à Osaka. Je m'appelle Iwaya, je vais la remplacer jusqu'à son retour.

— Enchanté. Je m'appelle Honda, et lui c'est Ishida.

— M. Ishida ? a-t-elle répété en se tournant vers moi.

— Oui ?

— Une femme vient juste d'appeler pour vous parler. Je lui ai dit que vous étiez encore en classe.

J'ai froncé les sourcils. Est-ce que ça pouvait être à propos de ma sœur ?

— Comment s'appelle-t-elle ?

— Elle a raccroché sans me laisser le temps de l'interroger, mais elle m'a assuré qu'elle rappellerait après les cours.

J'ai remercié Iwaya de m'avoir transmis le message et je suis sorti de l'école avec Honda.

— Tu attendais un appel ?

— Pas vraiment.

— Tu veux qu'on mange ici ? Pour que tu puisses attendre qu'elle te rappelle ?

— Pas la peine. On ne ratera pas grand-chose en dînant en vitesse.

— Dans ce cas, allons au stand de ramen, c'est tout près.

Quand nous sommes revenus une demi-heure plus tard, Iwaya m'a annoncé que j'avais raté l'appel de quelques minutes.

— Pouvez-vous me donner le nom de cette personne ?

— J'ai bien peur que non. Quand je l'ai interrogée, elle m'a raccroché au nez. En fait, je crois qu'elle l'a fait exprès, a-t-elle conclu à voix basse.

Étrange. Un policier se serait clairement identifié. Dans ce cas, qui pouvait bien m'appeler ?

Honda s'est penché vers moi pour me chuchoter :

— Et si c'était lié à ton élève ?

— Impossible. Comme je te l'ai dit, il ne s'est rien passé, me suis-je défendu avant de me tourner vers la dame de la réception. S'il vous plaît, prévenez-moi quand elle rappellera.

— Elle m'a assuré qu'elle réessaierait après votre dernier cours.

J'ai hoché la tête avant de monter à l'étage avec Honda.

Le cours suivant a commencé peu après mais, pendant toute la séance, je n'ai pas arrêté de penser à cet appel. Je doutais que ça ait un rapport avec Seven Stars. Elle était trop fière. Parce que je l'avais repoussée, elle ne tenterait sans doute plus jamais de m'approcher. Est-ce que ça pouvait être ma mère ? Non, elle n'avait pas mon numéro. J'ai repensé à l'enveloppe qui contenait les documents médicaux de ma sœur. Est-ce que la personne qui me les avait déposés cherchait à me joindre ? J'ai jeté un coup d'œil vers la pendule, sans doute pour la dixième fois. J'espérais que mes élèves ne l'avaient pas remarqué.

La sonnerie a fini par retentir. Après avoir annoncé la fin du cours, je me suis précipité dans mon bureau pour prendre mon sac et j'ai dévalé les escaliers jusqu'à l'accueil.

— Est-ce qu'elle a rappelé ?

— Pas encore, M. Ishida m'a répondu Iwaya dans un sourire poli.

— Est-ce que je peux attendre ici ?

— Bien sûr.

J'ai attrapé une chaise et je me suis assis face à elle.

Les élèves et les professeurs ont commencé à sortir du bâtiment. Honda m'a proposé de me ramener, mais je lui ai expliqué que je voulais attendre l'appel. Il était prêt à me tenir compagnie mais, comme je ne voulais pas le retenir davantage, je lui ai dit d'y aller. Il a fini par céder car il comptait regarder un nouvel épisode de l'une de ses séries favorites.

Quelques minutes plus tard, Iwaya m'a averti qu'elle devait partir. J'ai hoché la tête et j'ai continué à attendre. J'avais l'impression que presque tout le monde était parti. Le chauffage était éteint et le silence régnait.

Comme je m'ennuyais, j'ai inspecté le téléphone sous toutes les coutures. L'appareil noir était visiblement un modèle plus récent que celui des Katou. Je l'ai tourné pour que sa surface brillante reflète la lumière. La peinture sur le combiné s'était un peu estompée et certains numéros étaient complètement illisibles.

J'ai senti qu'on me tapotait l'épaule. En levant les yeux, j'ai reconnu le gardien.

— Je suis désolé, mais je dois fermer le bâtiment, m'a annoncé le vieil homme.

J'ai regardé ma montre. Le temps avait filé – il y avait près de deux heures que j'attendais ce coup de fil anonyme.

— Je m'excuse de vous avoir retenu, ai-je répondu en prenant mon sac.

— Ce n'est rien. Bonne nuit.

Je l'ai aidé à tirer le rideau de fer avant de rejoindre l'arrêt de bus. Au final, j'avais attendu pour rien. Si j'étais parti plus tôt avec Honda, j'aurais déjà été au lit. Enfin, ce qui était fait était fait.

L'appel que j'attendais a eu lieu le lendemain soir. J'attendais Honda à l'accueil pour qu'il me ramène.

— M. Ishida, c'est pour vous, m'a annoncé Iwaya en couvrant le combiné d'une main.

— Merci.

Je lui ai pris l'appareil en me raclant la gorge.

— Ren Ishida. À qui ai-je l'honneur de parler ?

— C'est moi, a susurré une voix rauque inconnue.

— Désolé, mais c'est qui ?

— Anzu.

— Anzu ?

Silence.

— Tu m'as déjà oubliée ?

— Bien sûr que non, lui ai-je assuré – heureusement, je venais de me souvenir d'elle. Tu étais avec Kaori, à Roppongi.

— Oui, je suis contente que tu te souviennes de moi, cette fois-ci.

— C'est juste que...

J'ai laissé ma phrase en suspens. Elle avait dit « cette fois-ci ». Est-ce que je l'avais bel et bien rencontrée avant cette nuit-là ?

— Je n'avais pas reconnu ta voix, c'est tout, ai-je feinté. Elle est différente, au téléphone.

— Ça fait quelques semaines. Tu avais peut-être oublié le son de ma voix.

Je ne m'étais pas rendu compte que ça remontait à si longtemps.

— Est-ce que c'est toi qui as appelé hier ?

— Oui, mais tu étais encore en cours. Quand j'ai rappelé, tu étais sorti dîner. Tu es insaisissable.

Après une courte pause, elle a soupiré :

— Alors, comme ça, tu es enseignant ?

Il m'a fallu un instant pour comprendre que quelqu'un avait fini par percer les mensonges de Jin. *Merde, elle nous a eus. Ça sent mauvais.* Je butais sur les mots. Même si c'était Jin qui avait commencé à mentir, j'étais coupable, moi aussi, puisque j'avais joué le jeu, ce soir-là.

Près de moi, Iwaya m'a murmuré qu'elle devait partir.

— Désolé d'avoir raconté des bobards, ai-je fini par balbutier après son départ.

— Non, tu n'es pas désolé d'avoir menti. Tu es désolé de t'être fait prendre. Et ton copain, le bavard ? C'est un collègue ?

— Il est bien étudiant, mais pas en droit.

Je me rappelais vaguement qu'il suivait des études de commerce.

— Quoi d'autre ?

— Nous venons de Tokyo.

Arrivé là, je me disais que je ferais aussi bien de jouer cartes sur table.

— Jin est à Waseda, et j'étais à Keio. J'enseigne dans un *juku* à Akakawa, en ce moment, mais tu le sais déjà.

— Intéressant, a-t-elle commenté d'un ton neutre.

Je savais qu'elle attendait quelque chose, une explication, peut-être, mais je n'arrivais pas à trouver une vraie justification à notre mascarade. Je me suis éclairci la voix.

— On est incorrigibles, pas vrai ?

Anzu a éclaté de rire.

— C'est bien que tu en aies conscience.

J'ai poussé un soupir de soulagement, sachant qu'elle avait pris la chose avec humour.

— J'avais promis d'appeler une troisième fois après ton cours mais on m'a contactée pour un casting urgent. Tu n'as pas attendu, j'espère ?

— Non, ne t'inquiète pas, ai-je menti. Dis-moi, comment as-tu réussi à trouver ce numéro ?

Elle a ri de nouveau.

— C'est un secret. De toute façon, ce n'est pas la question. Je t'ai appelé parce que j'ai entendu quelque chose qui pourrait t'intéresser. C'est à propos de la mannequin main dont tu m'as parlé.

La mère de Seven Stars.

— Oui, et ?

— Je la connais, en fait. Même si nous ne sommes pas très proches, nous avons travaillé ensemble plusieurs fois. Elle se sert de son nom de jeune fille, pour le travail, voilà pourquoi je n'avais pas reconnu le nom que tu m'avais dit l'autre fois. Pour moi, elle s'appelle Maria Saeki.

— Intéressant.

— Le truc, c'est qu'elle a disparu depuis quelques mois.

— Qu'est-ce qui s'est passé ?

— Personne ne le sait. Elle ne s'est pas présentée à l'une de ses séances photo. Son agent ne sait rien. Pas d'appel, pas de lettre, rien. Pouf ! Comme ça. Mais Saeki est connue pour sa fiabilité. Elle ne raterait pas une séance photo sans raison.

— Je vois.

— Sa disparition soudaine a causé des tas de problèmes. Son agent a besoin de trouver une remplaçante, alors que les mannequins main ne sont pas légion, et encore moins avec l'expérience de Saeki. Il est même allé à Akakawa pour la chercher mais son mari lui a dit qu'elle ne vivait plus là.

J'ai pensé à ce que Rio m'avait confié, comme quoi sa mère les avait abandonnés, M. Nakajima et elle.

— Il sait sûrement où elle se trouve.

— Selon lui, elle est partie voir ses parents à Hokkaido, mais ça ne colle pas. On ne part pas en vacances sans prévenir son travail, pas vrai ? Sans compter qu'elle avait déjà des engagements professionnels importants. On ne signe pas pour un boulot si on sait qu'on va partir bientôt.

— Sans doute pas, en effet, ai-je concédé.

— Son agent m'a dit que Saeki n'était même pas venue retirer son cachet. J'ai l'impression que quelque chose de grave lui est arrivé, même si je ne sais pas quoi.

— Tu sais quand elle a disparu ?

Elle a pris le temps d'y réfléchir.

— Si ma mémoire est bonne, c'était vers le début du mois de juin de cette année.

Mon cœur a fait un bond dans ma poitrine. Ce n'était pas possible que... et pourtant ça ne pouvait pas être une coïncidence. Est-ce que la disparition de Maria Saeki pouvait être liée à la mort de ma sœur ?

— Ren, tu es toujours là ?

Je me suis cramponné au téléphone.

— Oui, continue, s'il te plaît.

— Il n'y a rien d'autre. C'est tout ce que je voulais te dire.

— Merci, ai-je marmonné, perdu dans mes pensées.

Il me faudrait du temps pour digérer cette information. En attendant, je lui ai demandé :

— Est-ce que tu m'as envoyé du courrier ?

— Non. Pourquoi ?

— J'ai reçu un pli, récemment, mais l'expéditeur n'a pas écrit son nom.

Elle a gloussé :

— Une lettre d'amour ?

— Non. Quelque chose d'important, du coup je voudrais remercier cette personne.

— Ça pourrait être n'importe qui, je t'assure. Tu sais, Ren, je n'aurais jamais deviné qu'un ancien élève de Keio déménagerait pour une petite ville comme Akakawa afin de devenir prof.

Je n'ai pas répondu.

— Laisse-moi deviner. Tu as lâché tes études, largué ta copine et, comme tu n'avais rien d'autre à faire, tu es venu là pour changer de décor.

— Hé, je n'ai pas largué ma copine.

Après un court silence, elle a répondu :

— Tu as donc bien une copine.

— Hum. Oui.

— Et pourtant tu es venu à Roppongi pour prendre du bon temps.

— J'étais saoul.

— Ce n'est pas une excuse.

— Et toi ? ai-je contre-attaqué. Tu as un copain, maintenant ?

Elle a pris quelques secondes avant de rétorquer :

— Ce n'est pas important.

Elle m'a raccroché au nez sans rien ajouter. Je lui ai pardonné, vu toutes les approximations que je n'avais pas pris la peine de corriger.

— Tu as fini Ishida ? m'a lancé Honda, debout près de la porte.

J'ai raccroché à mon tour en me demandant depuis combien de temps il était là.

— Oui, désolé de t'avoir fait attendre.

— C'était qui ?

— Une connaissance.

Il a hoché la tête, comprenant que je n'avais pas envie d'en parler. En sortant du bâtiment, nous avons rejoint sa voiture et nous sommes partis rapidement.

Comme toujours, les rues étaient tranquilles, la nuit. Contrairement à Tokyo, Akakawa se couchait de bonne heure. Honda conduisait sa berline noire en cinquième. Il n'a eu besoin de ralentir que quand on s'est approchés d'un feu.

Lorsque la voiture s'est arrêtée à l'intersection, j'ai eu l'impression que j'avais oublié quelque chose d'important. Qu'est-ce que c'était ? C'était lié aux feux de circulation. Mais quand ? Et où ? Est-ce que c'était à Tokyo ou à Akakawa ?

Le feu est passé au vert et Honda a desserré le frein à main. Il a passé les vitesses rapidement, à mesure que la voiture accélérait. Et là, je me suis souvenu d'une chose dont j'aurais dû me souvenir bien, bien plus tôt.

C'était arrivé le jour de mon anniversaire. J'avais économisé sur ma paie de livreur à temps partiel pour emmener ma petite amie dans un resto chic, mais on s'était séparés quelques jours plus tôt. Elle avait appris que j'avais couché avec une autre fille. Du coup, au lieu d'aller à un rendez-vous romantique, je m'étais retrouvé dans mon uniforme de livreur de pizza qui me grattait, à bord d'une Toyota Celica, à côté d'une fille peu banale.

J'avais pris sa main, qui était posée sur le levier de vitesse. Elle n'avait rien dit. Sa main était froide. Je l'avais relâchée quand le feu était passé au vert. Le moteur avait rugi lorsque la voiture s'était remise en marche.

Les lumières des lampadaires se fondaient les unes aux autres, créant une ligne lumineuse continue.

Avant que nos chemins se séparent, elle m'avait dit :

— Tu es gentil, Ren. Si on se revoit un jour, je te dirai comment je m'appelle.

J'ai demandé à Honda de me déposer à la cabine téléphonique près de l'arrêt de bus du parc.

— Je dois appeler chez moi, ai-je expliqué.

Il a hoché la tête et s'est arrêté devant la cabine. Une fois à l'intérieur, je me suis frotté les mains pour les réchauffer tandis qu'il repartait. J'ai glissé quelques pièces dans la fente, j'ai composé les numéros familiers et j'ai attendu que quelqu'un décroche.

— Allô ?

— Hum. Maman, c'est moi.

— Oh.

Pas une once de surprise dans sa voix.

— Comment allez-vous, papa et toi ?

— Bien.

— Tant mieux. Je rentre dans quelques semaines.

Un silence gêné s'est installé.

— On se reverra à ce moment-là.

J'allais raccrocher lorsqu'elle m'a retenu :

— Attends, Ren.

— Oui ?

— Pour Keiko... Est-ce que la police a réussi à...

Mon cœur s'est serré. La voix de ma mère était ténue. C'était la première fois depuis des années qu'elle prononçait le nom de ma sœur.

— Malheureusement, il n'y a rien de neuf. J'imagine que l'enquête n'a pas progressé.

— Je vois, a-t-elle répliqué vaguement.

J'ai inspiré profondément avant d'enchaîner :

— En fait, il y a une question que je voulais te poser.

— Oui ?

— Est-ce que Keiko a été adoptée ?

Ma mère s'est tue un moment avant de m'interroger :

— Comment l'as-tu su ?

J'ai repensé aux documents de la clinique, à la grossesse de ma sœur.

— Peu importe.

— Pour être franche, je ne voulais pas que tu l'apprennes. Mais, puisque tu l'as déjà découvert, il vaut sans doute mieux que je te raconte toute l'histoire. Ton père a eu une aventure avec une femme d'Akakawa. Ta sœur est née de cette liaison.

J'ai été choqué qu'elle puisse l'admettre de façon si directe. Keiko était donc bel et bien ma demi-sœur.

— Jamais je n'aurais cru qu'il me trahirait, et encore moins qu'il demanderait mon accord pour adopter sa fille illégitime. À l'époque, nous étions mariés depuis quatre ans, et je n'étais toujours pas tombée enceinte. Je ne pouvais pas refuser, surtout devant ma belle-famille. Jusqu'à maintenant, c'est la seule décision que j'aie jamais regrettée.

Ma gorge était sèche.

— Cette enfant… Je l'ai toujours haïe. Ce n'était pas sa faute, mais je ne pouvais pas m'empêcher de passer mes nerfs sur elle.

Sa voix s'est mise à trembler, elle s'est tue. Même si je n'étais pas auprès d'elle, je la voyais essuyer ses larmes avec l'intérieur de son poignet.

— Je suis tellement heureuse d'avoir fini par te mettre au monde, Ren. Tu étais l'enfant que j'attendais. Je ne devrais pas le dire, mais je suis contente que tu sois un garçon. Tu ne seras pas obligé de subir ce que j'ai vécu.

À l'entendre, j'ai eu pitié d'elle.

— À ta naissance, j'ai imploré ton père de renvoyer Keiko. Il a refusé, quoi que je dise.

C'était donc pour cette raison qu'ils s'étaient toujours disputés. C'était bien à cause de moi, en un sens, et aussi de ma sœur.

Ma mère a poursuivi :

— Je lui ai dit que Keiko serait mieux ailleurs, élevée par une femme capable de l'aimer. C'est moi qui l'ai chassée, ce jour-là. Je sais que tu étais proche d'elle. Tu dois m'en vouloir.

J'ai soupiré.

— Oui, mais je comprends à quel point tu as souffert.

Elle n'a pas répondu.

— Prends soin de toi, ai-je dit, et passe mon bonjour à papa.

Comme elle ne disait toujours rien, j'ai raccroché.

En rentrant chez moi à pied, j'ai repensé aux révélations de ma mère. Il s'était passé tant de choses, durant mon enfance, et je ne m'étais douté de rien... Si j'étais resté à Tokyo, je n'aurais jamais appris tout cela. Mais, en arrivant ici, je m'étais mis en tête de découvrir la vérité. Et pourtant, qu'est-ce que cela m'apportait ?

J'ai fermé les yeux et j'ai senti le vent froid me souffler en plein visage. Demain ne serait pas une journée facile.

30

Café froid

Le lendemain, j'ai posé un jour de congé exceptionnel. Je voulais rendre visite à M. Nakajima pendant que Seven Stars était en cours à Yotsuba. Si, pour une raison ou pour une autre, elle était chez elle, je partirais sur-le-champ. Heureusement, comme je m'y attendais, c'est son père qui m'a ouvert la porte.

— M. Ishida, m'a-t-il salué en souriant. C'est un plaisir de vous revoir, mais Rio n'est pas là.

— Je sais. C'est à vous que je souhaitais parler.

— Elle ne vous a pas causé d'autres soucis, j'espère ?

Comme je ne voulais pas faire une scène devant chez lui, j'ai préféré ne pas répondre.

— Entrez, je vous prie.

Je l'ai suivi à l'intérieur et nous nous sommes assis sur le canapé. Le salon n'avait pas changé depuis ma dernière visite. Les photos de Mme Nakajima ornaient toujours le mur.

— Est-ce que je peux vous proposer quelque chose à boire ? Un café, peut-être ?

— Ne vous embêtez pas, je serai bref.

J'ai marqué une pause pour essayer de garder mon calme.

— Il y a quelque chose que je dois vous demander. Vous connaissiez Keiko Ishida ?

Il a eu l'air surpris un instant mais il a vite repris contenance.

— Oui, bien sûr. C'était une des professeures de Rio.

Même s'il jouait la carte de la nonchalance, je sentais qu'il était mal à l'aise. Il dissimulait ses émotions comme Seven Stars, sauf qu'elle était meilleure que lui.

— Pour être plus précis, la fréquentiez-vous ? ai-je insisté.

M. Nakajima a caché son expression ébahie en réajustant ses lunettes. Son geste maladroit a confirmé mes soupçons.

— Je ne suis pas certain de comprendre ce que vous voulez dire.

— Nous savons très bien tous les deux ce que j'essaie de dire. Vous aviez une liaison avec ma sœur.

Il a pâli.

— Et, il y a cinq ans, elle est tombée enceinte...

— Comment...

J'ai continué à l'accabler.

— Mais vous l'avez forcée à interrompre sa grossesse.

— Attendez un...

— Arrêtez de faire semblant, ça vaudra mieux pour tout le monde, l'ai-je coupé d'un ton égal en me forçant à le regarder droit dans les yeux.

Je pensais que j'allais perdre mon calme, mais je devais contrôler mes émotions pour obtenir des réponses.

M. Nakajima s'est détourné.

— S'il vous plaît, laissez-moi vous offrir quelque chose à boire, d'accord ? Ensuite, je vous raconterai ce qui s'est passé.

J'ai inspiré profondément.

— Un café, dans ce cas, si vous insistez.

Il a hoché la tête, a rajusté une fois de plus ses lunettes avant d'aller dans la cuisine. Si j'étais vraiment dans la maison d'un meurtrier, je n'aurais sans doute pas dû le laisser partir seul me faire un café, mais j'avais besoin qu'il coopère pour découvrir la vérité.

Une fois seul, j'ai observé les images des mains de Mme Nakajima. Elles étaient vraiment magnifiques – lisses et fines, dans des pauses élégantes –, mais les voir maintenant me rendait malade.

M. Nakajima est revenu avec deux tasses de café. Ni lui ni moi n'y avons touché. Il fixait le mur de photos en agitant les doigts. Sans me regarder, il a murmuré :

— Est-ce que Rio est au courant ?

— Non, et je n'ai pas l'intention de la mêler à ça.

— Comment l'avez-vous découvert ? m'a-t-il demandé en se tournant vers moi.

— Peu importe.

M. Nakajima a hoché la tête avant de reporter son regard vers le mur. Il a déplacé sa tasse de café sur la table avant de parler :

— Vous avez raison, j'avais une liaison avec Keiko.

J'ai serré les poings. Je m'attendais à ce qu'il avoue, mais l'entendre de mes propres oreilles m'a fait bouillonner de rage.

— C'est donc vous qui l'avez tuée.

Il s'est retourné vers moi, les yeux écarquillés.

— Non, vous vous trompez. Enfin...

Il a baissé les yeux, secoué la tête.

— Pourquoi l'aurais-je... a-t-il repris, la voix brisée. Je n'avais aucune raison de faire une chose pareille.

— Moi, j'en vois des milliers.

— Mettons les choses au clair. Je n'ai pas tué votre sœur. J'étais à Kyoto, cette nuit-là.

J'ai hésité. Si c'était un mensonge, ce serait facile à prouver. Mais s'il disait la vérité, si ce n'était pas lui, alors il y avait de fortes probabilités pour que...

— C'est votre femme ?

Il n'a pas répondu.

— Est-ce que c'est pour cette raison qu'elle a disparu ?

M. Nakajima a croisé les doigts sur ses genoux.

— Puisque nous en sommes arrivés là, il vaudrait peut-être mieux que je vous raconte ce qu'il s'est passé depuis le début.

Je n'arrivais pas à croire qu'il puisse me répondre de façon si décontractée.

— Allez-y.

— Premièrement, je n'ai jamais demandé à Keiko d'interrompre sa grossesse. Depuis le début, je lui avais fait comprendre que je la soutiendrais, quelle que soit sa décision, et elle a choisi de garder l'enfant. Malheureusement, elle a perdu le bébé à la suite de complications médicales au deuxième trimestre.

Une fausse couche ? Comment ma sœur avait-elle pu autant souffrir sans ne jamais rien en dire ?

— Je sais que je ne suis pas tout blanc, a-t-il ajouté. Le stress dû au fait qu'elle devait cacher sa grossesse et les nombreuses disputes avec ma femme ont pu être des facteurs aggravants.

— Elle se disputait avec votre femme ?

— Oui. Nous essayions de passer en revue les possibilités qui s'offraient à nous.

J'ai planté mes ongles dans la paume de mes mains. Il osait parler de « possibilités » ?

— Qu'est-ce qu'un homme marié pourrait offrir à sa maîtresse enceinte ?

— Je voulais épouser Keiko. J'avais proposé à ma femme une séparation par consentement mutuel, mais elle s'y opposait.

— C'est pour ça que votre femme a tué ma sœur, n'est-ce pas ?

— Qu'est-ce qui vous fait croire que c'était ma femme ? Ça aurait pu être n'importe qui.

— Comme qui ? l'ai-je raillé. Votre fille ?

C'était une accusation absurde. Nous savions tous les deux que Seven Stars ne ferait jamais rien d'aussi cruel mais son ton placide me mettait hors de moi.

M. Nakajima a placé ses mains sur ses cuisses.

— Qui a tué Keiko et pourquoi, pour être honnête, je ne sais pas vraiment. Cela dit, j'ai fini par arriver à la même conclusion que vous. Ma femme a disparu le jour où Keiko a été assassinée.

— Je refuse de n'y voir qu'une simple coïncidence.

— Moi aussi. J'ai même pensé à me dénoncer, pour que ma femme puisse retrouver une vie normale avec Rio. Après tout, c'est ma faute si tout ça a commencé. Mais j'étais au mariage d'un ami, cette nuit-là. Plein de témoins m'y ont vu.

Je me suis demandé à quel point je pouvais faire confiance à cet homme, qui avait déjà tant menti. Il avait très bien pu tuer sa femme pour couvrir ses arrières et prétendre qu'elle avait disparu.

— Votre sœur était une femme formidable. J'adorais la regarder cuisiner. Elle m'avait raconté qu'elle avait l'habitude de cuisiner pour son petit frère, avant. Qui aurait cru qu'un jour je vous rencontrerais ?

À l'entendre parler de ma sœur comme ça, mon cœur s'est serré.

— Ce qui est arrivé à Keiko est un vrai cauchemar – jamais je n'aurais pu l'imaginer. Elle ne méritait pas ça. Tout est ma faute. C'est moi qui lui ai fait la cour, et c'est elle qui en a souffert le plus. Le tort que je vous ai causé, à vous et votre famille… Je ne pourrai jamais expier. Je porterai ce fardeau jusqu'à la fin de mes jours.

Comme il n'essayait plus de dissimuler quoi que ce soit, je ne savais plus quoi dire. J'ai fini par lui demander :

— Vous aimiez ma sœur ?

Il m'a regardé droit dans les yeux :

— Oui, je l'aimais. Bien sûr.

— Est-ce que c'est pour ça que vous n'avez aucune photo du visage de votre femme ?

— Non, ça n'a rien à voir avec Keiko. Ma femme n'aimait pas qu'on la photographie. Elle avait eu un accident, dans son enfance, qui lui avait laissé une cicatrice au visage. Ce n'était qu'une marque minuscule au-dessus de son œil gauche, mais ça la gênait. Désolé de m'étaler, s'est-il excusé, les yeux baissés.

— À vous entendre, on croirait que vous aimez votre femme.

— En effet, je l'aime.

— Vous essayez de me dire que vous étiez amoureux de deux femmes en même temps ?

M. Nakajima a pris le temps de choisir ses mots avec soin.

— Si vous m'aviez posé cette question avant, avant que je rencontre Keiko, j'aurais répondu que c'était impossible. Aujourd'hui encore, j'aime à croire que les sentiments que j'éprouvais pour Keiko étaient différents de ceux que je ressentais pour ma femme. Il serait plus facile de dire que ce qui s'est passé avec votre sœur n'était qu'une erreur de jugement temporaire, plutôt que d'admettre que l'erreur, c'était mon mariage. Pourtant, je ne peux pas dire ça. J'aimais vraiment Keiko, et je l'aime encore, et je l'aimerai sans doute toujours. Est-ce que ça vous semble cohérent, M. Ishida ?

— Mon opinion ne compte pas.

Il a soupiré.

— Au début, je pensais pouvoir continuer comme ça, sans blesser personne. Je me fourvoyais. Après réflexion, je crois que Keiko en souffrait vraiment beaucoup.

Il m'a regardé comme s'il attendait une réponse de ma part, mais j'ai gardé le silence, sans le quitter des yeux.

— Pour finir, ma femme l'a découvert. Ça l'a considérablement ébranlée. Elle avait toujours été fragile, émotive. S'il vous plaît, comprenez qu'elle est elle aussi une victime, et que je suis le seul coupable. Ce qu'a fait ma femme, ou du moins ce que je pense qu'elle a fait, est impardonnable, pourtant, ce n'est pas un monstre. Elle...

— S'il vous plaît, arrêtez de lui chercher des excuses, l'ai-je coupé, n'en pouvant plus de ses absurdités. Ma sœur a été assassinée, et ça fait de votre femme une meurtrière. C'est ça, la vérité.

Mes paroles l'ont fait taire. Tête basse, il a fait pianoter ses doigts sur le bord de la table. J'ai repensé à Seven Stars et à son comportement imprévisible – les cours séchés, le vol à l'étalage, les nuits passées à traîner dehors. Est-ce qu'il s'était rendu compte qu'elle était affectée par la disparition de sa mère ? Est-ce qu'il savait à quel point il avait aussi blessé sa fille ?

— À part ce que vous m'avez déjà dit, est-ce qu'il y a autre chose que je devrais savoir ?

— M. Ishida, si vous comptez rapporter tout cela à la police, je crains que personne ne sache où elle se trouve. J'ai raconté ici et là que ma femme était retournée dans la maison de ses parents, mais, en fait, elle est orpheline.

— Ce n'est pas mon intention. Même si la police parvenait à la retrouver et à la jeter en prison, ça ne me ramènerait pas ma sœur.

Et ce serait lui manquer de respect que de rendre publique leur liaison, ainsi que la grossesse qu'elle s'était efforcée de dissimuler.

M. Nakajima baissait toujours la tête.

— Vous avez autre chose à me dire ? ai-je demandé en me levant.

Il a levé les yeux vers moi.

— Depuis le début, je voulais tout vous raconter. Depuis votre première visite dans cette maison... Non, même avant. Quand je vous ai vu de loin aux obsèques de Keiko, je voulais vous dire la vérité. Mais vous étiez assis à côté de son cercueil, les yeux vides et, sachant à quel point elle comptait pour vous, je n'ai pas pu...

— Ça suffit ! ai-je crié. Vous n'avez aucun droit de parler de la relation que j'avais avec ma sœur.

J'ai inspiré un grand coup pour me calmer.

— Vous ne savez rien de nous.

Il a rebaissé la tête.

Après un long silence, j'ai annoncé :

— Je m'en vais.

— Attendez un instant, m'a-t-il retenu en se levant à son tour. Puis-je vous demander pardon, au nom de ma femme ?

— Non. Vous ne pouvez demander pardon qu'en votre propre nom.

Il s'est mis à genoux et s'est incliné devant moi.

— Je suis désolé. Je vous demande pardon, pour ce que j'ai fait, pour ce qui est arrivé à Keiko et d'avoir causé tant de chagrin à votre famille.

J'ai serré les dents. Je ne pouvais pas pardonner à cet homme. Même s'il était sincère, qu'est-ce que cela m'apportait ? Les morts ne reviendraient pas. En vérité, il s'apitoyait surtout sur lui-même, comme s'il espérait soulager sa conscience. Je ne lui donnerais pas satisfaction.

— Vous vous trompez de personne, ai-je rétorqué. Vous devriez vous excuser auprès des femmes que vous avez meurtries, pas devant moi. Mais, si vous m'avez dit la vérité, alors vous les avez perdues toutes les deux.

M. Nakajima n'a pas répondu. Il n'a pas bougé et je suis sorti de la maison sans avoir touché au café.

Pour être honnête, je haïssais cet homme. Je voulais le cribler de coups mais cela n'aurait fait que salir la mémoire de ma sœur et offrir à cet homme une forme d'expiation. Je ne voulais pas qu'il pense qu'il pouvait payer pour ses erreurs en recevant un châtiment. Qu'il se noie plutôt dans la culpabilité !

Même si j'aurais voulu que sa femme se fasse arrêter, j'ai été incapable d'aller au commissariat. Je ressentais toujours le besoin instinctif de protéger Seven Stars, qui n'avait rien fait de mal et qui avait déjà perdu sa mère. Je ne voulais pas qu'elle perde aussi son père, la seule famille qui lui restait. Je savais trop bien à quel point il était difficile de grandir seul, de manger seul à une table de quatre, d'aller sans parents aux cérémonies de l'école, de n'avoir personne avec qui déguster les *osechi ryôri* du Nouvel An... La dernière chose que je voulais, c'était bien de soumettre Seven Stars à la même solitude.

Et, en mon for intérieur, je savais que je ferais n'importe quoi pour protéger l'honneur de ma sœur, même si je devais pour ça me haïr jusqu'à la fin de mes jours.

Je me tenais à l'endroit où elle avait été assassinée. Je ne savais pas comment j'étais arrivé là. À croire que j'avais juste fermé les yeux et que, en les rouvrant, je m'étais retrouvé sur le bas-côté de cette route.

J'étais dans le cirage jusqu'à ce que j'entende des voix d'enfants derrière moi. En me tournant, j'ai vu deux gamins qui jouaient de l'autre côté de la route. Un garçon maigre portant un cartable en cuir noir, une petite fille avec des couettes vêtue d'une robe chasuble bleu marine.

La petite fille a regardé vers moi et nos regards se sont croisés. Elle m'a souri avant de dévaler la pente. Le garçon lui a crié quelque chose. Même si je n'ai pas compris, j'étais certain qu'il l'appelait. Le garçon a fait mine de lui courir après mais il a hésité et s'est tourné vers moi. Nous nous sommes regardés. Aucun mot nécessaire. Quelques secondes plus tard, il courait après la fille. Je les ai suivis des yeux jusqu'à ce qu'ils disparaissent au tournant.

J'ai inspiré profondément après avoir regardé une dernière fois cet endroit.

Keiko Ishida, tu te souviens du cartable noir que tu m'avais acheté quand je suis entré à l'école primaire ?

— Un cadeau de rentrée ? avais-je lancé quand ma sœur m'avait appelé dans sa chambre pour me montrer le cartable.

— Oui, avait-elle répondu, les yeux brillants. Tu as besoin d'un nouveau cartable.

— Tu ne dois pas dépenser ton argent de poche pour moi. Un cartable, ça coûte cher. Mme Kawano a dit que je pouvais prendre le vieux de son fils.

— Hors de question ! Tu ne peux pas commencer l'école avec un vieux cartable. Je ne le permettrai pas.

Ma sœur m'avait aidé à enfiler le cartable avant de me conduire devant le miroir.

— Un beau cartable, c'est la touche finale d'une jolie tenue. Tu ne trouves pas ?

Je l'avais remerciée, le sourire jusqu'aux oreilles.

Elle m'avait ébouriffé les cheveux et nous avions ri ensemble.

31

Dans l'œil du cyclone

Quand j'ai averti le principal que j'avais l'intention de rentrer à Tokyo, il n'a pas semblé surpris. Il m'a tapoté l'épaule et m'a dit :

— Si telle est votre décision, alors je vous souhaite bonne chance. Vous allez nous manquer. Votre aide nous a été précieuse, ces derniers mois.

— Merci.

— Pour être honnête, je suis un peu soulagé que vous ayez refusé notre proposition. Il vaut mieux pour vous que vous quittiez cet endroit. Vous me trouverez sans doute superstitieux, mais les gens d'Akakawa sont persuadés que la ville n'accepte que ceux qui sont nés ici, m'a-t-il expliqué tout en prenant soin de sa plante.

Je ne savais pas ce qui avait bien pu le conduire à dire ça, alors je me suis contenté de hocher la tête avant de prendre congé.

Une semaine avant la fin du semestre, le principal a annoncé à tout le monde que je quittais Yotsuba. Quelques collègues m'ont serré la main et d'autres m'ont donné leurs numéros de téléphone en me promettant de prendre des nouvelles. La grande majorité paraissait indifférente.

— Ça arrive très souvent, m'a expliqué Honda. Le taux de renouvellement est assez haut, parmi les professeurs. Les gens vont et viennent. Tout le monde s'en moque, sauf ceux qui vont avoir plus de boulot.

— J'espère que ce ne sera pas ton cas.

— J'en doute, s'est-il esclaffé. Je suis incapable de donner des cours d'anglais.

Je n'avais dit à personne que je comptais enseigner à Tokyo mais, je ne sais comment, le bruit s'est répandu que j'allais passer les concours de l'éducation nationale.

— Quand pars-tu ? s'est informé Honda.

— Dans deux semaines, ai-je répondu après un rapide calcul.

— Tu as besoin d'aide ?

J'ai secoué la tête, puis je me suis souvenu d'une chose.

— Au fait, est-ce que ma sœur et toi étiez allés à un restaurant italien dans la montagne ?

— Oui, en effet. C'est un petit resto charmant, à environ deux heures de route d'ici. Tu as l'intention d'y aller ? La vue est splendide, mais le coin est trop venteux. Il n'attire pas les foules.

Un vent fort… Ça pourrait m'être utile.

— Est-ce que tu pourrais me donner un itinéraire ? J'envisage d'aller y disperser les cendres de ma sœur, si le vent est assez fort.

— Ça devrait aller. Si tu comptes t'y rendre dimanche, je peux t'y conduire.

— Ne t'embête pas, je réussirai bien à trouver le chemin.

Je ne voulais pas raviver son chagrin.

— Oh, ça ne m'embête pas du tout. Ce sera peut-être la dernière chose que je ferai pour Keiko. Ce dimanche, alors ? Je passerai te prendre vers dix heures, si ça te va.

— Bien sûr, ai-je répondu, secrètement soulagé d'avoir quelqu'un à mes côtés pour disperser ses cendres.

Je ne m'imaginais pas dire adieu à ma sœur tout seul.

Après le travail, je me suis arrêté chez Izumi. Elle est sortie de chez elle avec une serviette sur la tête, la peau encore mouillée après sa douche. Elle portait toujours ses lunettes démodées.

— Je tombe mal ? ai-je demandé.

— Ça dépend, a-t-elle lancé dans un grand sourire. Si tu veux te plaindre parce que la chaudière ne marche pas, tu tomberas toujours mal.

— Rien à voir, l'ai-je rassurée gaiement. Je suis venu te dire au revoir. Je déménage à la fin du mois.

— C'est la semaine prochaine, non ? a-t-elle fait, les sourcils haussés. Tu rentres à Tokyo ?

J'ai opiné.

— Je préviendrai le propriétaire – ou, sa secrétaire, plutôt.

— Merci beaucoup, Izumi.

— De rien. Puisque tu déménages aussi, le cinquième étage n'aura de nouveau plus de locataires.

— Et l'autre type ?

— Celui qui écrivait des chansons ? Tu ne savais pas qu'il était parti ? J'imagine qu'il a déménagé quand tu étais au travail.

— Je vois, ai-je fait, désarçonné. Je ne lui ai parlé qu'une fois.

— Crois-moi, c'est plus que la plupart des locataires d'ici. Hé, tu veux entrer prendre un verre ? J'ai de la bière.

— Je vais devoir refuser. J'ai plein de cartons à faire.

Izumi a haussé les épaules avant de refermer sa porte, puis je suis retourné chez moi.

En y repensant, c'était bien la première fois que je déclinais l'invitation d'une fille qui me proposait de boire un verre. Sans doute parce que Izumi me rappelait trop ma déléguée de classe du lycée.

En fait, j'avais eu une histoire avec cette déléguée. Cette anecdote avait semé la pagaille. Je me souvenais encore de Jin déboulant vers moi à la pause de midi.

— Dis, c'est vrai ? T'as couché avec la déléguée ?

Il m'avait pris par surprise. Comme je n'en avais parlé à personne, la fuite venait forcément d'elle. À sa décharge, je ne lui avais pas demandé de garder ça pour elle, mais je ne m'étais pas attendu à ce qu'elle le raconte partout.

— Je pensais qu'elle ne nous aimait pas, avait bougonné Jin.

J'avais ouvert mon agenda en l'ignorant. Je savais que Jin, lui, ne l'aimait pas. Quelques mois plus tôt, elle nous avait surpris en train de fumer et nous avait dénoncés à un professeur. Ou, plutôt, elle avait dénoncé Jin et dit que je me trouvais juste avec lui. Le professeur ne l'avait pas crue si bien que j'avais été puni aussi.

— Pourquoi t'as couché avec elle, Ren ? T'as perdu un pari, ou quoi ?

— Je ne sais pas. J'étais curieux.

Jin avait passé son bras autour de mes épaules.

— Ça ne te ressemble pas, mec.

Je l'avais repoussé.

— Eh bien, je te laisse décider si tu veux me croire ou non.

— Il y a quelque chose qui cloche, chez toi.

Je n'avais rien répondu, et Jin m'avait fichu la paix. Mais c'était la vérité. J'avais été curieux. Je voulais savoir à quoi elle ressemblait sans ses lunettes.

La déléguée et moi, on vivait dans le même quartier. Sa maison n'était qu'à quelques pâtés de maisons de la mienne. Elle s'était approchée de moi un jour, alors que je regardais les mangas présentés dans la vitrine de la librairie du coin.

— Mes parents sont à une fête de famille à Izy, m'avait-elle confié. Ils ne reviendront pas avant demain. Tu veux venir chez moi, Ishida ?

J'étais resté un instant sans voix. Au début, je pensais qu'elle plaisantait, mais son expression était très sérieuse. Je ne savais pas ce qui l'avait poussée à m'inviter. Peut-être une histoire d'hormones adolescentes.

Je m'étais gratté la tête en marmonnant :

— Sonoda...

— C'est Sumida, m'avait-elle repris. Je m'appelle Miwako Sumida.

— Eh bien, Sumida... avais-je répondu en me penchant vers elle. Tu sais que, si je viens chez toi, ce n'est pas pour qu'on fasse nos devoirs, pas vrai ?

La déléguée avait hoché la tête – elle ne souriait toujours pas. Après lui avoir lancé ça, je ne pouvais plus reculer, si bien que je l'avais suivie jusque chez elle. Je me souviens m'être senti nerveux lorsque nous avions monté l'escalier en bois, qui grinçait au moindre de mes pas.

Elle avait ouvert la porte de sa chambre.

— Entre, je t'en prie.

— Merci, avais-je murmuré un peu trop poliment.

Sa chambre était impeccable, comme je l'imaginais. Elle s'était assise sur son lit, et je l'avais suivie. Nous n'avions pas dit un mot. Elle se cramponnait à son oreiller, pendant que je fixais mes genoux. Ses draps étaient brodés de roses.

Le long silence était insupportable. Avant ce jour, nous ne nous étions jamais vraiment parlé. Alors que j'allais lancer une discussion sur la pluie et le beau temps, nos doigts s'étaient frôlés. Je m'étais tourné vers elle par réflexe. Elle m'avait regardé aussi. J'avais entendu sa respiration devenir plus forte.

Je l'avais embrassée en lui caressant les cheveux. Elle n'avait pas réagi. Elle n'avait pas bougé quand j'avais déboutonné son chemisier. Peu après, j'étais en elle, mais son silence me déroutait.

— Ça va ? m'étais-je inquiété.

Elle avait hoché la tête, sans rien dire. Peut-être qu'elle était du genre discrète. Ne sachant pas quoi faire d'autre, j'avais continué mon va-et-vient. Même si j'aurais préféré une partenaire plus réactive, c'était bon. Je n'étais pas difficile.

Heureusement, ce n'était pas sa première fois. Sinon, je me serais senti mal.

Quand elle s'était endormie, j'avais soulevé doucement ses lunettes. Elle semblait différente – elle était plutôt jolie, en fait. Je l'avais embrassée sur le front avant de me rhabiller et de rentrer chez moi.

À l'époque où nous étions pleins d'hormones survoltées, et où le sexe était encore une nouveauté, coucher avec une fille était considéré comme un exploit. Les autres mecs étaient venus me taper sur l'épaule.

— T'es doué, Ishida. Comment t'as réussi à te la faire ? me demandait-on en plaisantant.

Bizarrement, j'avais gagné de nouveaux amis.

Par contre, j'avais perdu ma copine, qui avait entendu la rumeur et qui était venue me tirer les vers du nez. Quand je lui avais confirmé que tout était vrai, elle m'avait giflé devant toute la classe avant de partir en sanglotant.

Jin avait jeté un coup d'œil par-dessus mon épaule.

— T'as merdé, Ren. Tromper ta copine, c'est une chose, mais me dis pas que t'as été assez crétin pour l'admettre ? Pire, c'était avec cette fille à lunettes ! s'était-il esclaffé. T'as un problème de vue, mon gars ? Tu devrais avoir meilleur goût.

Je l'avais fusillé du regard.

— Hé, ne ne te fâche pas. Sérieux, t'as juste intérêt à mieux utiliser ta belle gueule. Si tu veux, je peux te présenter à la meilleure amie de ma copine. Elle a de gros nichons, je te jure.

Même si je ne l'avais dit à personne, j'étais content que ça finisse comme ça. À l'époque, j'étais lassé de ma petite amie mais je ne trouvais pas de raison de la laisser tomber. Je n'avais pas le courage de casser avec quelqu'un qui n'avait rien fait de mal. En plus, mon anniversaire approchait et j'avais déjà assez économisé sur mon salaire de livreur pour l'emmener dans un resto chic. Le moment avait été mal choisi, car j'aurais préféré qu'on se quitte après, histoire qu'on ait de bons souvenirs de cette soirée-là, mais c'était ainsi.

Quant à Sumida, je ne lui avais plus jamais parlé en dehors du nécessaire. Même si elle me l'avait demandé, je ne serais pas retourné chez elle, bien que j'eusse été curieux de savoir ce qui l'avait conduite à m'approcher ce jour-là.

Je me suis arrêté un instant devant l'ancien appartement de l'homme aux *zori*. La porte et la fenêtre étaient fermées, comme d'habitude. Rien ne laissait croire que quelqu'un ait jamais vécu là. Même lorsqu'il habitait là, personne ne le remarquait – il ressemblait plus à un fantôme qu'à un être humain. Eh bien, où qu'il soit, je parie qu'il portait toujours ses *zori*.

Je suis rentré chez moi pour me doucher en vitesse. J'avais trop attendu pour faire le ménage. La première chose à faire, sur ma liste, c'était la lessive, qui s'était empilée au cours de plusieurs semaines de procrastination.

Alors que je finissais de charger le linge sale dans la machine, je me suis souvenu du pantalon avec le numéro de la fille au grain de beauté sur la nuque dans une des poches. J'aurais pu le ressortir pour sauver le morceau de papier. Au lieu de quoi, j'ai appuyé sur le bouton « démarrage » et j'ai regardé l'eau remplir la cuve. La machine a poussé un gargouillis sonore en faisant tourner son contenu. Des nuances de gris et de blanc tournoyaient, dans une marée de bulles.

Le bout de papier devait être trempé, l'encre devait baver, et la force centrifuge réduirait le tout en pièces. Lorsque je ressortirais le pantalon, ce papier ne serait plus qu'une boulette spongieuse.

J'ai fermé les yeux en m'imaginant à l'intérieur de la machine, immergé dans ses mouvements circulaires. Lavé avec un tas de vêtements sales. Tournant, tombant, m'écrasant, submergé dans l'eau et suspendu parmi les bulles. Quand le bruit s'est arrêté, j'en suis sorti trempé, mais propre.

Si seulement l'âme pouvait se nettoyer de cette façon...

Je m'étais presque endormi lorsqu'on a frappé à ma porte. Après m'être frotté les yeux, j'ai jeté un coup d'œil vers le réveil. Il était minuit passé. Si j'avais appris une chose, c'est qu'une personne venant me voir si tard était sans doute une personne que je ne souhaitais pas voir. J'ai ignoré les coups sur la porte et je suis resté assis là, à regarder la machine à laver.

Mais mon invité était tenace et avait commencé à marteler le battant. J'ai grogné. À ce rythme-là, les voisins du dessous allaient se plaindre. Je n'avais pas le choix, je me suis levé pour aller ouvrir.

C'était Seven Stars. Cette fois encore, elle portait son uniforme de lycéenne.

— Non, a-t-elle lancé en retenant la porte avant que je ne puisse la fermer. Je veux juste vous parler. Je vous promets que je ne vous causerai pas d'ennuis.

Une nouvelle fois, elle est entrée dans mon appartement sans que je l'y invite. J'ai refermé la porte, mais je n'ai pas bougé de l'endroit où je me tenais.

— Alors, de quoi tu veux parler ?

Elle s'est tournée vers moi pour répondre :

— J'ai entendu dire que vous démissionniez.

— Je n'étais censé enseigner que jusqu'aux vacances d'hiver.

— On vous a offert un poste définitif, mais vous avez refusé.

— Vous êtes bien informée, jeune fille.

Elle n'a pas réagi à ma condescendance.

— Vous retournez à Tokyo ?

— Oui. J'ai fini ce que j'étais venu faire ici.

— Trouver le meurtrier de votre sœur ?

Je me suis figé. Cette fille avait le chic pour me déstabiliser.

— Mon père ne ment pas lorsqu'il dit qu'il ne sait pas où est ma mère. Elle a complètement disparu de nos vies.

Elle me fixait droit dans les yeux, imperturbable.

— Qu'est-ce que vous comptez faire, maintenant ? Vous allez vous mettre à sa recherche ?

— Pour quoi faire ? ai-je rétorqué dans un haussement d'épaules.

— Vous venger.

— Ça n'arrangerait rien.

— Vous n'êtes pas fâché que je ne vous aie rien dit ?

— Non, je ne t'aurais pas crue, de toute façon. Je devais trouver les réponses moi-même.

Seven Stars a croisé les bras.

— Mlle Ishida et mon père… Ça remontait à des années, vous savez. Je parie que vous ne vous doutiez de rien. Je l'ai découvert avant même ma mère.

— Est-ce que c'est pour ça que tu as commencé à voler des chewing-gums ?

— Sans doute, a-t-elle grommelé.

— Et ça t'a appris quelque chose ?

— Pas vraiment – la différence est énorme. Je volais des chewing-gums, pas le mari de quelqu'un. M. Ishida, est-ce que l'opinion que vous aviez de votre sœur a changé ? Regrettez-vous de vous être donné tout ce mal pour elle ?

— Je n'ai jamais vu ça comme une contrainte. Ma sœur était une fille normale. Quand elle avait ton âge, elle était aussi naïve que toi.

Les traits de Seven Stars se sont durcis, elle a plissé les yeux. J'ai compris que j'avais manqué de tact – évidemment, elle était vexée que je la compare à ma sœur.

— M. Ishida, vous saviez que ma mère avait failli me tuer ?

Ses paroles m'ont fait l'effet d'une gifle.

— Mon père voulait nous quitter pour Mlle Ishida. Bien sûr, ma mère ne l'avait pas bien pris. Elle nous a conduits, mon père et moi, dans un coin désert en dehors de la ville après avoir glissé des somnifères dans nos boissons. Elle voulait qu'on meure ensemble, tous les trois, asphyxiés par les gaz d'échappement. Sauf que les choses ne se sont pas passées comme prévu, parce que je me suis réveillée.

J'en suis resté sans voix. Je ne bougeais pas.

— Mon père nous avait promis cent fois qu'il allait mettre fin à sa liaison, mais il ne l'a jamais fait. Et moi, M. Ishida, je suis méchante. Je crois que votre sœur a mérité sa mort. Elle n'aurait pas dû débouler dans nos vies, encore et encore. Elle a même laissé un objet à elle, dans notre maison, en espérant qu'on le découvrirait.

Je me suis raclé la gorge. Pour moi, ça ne pouvait être qu'une chose.

— Un couteau, pas vrai ?

— Vous le saviez... a-t-elle répondu en faisant la moue.

— C'est moi qui le lui avais offert. Pour son anniversaire.

— Vous avez des goûts étranges, M. Ishida.

— C'était un cadeau utile.

Seven Stars a fait les cent pas dans mon petit salon, sans décroiser les bras.

— Le couteau est toujours dans le tiroir de notre cuisine. Je vous le rapporterai.

— Laisse-le où il est. Si tu veux, tu peux t'en servir.

— Pourquoi voudrais-je quelque chose qui ne m'appartient pas ?

— Ma sœur est morte. Quand quelqu'un décède, ses possessions ne sont plus à lui. Puisque c'est moi qui lui ai donné ce couteau, disons juste qu'il est de nouveau à moi, j'ai donc le droit de te le donner. À toi de décider si tu l'acceptes ou non. Tu peux même t'en débarrasser, si tu veux.

— Très bien. J'y penserai.

Elle a cessé de tourner en rond et s'est adossée au mur.

— Il paraît que votre sœur était bonne cuisinière.

— En effet.

— Un jour, je serai meilleure qu'elle. Vous voudrez bien sortir avec moi, à ce moment-là ?

— Peut-être.

— Vous mentez, a-t-elle craché en faisant claquer sa langue.

— C'est bien que tu t'en rendes compte.

Seven Stars s'est mordu la lèvre, tête baissée. Ses cheveux ont glissé sur son visage.

— Arrêtez de faire le fier. Dans dix ans, j'en aurai vingt-huit et je serai belle à tomber. Et vous, vous serez un vieux garçon. Moi, je vous aurai complètement oublié mais, vous, vous vous souviendrez de moi. Et vous regretterez de m'avoir repoussée.

— Je sais, ai-je répondu dans un sourire.

— Non, vous ne savez rien. Sinon, vous ne me rejetteriez pas.

Son ton était posé, comme si elle parlait de quelque chose de très terre à terre. Je ne savais pas du tout ce qu'elle avait en tête. Cette fille, je n'arrivais jamais à lire en elle.

— Est-ce que vous allez vous remettre avec votre petite amie de Tokyo ? Et si elle ne voulait plus de vous ?

— Je m'en inquiéterai le moment venu, ai-je répondu dans un haussement d'épaules.

— Et si elle avait un nouveau mec ? Si ça se trouve, elle est mariée, maintenant, et a accouché d'une jolie petite fille.

— Hé, je ne suis parti que six mois, ai-je rétorqué en riant. Ce n'est pas comme si j'avais disparu pendant des années.

Elle a levé les yeux en marmonnant :

— Je sais.

Je suis allé me poster à côté d'elle.

— Franchement, qu'est-ce que tu peux bien me trouver ? Toi, tu es jeune et belle.

— En fait, je me suis posé la même question.

Elle a soupiré avant de poursuivre :

— J'y ai beaucoup réfléchi mais je n'ai pas de réponse.

Seven Stars a ouvert la fermeture Éclair de son sac de cours, en a sorti un sac plastique blanc dont elle a renversé le contenu. Un tas de chocolats Ritter Sport aux pétales de maïs s'est formé sur le sol.

— Qu'est-ce...

— Vous disiez que c'étaient vos préférés, non ? Ne les mangez pas tous d'un coup. Vous allez grossir.

J'étais choqué, tant par l'insulte que par le cadeau.

— Tu ne les as pas volés, n'est-ce pas ?

— Hé, vous êtes injuste. Je vous ai promis que je ne volerais plus, non ? Comment osez-vous m'accuser ? Je les ai tous payés, jusqu'au dernier.

— Merci, mais... ai-je balbutié en me grattant la tête. C'est trop.

Elle a éclaté de rire, et j'ai ri aussi. Ensuite, nous nous sommes regardés un instant. Soudain, elle s'est approchée de moi et a posé ses douces lèvres sur les miennes. C'est arrivé tellement vite que je n'ai pas eu le temps de réagir. Je l'ai dévisagée, ébahi.

— Au revoir, a-t-elle murmuré avant de se diriger vers la porte.

Seven Stars est partie sans un regard en arrière. J'en ai déduit qu'elle n'attendait pas de réponse.

Après son départ, je me suis accroupi pour ramasser tous les chocolats. Il y en avait cinquante-huit, en tout. Oui, c'était vraiment trop. J'en ai déballé un pour en prendre une bouchée. Il était déjà à moitié fondu.

En mon for intérieur, je savais que ses sentiments pour moi étaient sincères. Et je ne pouvais pas nier qu'elle m'attirait. C'était complètement différent de ce que je ressentais pour Nae. Ma relation avec Nae était douce et positive, l'exact opposé de ce que je vivais avec Seven Stars. Entre nous, c'était intense et destructeur, comme au cœur d'une tempête.

32

La gare et un film chinois

Pour mon dernier jour de travail, je me suis arrêté au bureau de M. Katou avant d'aller à Yotsuba. Je voulais lui dire au revoir, mais on m'a appris qu'il avait démissionné.

La réceptionniste m'a décoché un sourire professionnel.

— M. Katou souhaite passer plus de temps avec sa famille.

— Savez-vous par hasard où il réside à présent ?

— Désolée. Je l'ignore.

À son ton, j'ai compris qu'elle ne m'aurait rien dit même si elle l'avait su. Puisque le bureau était près de Segayaki, je me suis rendu à son ancienne maison, en espérant que le nouveau propriétaire saurait quelque chose.

J'ai appuyé sur la sonnette et j'ai attendu. Une dame menue d'âge mûr est venue m'ouvrir.

— Bonjour, l'ai-je saluée. Je cherche M. Katou.

— J'ai bien peur qu'il ne vive plus ici. Il a déménagé il y a plusieurs semaines, quand nous avons acheté la maison.

— Savez-vous où il est parti ?

— Non. Après la signature de l'acte de vente, il nous avait donné son numéro professionnel. Mais, quand j'ai appelé il y a quelques jours, on m'a dit qu'il avait démissionné et quitté Akakawa.

— Je vois, ai-je répondu en m'inclinant. Je m'excuse d'avoir abusé de votre temps.

— Je vous en prie, ce n'est rien, m'a-t-elle assuré avant de refermer la porte.

Comme j'étais parti en avance pour avoir le temps de discuter avec M. Katou, je suis arrivé à Yotsuba presque deux heures avant mon premier cours. Vu que j'avais du temps à tuer, j'ai appelé la dame au kimono en utilisant le téléphone de l'accueil.

— Bonjour, vous êtes à l'hôtel Katsuragi. Que puis-je pour vous ?

— Je cherche Mme Katsuragi.

— C'est moi-même. Puis-je savoir qui est à l'appareil ?

— Ren Ishida.

Après un court silence, elle m'a répondu :

— M. Ishida, que puis-je faire pour vous ?

— J'espérais joindre M. Katou, mais je ne sais pas du tout où il se trouve actuellement. Il a démissionné et quitté Akakawa. Sauriez-vous par hasard où il se trouve ?

— Je crains que non.

— Il m'a signalé que sa femme allait vivre chez des parents à Hakone, alors il se peut qu'il y ait emménagé aussi. Vous connaissez peut-être quelqu'un de là-bas ?

Elle a soupiré.

— Je n'en ai aucune idée, M. Ishida. Et, pour tout vous dire, même si je le savais, je ne vous dirais rien. Le fait qu'il n'ait dit à personne où il allait signifie qu'il veut rester tranquille. Ce serait une terrible erreur de réveiller un tigre endormi, vous ne croyez pas ?

Je n'ai rien dit.

— S'il vous plaît, suivez le conseil que je vous ai donné l'autre fois, et évitez-le. Cela ne vous apporterait rien de bon.

— J'y penserai.

J'ai raccroché et je suis monté à l'étage des bureaux. Les paroles de la dame au kimono me semblaient logiques. Pour qu'un homme de si haut rang disparaisse d'une petite ville comme Akakawa, cela signifiait vraiment qu'il ne voulait pas être dérangé. J'ai décidé de laisser les choses en suspens.

Le principal m'a convoqué dans son bureau pour me remettre mon dernier chèque de paie.

Il m'a donné l'enveloppe en disant :

— Merci pour tout votre travail.

Je me suis incliné devant lui.

— Merci de m'avoir embauché.

— Ishida, dites-moi, vous avez quelque chose de prévu, ce soir ? C'est notre tradition d'aller boire un verre chaque fois qu'un membre de l'équipe enseignante s'en va. J'aurais dû vous le dire plus tôt mais cela m'a échappé.

— Volontiers, je serai des vôtres.

Il m'a raccompagné à la porte et a annoncé à tous les autres que nous irions au bar ce soir-là. Tout le monde s'est réjoui. Ils avaient pour la plupart anticipé la sortie alcoolisée.

— Le temps file, pas vrai ? m'a lancé Honda. C'est déjà ton dernier jour. On ira au bar à côté de la gare. Il s'appelle le Blue Note. Tu vois lequel c'est ?

J'ai hoché la tête.

— Je suis passé devant plusieurs fois.

— Nous allons toujours au même endroit. C'est tout près et bon marché, et le propriétaire est un vieil ami de lycée du principal. Tu tiens bien l'alcool ?

— Pas vraiment.

Honda s'est penché vers moi avant de poursuivre :

— Écoute-moi bien, on fait un marché. Ils ne te laisseront pas partir avant de t'avoir saoulé. Tu dois feindre d'être bourré et faire quelque chose d'humiliant, comme chanter à tue-tête ou te lancer dans une danse ridicule.

J'ai éclaté de rire.

— Je préfère encore me saouler pour de bon.

— Ou bien fais semblant de dormir. Sauf si tu préfères vraiment finir ivre mort.

— Faire semblant de dormir, ça, c'est dans mes cordes.

— Bien. Je jouerai le rôle du héros qui te ramène à ton appartement, m'a-t-il assuré en me tapotant l'épaule. Est-ce que tu dois rapporter des choses chez toi ?

— Merci, mais je m'en suis occupé ces derniers jours. Tout le reste tient dans mon sac.

— Très bien, profite de ta dernière journée d'enseignement.

Seven Stars est venue à mon cours et s'est comportée comme s'il ne s'était jamais rien passé entre nous. C'était l'interaction normale entre une élève et son professeur, sauf qu'elle m'a rendu une étrange rédaction intitulée : *La Gare.* Je voyais bien qu'elle n'avait pas suivi le sujet que j'avais donné.

La Gare
par Rio Nakajima

Une femme raconte son rêve à son compagnon.

— Je m'en rappelais très bien en me réveillant, dit-elle. Dans mon rêve, j'errais dans une gare déserte. La circulation des trains avait du retard à cause d'une forte chute de neige. Assise sur un vieux banc en bois, j'attendais que le temps passe, gelée et solitaire.

Elle se tourne vers lui, guettant sa réaction – il semble peu intéressé.

— Et c'est là que je t'ai vu, poursuit-elle. Tu étais assis seul sur le même banc que moi, et tu attendais aussi ton train.

Il ne dit toujours rien.

— Tu m'as regardée, alors j'ai trouvé le courage de te parler. Tu étais gentil. Je passais un bon moment. J'espérais que mon train n'arriverait jamais.

Il sourit malgré lui, même s'il n'est pas certain que c'est la réponse qu'elle attend.

— Peu après, j'ai entendu le bruit du train qui s'approchait. Je me suis réveillée sans savoir si ce train était le mien ou le tien.

L'histoire s'arrêtait là, mais la fin ne ressemblait pas à une fin.

— C'est tout ? ai-je lancé à Seven Stars.

— Eh oui.

J'avais glissé sa dissertation tout en dessous de la pile, pour qu'elle soit la dernière à sortir de la classe.

— C'est une histoire intrigante, mais pas ce que j'attendais. J'avais demandé une dissertation argumentée.

— Vraiment ? a-t-elle minaudé. Vous allez me dire de le refaire ?

— Inutile, puisque je m'en vais. Aujourd'hui, c'est mon dernier jour.

Son sourire a disparu.

— Je sais.

— Tu sais beaucoup de choses, non ? ai-je lancé en m'appuyant contre le dossier de mon fauteuil. Je suis curieux. C'est le train de qui, qui est arrivé en premier ?

Elle a haussé les épaules.

— Ça, je ne sais pas. La femme s'est réveillée avant de le découvrir.

Venant d'elle, je m'attendais à une réponse de ce genre.

— Ce doit être frustrant.

— Vous vous trompez, M. Ishida. Vous ne comprenez pas le cœur des femmes. Elle sera contente de ne jamais le savoir. Elle ne veut même pas le savoir. Dans un cas comme dans l'autre, ça finira mal, puisque l'un des deux devra partir en premier. Ce n'est peut-être pas grave pour celui qui s'en va mais celui qui reste doit se sentir très, très triste.

Seven Stars m'a pris la feuille des mains et l'a chiffonnée. Elle a ouvert la fenêtre et l'a jetée dehors.

— Qu'est-ce que tu fais ?

— Vous prenez ça trop au sérieux. Ce n'est qu'une histoire que j'ai écrite, rien d'important. Ne vous prenez pas la tête pour si peu.

Elle s'est penchée vers moi et, du bout de l'index, m'a effleuré le front.

— Vous voyez, vous avez des rides, là.

Après avoir récupéré son sac, elle est sortie de la classe. Sa queue-de-cheval haute se balançait à chacun de ses pas. C'était la dernière fois que je la voyais, la fille aux jolis doigts. De ma vie, je ne rencontrerais jamais une fille si mure, capable de m'emporter comme un tsunami.

Je suis sorti du bureau avec mes collègues vers dix heures. Le bar n'était qu'à quelques minutes de marche mais cette nuit de décembre était froide. Nous avons avancé aussi vite que possible.

À l'intérieur, il n'y avait que quatre autres clients. La musique, un air de jazz non identifié, était à peine audible. Elle venait sans doute d'une chaîne hifi cachée quelque part derrière le comptoir.

Un homme nous a accueillis et nous a conduits à la plus grande des tables, au centre de la pièce. Ce devait être le propriétaire. Le principal s'est incliné devant lui avant de le suivre au bar pour discuter. Nous autres, nous avons enlevé nos manteaux avant de nous asseoir, puis le principal nous a rejoints rapidement. La serveuse a apporté quelques bouteilles de whisky Nikka, des touillettes, deux seaux remplis de glaçons et un plateau de petits verres.

— Ce n'est pas trop ? s'est étonné l'un des enseignants.

— Mais non, a répondu le principal. Nous ne sommes pas sortis boire un coup depuis longtemps.

L'une des jeunes serveuses nous a apporté de plus grands verres, qu'elle a remplis de glaçons, de whisky et de thé vert glacé. Le principal nous a invités à trinquer. Dès qu'on a reposé les verres, une autre jeune fille nous a resservis sans faire de pause, en nous amadouant pour que nous trinquions encore. Le principal semblait de bonne humeur. Il riait fort et plaisantait avec tout le monde.

Après quelques tournées, la plupart des visages autour de la table avaient viré au rouge, et pourtant personne ne ralentissait. Au contraire, tout le monde était excité, surtout le principal.

— Est-ce qu'il est saoul ? ai-je murmuré à Honda, assis à côté de moi.

— Non, il tient bien l'alcool. Mais, sa mission, c'est de saouler tout le monde avant de nous laisser partir.

— Honda et Ishida, c'est quoi ces messes basses ? a beuglé le principal. Parlez moins et buvez plus.

Une autre serveuse a rempli nos verres jusqu'à ce que l'alcool déborde et nous a invités à trinquer. Honda et moi n'avons pas eu d'autre choix que de nous y plier.

Au bout d'un moment, j'ai remarqué que la jeune femme qui nous servait le plus souvent ne préparait pas les cocktails de façon équilibrée. Les verres le plus à droite contenaient le plus de whisky quand ceux tout à gauche n'en avaient pratiquement pas. Je prenais toujours celui de gauche, si bien que je buvais beaucoup de thé vert glacé à peine aromatisé au malt.

J'ai jeté un coup d'œil à ma montre. Il était déjà minuit passé. La majorité de mes collègues étaient saouls, ce qui n'empêchait pas la plupart d'entre eux de boire encore et de se resservir les uns les autres sans arrêt. Certains commencèrent à consommer leur whisky *on the rocks* dans les verres plus petits. Le propriétaire du bar est revenu avec de nouvelles bouteilles.

Regarder mes collègues discuter dans le bar mal éclairé m'a rappelé un film chinois que j'avais vu au cinéma Komori. L'établissement était ancien, mais on pouvait y aller à pied depuis chez moi. Malheureusement, depuis, il avait été détruit et transformé en McDonald's.

Je m'y étais rendu pour mon tout premier rendez-vous. Nous nous étions embrassés pendant une scène où les deux personnages principaux se tenaient dans un bar semblable à celui-ci. Même si ce n'était qu'un frôlement, qu'un baiser amateur, j'étais tout de même très nerveux. Heureusement qu'il faisait noir dans le cinéma ou bien ma petite amie m'aurait vu rougir.

Et ce film, de quoi parlait-il ? D'une liaison extra-maritale, si je me souvenais bien. J'étais certain que l'héroïne avait des enfants en bas âge. Quelle idée de choisir ce genre de film, pour un premier rencard. Et quel était son titre ? Je ne m'en rappelais pas. Ça avait un rapport avec la musique et ça commençait par un *A – Allegro ? Adagio ? Andantino ?*

J'ai laissé tomber, ça ne me revenait pas. Est-ce que c'était l'âge, ou juste l'alcool ?

Le prof assis en face de moi me dévisageait. Il avait l'air franchement ivre. Nous n'avions jamais parlé, et son regard insistant me mettait mal à l'aise.

— C'est moi que tu regardes comme ça ? lui ai-je demandé.

— Oui, c'est tes yeux. Tu ne ressembles pas à ta sœur, mais tu as les mêmes yeux qu'elle. Tu le savais ?

Il parlait assez fort pour que toute la tablée l'entende. J'ai vidé mon verre.

— Vraiment ? ai-je fait.

L'atmosphère s'est tendue. Depuis mon arrivée à Akakawa, mes collègues avaient tout fait pour ne pas évoquer ma sœur devant moi. Maintenant, la digue était rompue. Après un silence gêné, le principal a pris la parole :

— C'était une belle personne, n'est-ce pas ?

J'ai hoché la tête.

Nous avons continué à boire un moment, même si plus personne ne parlait. Le malaise s'attardait.

— Nous en avons eu assez pour la nuit, a déclaré le principal.

Tout le monde a murmuré quelques mots d'approbation. J'ai regardé Honda. Il était rouge comme une tomate.

— Tout va bien ? ai-je chuchoté en lui tapotant l'épaule.

Il m'a fixé en marmonnant des paroles incompréhensibles. Il a continué à boire, puis il a reposé son verre et s'est endormi sur la table.

— Quelqu'un va devoir le ramener, a déclaré Abe.

J'allais me porter volontaire lorsque Maeda m'a devancé :

— Je vais le raccompagner. Je peux encore conduire, et je sais où il habite.

— Je vais t'aider à le porter jusqu'à la voiture, ai-je proposé.

— Ne t'embête pas, je m'en charge, m'a répondu un collègue. Je suis garé juste à côté de lui.

Il s'est levé et a aidé Honda à sortir du bar. Maeda l'a suivi en portant la mallette de Honda. Le principal est allé au comptoir pour régler l'addition.

— Est-ce que c'est vrai que Maeda en pince pour Honda ? a demandé un collègue.

— Bien sûr que c'est vrai, a confirmé une autre. Elle a des vues sur lui depuis longtemps.

— Et qu'est-ce que tu fais de la règle interdisant les relations entre collègues ?

Une autre prof a agité la main.

— Cette règle existe vraiment ? Quelqu'un a dû l'inventer.

Je me suis souvenu que c'était Maeda elle-même qui me l'avait expliquée, cette règle. Est-ce qu'elle savait que Honda voyait ma sœur ? De toute façon, ça ne me regardait pas. J'ai pris mon sac et je suis sorti en même temps que les autres. Une fois dehors, ils m'ont serré la main chacun leur tour en me souhaitant une bonne continuation.

La nuit était plus fraîche, dans la rue principale. Le service des bus était terminé si bien que plusieurs membres du groupe, dont moi, durent héler des taxis. Une voiture jaune s'est arrêtée. Parce que c'était mon dernier jour, ils ont insisté pour que j'y monte. Je les ai remerciés en promettant de prendre de leurs nouvelles, puis je suis monté dans le véhicule.

Quand le taxi s'est arrêté au carrefour, j'ai fixé le feu rouge. Je devais être saoul car il m'a semblé durer une éternité, comme si quelqu'un avait appuyé sur un bouton pour figer le temps. Mais, lorsque le feu est passé au vert, le temps a rattrapé son retard en s'accélérant, mêlant les lumières de la ville ensemble.

Lorsque je suis arrivé à mon appartement, j'ai eu peur en voyant qu'un homme attendait devant ma porte. Est-ce que j'avais des hallucinations ? J'ai cligné plusieurs fois des yeux. En m'approchant, j'ai compris que je ne rêvais pas. Quand on parle du tigre...

— Bonsoir, m'a salué M. Katou, qui tenait un sac en papier. Je m'excuse de venir ici sans prévenir.

— Ce n'est rien, l'ai-je rassuré en ouvrant la porte – en priant pour que je ne pue pas trop l'alcool. Entrez, je vous prie. J'espère que vous n'avez pas attendu trop longtemps dans le froid.

M. Katou m'a suivi dans l'appartement. Même son manteau long épais n'aurait pas suffi à lui tenir chaud par une nuit si froide.

— Est-ce que vous avez eu du mal à trouver ? me suis-je inquiété.

— Pas vraiment. En fait, j'étais déjà venu.

J'ai attendu qu'il s'explique, ce qu'il n'a pas fait. J'aurais dû insister pour en savoir plus mais, à la façon dont son regard papillonnait, j'ai compris qu'il ne voulait pas en parler.

— Asseyez-vous, je vous en prie. Qu'est-ce que je peux vous servir ? Une tasse de café ?

— Ce serait parfait, merci.

M. Katou a ôté son manteau, sous lequel il portait une chemise blanche immaculée. Il s'est assis en se frottant les mains. Il avait dû m'attendre longtemps.

Je suis allé faire du café dans la cuisine. Pendant que j'attendais que l'eau bouille, je me suis aspergé le visage d'eau glacée. Ça m'a réveillé, même si ça n'arrangeait pas mon estomac barbouillé. Quand je suis revenu dans le salon, M. Katou avait mis le sac en papier sur la table. J'ai posé le café à côté.

— Servez-vous, lui ai-je dit.

Il a pris la tasse. Le café devait être bouillant, mais il en a tout de même bu une gorgée. Il l'a tenu entre ses mains un instant avant de le reposer.

— Vous vous êtes dégoté un appartement charmant. Il correspond à l'image de l'un de mes poèmes préférés, « *Shizuka Na Tsukiyo Ni* », « Par une nuit au clair de lune ». C'est d'un poète nommé Akitsuki. « *Aki* », la lune et « *Tsuki* », l'automne. Vous avez entendu parler de lui ?

— Non, ai-je répondu en me demandant s'il s'agissait du livre qu'il relisait sans cesse. Je ne connais pas trop de poètes.

— Moi non plus. Avant, je ne connaissais que les plus réputés, comme Basho et Issa mais, il y a quelques années, je suis tombé par hasard sur Akitsuki dans la collection personnelle de ma femme. J'apprécie ses textes. Ils m'apaisent et étouffent les bruits autour de moi. Je voulais trouver d'autres recueils mais il n'en a publié qu'un, ce qui explique sans doute pourquoi la plupart des gens n'ont jamais entendu parler de lui.

— Mmm.

Il a inspiré un bon coup avant de pousser le sac vers moi.

— En fait, je suis venu vous remettre ceci.

Je me suis demandé de quoi il pouvait bien s'agir.

— Je peux regarder ?

— Je vous en prie

En ouvrant le sac en papier, j'ai découvert une petite urne en porcelaine.

— Je l'ai trouvée dans la chambre de Mlle Ishida quand nous avons déménagé. Je m'excuse de n'avoir rien dit pendant si longtemps mais je n'arrivais pas à savoir ce que je devais en faire. J'ai entendu dire par mon bureau que vous retourniez à Tokyo, alors j'ai pensé qu'il valait mieux que je vous la transmette avant votre départ. Après tout, vous êtes le plus proche parent de Mlle Ishida.

J'ai pris l'urne sur mes genoux.

— Est-ce que quelqu'un d'autre est courant ?

— Non, juste ma femme et moi.

— J'avais pourtant fouillé cette chambre plusieurs fois.

— L'urne était bien cachée, sous une des lattes du plancher. Quand Mlle Ishida prenait soin de ma femme, elle lui avait confié l'histoire de sa fausse couche. La clinique de Kuromachi l'avait aidée à organiser une crémation discrète.

— Je vois.

Tout en m'efforçant de garder une contenance, je l'ai interrogé :

— Comment va Mme Katou ?

— Elle a recommencé à parler et répond lorsque l'on s'adresse à elle. Le nouvel environnement semble l'aider à reprendre des forces.

— Tant mieux.

Il a hoché la tête.

— Ma femme s'en est toujours voulu, pour la mort de notre fille, même si je suis aussi en partie responsable. J'étais trop pris par mon travail pour prêter attention à ma propre famille. Vous le saviez aussi, n'est-ce pas ? Miyuki... a-t-il articulé avec peine, la voix brisée. Elle n'a jamais été malade.

J'ai dégluti péniblement.

— Je m'en doutais un peu.

— Ma femme ne va pas bien, a-t-il poursuivi en se frottant les yeux. Avez-vous déjà entendu parler du syndrome de Münchhausen par procuration ?

— Non... Qu'est-ce que c'est ?

— Cela arrive lorsque le responsable d'un enfant, le plus souvent la mère, simule ou cause des symptômes de maladie chez l'enfant pour attirer l'attention.

Ma gorge s'est nouée. C'était une conclusion que j'avais espérée erronée.

— Je l'ai compris trop tard et, à cause de cela, nous avons perdu notre fille. Après la disparition de Miyuki, ma femme s'est murée dans le silence. Je l'ai emmenée voir plusieurs psychologues mais ils ont refusé de la prendre en charge tant qu'elle restait renfermée sur elle-même. Je ne savais pas quoi faire. J'imagine qu'elle avait besoin de changer de décor et que, de mon côté, je reconnaisse ce qui s'était passé plutôt que de l'enfouir en me noyant dans le travail.

— Toutes mes condoléances, pour votre fille.

J'avais décidé de ne pas lui parler de ma dernière conversation avec Mme Katou.

Il a marmonné quelques mots de remerciement avant de se lever.

— Il est tard. Je ferais mieux de m'en aller.

Je me suis levé pour le raccompagner à la porte.

— Ma femme m'a demandé de vous transmettre ses amitiés, m'a-t-il informé en enfilant son manteau.

— Transmettez-lui également les miennes.

Après un instant d'hésitation, j'ai ajouté :

— Et merci pour le dossier médical.

Pour toute réponse, il a écarquillé les yeux avant de hocher la tête et de descendre les marches. J'ai pris ça comme une confirmation.

Le vent froid soufflait fort, ce qui m'a donné la chair de poule. J'ai remonté mon col avant de rentrer dans le salon. Assis devant la table basse, j'ai joint les mains pour faire une prière.

— Couette-Couette, que ton âme repose en paix.

J'ai emporté la petite urne dans ma chambre, où je gardais celle de ma sœur. J'ai placé les urnes par terre, côte à côte, et j'ai versé les cendres de la plus petite dans la plus grande en prenant soin de ne rien renverser.

— J'espère que vous pourrez toutes les deux reposer en paix, maintenant que mère et fille sont enfin réunies.

Après avoir placé les urnes dans mon armoire, j'ai pris une douche, puis je suis allé me coucher.

Cette nuit-là, j'ai dormi profondément. Ce qui était sans doute dû à une combinaison parfaite d'ivresse et de fatigue. Le lendemain matin, j'ai lu dans le journal qu'il y avait eu un tremblement de terre léger pendant la nuit. Mais je ne me rappelais pas avoir entendu ou senti quoi que ce soit. J'avais sombré dans les abysses paisibles du sommeil. Même un séisme n'avait pas pu me réveiller.

33

Des adieux au Capriccio

Je suis sorti de chez moi à dix heures moins cinq, chargé d'un sac venant des magasins Takashimaya. C'était plus discret que de me promener dans les rues, une urne funéraire dans les bras. Mais je m'inquiétais pour rien, car je n'ai croisé personne. Les gens se levaient tard, le dimanche.

J'ai repéré la voiture noire de Honda dans la rue d'en face. Après avoir traversé, j'ai tapoté doucement sur le pare-brise. Il a jeté un coup d'œil par-dessus son journal avant de m'ouvrir la portière.

— Tu attends depuis longtemps ? ai-je demandé en m'installant.

— Non. Je viens juste d'arriver.

Même s'il avait dû voir le sac en papier, il n'a pas fait de commentaire.

J'ai attaché ma ceinture.

— Il nous faudra environ deux heures, c'est bien ça ?

— Oui. Tu peux dormir, si tu veux, m'a-t-il lancé en démarrant.

Honda a allumé la radio. Elle était réglée sur une station de jazz. J'ai reconnu la mélodie, c'était *My Favorite Things*, de John Coltrane.

Alors que nous commencions le voyage, la musique nous a tous les deux drapés d'un voile nostalgique. La chanson suivante était un morceau de Charlie Parker, suivi d'une composition de Duke Ellington. Un air familier après l'autre. En écoutant la musique, je me suis dit que Honda avait sans doute réglé la radio sur cette station lorsqu'il sortait avec ma sœur, et qu'il ne l'avait jamais changée. Comme il ne s'était jamais débarrassé du lapin en porcelaine.

Honda a tourné le volant. On sentait à peine lorsqu'il changeait de vitesse. Je tenais le sac en papier bien serré, surtout lorsqu'il accélérait et prenait des virages. J'avais déjà vécu cette scène. Six mois plus tôt, le jour où il m'avait conduit du crématorium à l'hôtel Katsuragi. Il s'était passé tant de choses depuis...

Nous avons traversé plusieurs villages campagnards avant d'atteindre la région montagneuse. Honda a rétrogradé lorsque nous avons entamé la route escarpée et tortueuse. Pas étonnant qu'il n'y ait pas grand monde dans le coin. Cette route n'était pas facile à suivre.

Une demi-heure plus tard, la voiture a ralenti dans un long virage. Honda s'est garé là où la route s'élargissait. Quand j'ai ouvert la portière, l'air pur de la montagne m'a empli les poumons. Je me suis senti revigoré rien qu'à l'inspirer. Nous avons enjambé la barrière pour admirer le paysage. De notre point de vue, je voyais le petit village au pied de la montagne.

— Tu penses que le vent est assez fort ? m'a demandé Honda.

— J'espère.

J'ai sorti l'urne et l'ai ouverte avant de l'incliner doucement. Le vent a emporté les cendres. Quand il n'en est resté qu'un petit peu, je les ai versées dans le couvercle et le vent les a soufflées au loin. J'ai refermé l'urne vide et l'ai replacée dans le sac.

— Je suis venu seul, ici, une fois, m'a appris Honda. Lorsque Keiko m'a rendu la bague de fiançailles que je lui avais offerte. J'avais le cœur brisé. J'ai conduit jusqu'ici, et j'ai jeté la bague de ce même endroit.

Je me suis tu, ne voyant pas ce que je pourrais dire d'approprié.

— À cette époque, je n'avais pensé qu'à cette montagne. Peut-être parce que nous y avions de bons souvenirs, elle et moi.

— Ma sœur était idiote, non ? ai-je répondu. Je suis désolé, pour ce qu'il s'est passé.

— Tu sais, on ne peut pas forcer les sentiments. Soit on les ressent, soit non. Mais venir ici fait remonter des souvenirs, c'est sûr.

Il a regardé au loin avant de poursuivre :

— Tu as entendu, pour Nakajima ?

— Non, qu'est-ce qu'elle a ?

— Il y a quelques jours, elle a remis une lettre au principal pour expliquer qu'elle abandonnait les cours. J'étais dans le bureau, quand elle est arrivée, et j'ai entendu leur conversation. Elle va essayer le mannequinat. Ça me surprend un peu. C'est vrai, c'est la loterie, dans ce milieu.

— Mais ça lui va bien, non ? ai-je répondu en souriant.

— Oui. C'est beau d'être jeune. Tout semble possible. En vieillissant, on ne sait plus rêver. Et, avant qu'on s'en rende compte, on se réveille et on se regarde dans le miroir, en se demandant qui est cet homme d'âge mûr en face de nous.

J'ai éclaté de rire.

— Ça ne doit pas être si terrible.

— Enfin, comme tu le dis, ça pourrait marcher pour elle. Elle a un certain charme, c'est sûr.

— Et elle est assez obstinée pour s'accrocher.

Une nuée d'oiseaux noirs a volé devant nous en poussant des cris sonores. Transperçant les nuages, ils ont pris leur essor vers le ciel lointain.

— Tu sais comment s'appellent ces oiseaux ?

— C'est un genre de coucous, m'a-t-il appris. En Australie, on les appelle des oiseaux de pluie. Il paraît qu'ils chantent avant les orages – c'est lié à leur schéma de migration.

C'étaient donc des oiseaux de pluie.

— Quelle que soit la distance qu'ils parcourent, ils rentrent toujours chez eux, a poursuivi Honda tandis qu'une autre nuée apparaissait.

— Ce ne sont pas les saumons, plutôt ?

— Vraiment ? Peut-être les saumons et les oiseaux de pluie, a-t-il hasardé tout en essuyant du dos de la main quelques gouttes de sueur apparues sur son front. Il commence à faire chaud. On y va ?

— Bien sûr.

Nous avons réenjambé le garde-fou.

— Au fait, ce restaurant italien, il est près d'ici ?

— Oui, on passe devant sur le chemin du retour. On peut manger là-bas.

— En fait, je pensais y aller seul, lui ai-je expliqué en choisissant mes mots avec soin. Avant sa mort, ma sœur et moi avions prévu d'y aller ensemble.

— Je comprends. Je vais te déposer, m'a-t-il proposé en souriant. Il y a un arrêt de bus à côté. Tu ne devrais pas avoir de problème pour rejoindre la gare la plus proche.

Nous sommes remontés en voiture.

Tout aurait été tellement mieux, si ma sœur avait aimé Honda plutôt que M. Najakima. Il aurait pris soin d'elle. Et elle serait sans doute encore en vie.

Mais, comme l'avait dit Honda, on ne peut pas forcer les sentiments. Si ma sœur avait pu décider de qui elle tomberait amoureuse, j'étais certain qu'elle aurait choisi Honda. Mais ce n'était pas le choix de son cœur.

La voiture s'est arrêtée devant un petit bâtiment aux airs de chalet. L'endroit ressemblait davantage à une auberge qu'à un restaurant. Une enseigne en bois indiquait *Ristorante Capriccio.*

— C'est là, m'a annoncé Honda en jetant un coup d'œil vers mon sac en papier.

— Ça t'embête si je te laisse l'urne ? Je ne compte pas la garder, et elle n'est pas pratique à transporter.

— Pas du tout. Tu rentres à Tokyo demain, c'est ça ?

— Oui, par le premier train.

Nous sommes restés silencieux un instant.

Honda a fini par prendre la parole :

— Ishida, tu dois arrêter de te reprocher la mort de Keiko. Elle ne le voudrait pas.

— Je sais, ai-je murmuré, la gorge nouée.

— Bon, a-t-il lâché, main tendue. Ce n'est qu'un au revoir.

— Ça me plaît, ai-je répondu en lui serrant la main. Ce n'est qu'un au revoir.

— Et rappelle-toi ce que je t'ai dit, pour ta copine. Ne fais pas la même erreur que moi. Dis-lui ce que tu as vraiment sur le cœur.

J'ai hoché vaguement la tête en pensant à Nae. Elle méritait que je la rappelle.

Je suis descendu de voiture et je me suis mis sur le bas-côté. J'ai attendu là jusqu'à ce que la voiture de Honda soit hors de vue. Tout à coup, une évidence m'a frappé : Honda et M. Tsuda étaient tous deux profs de maths. Est-ce que c'était juste une coïncidence ? J'avais du mal à le croire. Ma sœur avait sans doute essayé de revivre son passé, en espérant une fin différente, et elle avait fini par être déçue.

J'ai poussé la porte du restaurant. La clochette a retenti et, peu après, une dame âgée est sortie de cuisine.

— Bienvenue. Vous mangerez seul ?

— Oui, la personne qui devait me rejoindre a eu un empêchement.

— Quel dommage. Je vais vous attribuer la meilleure table de la maison.

Elle m'a entraîné dans la salle, qui était déserte, et m'a installé à une table pour deux jouissant d'une vue panoramique sur la vallée, avant de me tendre le menu.

— Voulez-vous un verre d'eau ?

— Oui, ce serait parfait.

La dame a disparu en cuisine pendant que je fixais la chaise vide devant moi. J'ai imaginé que ma sœur y était assise, les yeux baissés vers le menu, et qu'elle me posait sa question habituelle :

— Hé, Ren, qu'est-ce que tu prends ?

— Qu'est-ce que tu me suggérerais ? lui ai-je demandé en retour.

Elle a parcouru le menu avant de se mordre la lèvre.

— C'est difficile. Tout a l'air délicieux.

— Qu'est-ce que tu as pris, la dernière fois que tu es venue avec Honda ?

— *Bruschetta*, lasagnes au bœuf et tiramisu.

— Je prendrai pareil.

— Non, m'a-t-elle lancé en secouant la tête. Essayons quelque chose d'autre.

— Et si tu choisissais pour nous deux ? Ce que tu veux.

Elle a écarquillé les yeux.

— Vraiment ?

— Oui. Si, ensuite, il y a encore quelque chose que tu veux goûter, nous pourrons toujours revenir une autre fois.

Ma sœur a souri sans un mot.

Je l'ai regardée étudier le menu, marmonnant ici et là. Parfois, elle levait la tête vers moi pour me demander mon avis. Mais, la plupart du temps, elle était dans son propre monde. Keiko Ishida... Elle était toujours aussi enthousiaste qu'une enfant.

— Vous avez choisi ?

La voix de la dame âgée m'a fait sursauter. Elle avait placé un verre d'eau sur la table.

— Que me recommandez-vous ?

— Vous avez des préférences ? m'a-t-elle répondu, tête inclinée sur le côté. Pizza, pâtes, risotto ?

— Des pâtes, sans doute.

— Est-ce que je peux vous suggérer les *fettucine* Alfredo ? Ce sont des *fettucine*, servies avec du parmesan et du beurre. C'est un grand succès, chez nos habitués.

— Je vais prendre ça, dans ce cas, ai-je répondu même si, en voyant le restaurant désert, j'avais des doutes quant à l'existence de ces « habitués ».

— Et en entrée ? Notre *crostini* est délicieux.

— Entendu, je vous fais confiance.

— Est-ce que vous prendrez du vin, ou un dessert ?

— Une tasse de café, ça ira. Sans sucre.

La dame âgée a noté le tout sur son calepin.

— Un *crostini*, des *fettucine* Alfredo et un café sans sucre. C'est bien cela ?

— Oui.

Elle a redisparu dans la cuisine et ma sœur a commencé à reprendre forme.

— Tu aurais aussi dû commander un dessert. Un repas n'est pas complet sans une touche sucrée, s'est-elle plainte.

C'est comme la note finale d'une chanson, ou la conclusion d'un voyage. Ren, tu rates le meilleur.

J'ai soupiré.

— Si tu en as tellement envie, ajoutons un dessert.

— C'est trop pour une seule personne.

— Ne t'inquiète pas. Je t'aiderai à finir.

La connaissant, je savais qu'elle n'en laisserait pas une miette.

— Désolée, Ren, je n'ai pas pu me retenir, dit-elle avec un sourire satisfait. C'était trop bon ! La prochaine fois, on en commandera deux.

J'ai éclaté de rire.

— À te voir le manger, ça m'a coupé l'appétit.

— Hé, c'est méchant.

Je savais que ma sœur adorait le sucré. Des parfaits, des bonbons, des granités, ce genre de trucs. Nae aussi aimait le sucré.

La vieille dame est revenue avec le *crostini*. Elle semblait ravie de pouvoir entamer une conversation.

— C'est la première fois que vous venez ?

J'ai hoché la tête.

— Comment nous avez-vous trouvés ?

— Ma sœur m'a recommandé ce restaurant.

— C'est gentil de sa part, a-t-elle répondu, les yeux illuminés. Transmettez-lui mes remerciements.

— Je n'y manquerai pas, ai-je marmonné.

— Bien, je ne vais pas vous déranger davantage, a-t-elle dit, sentant sans doute que je préférais rester seul. Bon appétit.

J'ai souri avant de commencer à manger.

La nourriture était aussi bonne que me l'avait promis ma sœur. Le *crostini* était parfaitement grillé. Une dose généreuse de fromage de chèvre aux herbes et d'épinards sautés constituait une garniture parfaite, et je sentais même l'acidité du zeste de citron.

Les *fettucine* Alfredo sont arrivés au moment même où je finissais ma dernière bouchée de *crostini*. Comme l'entrée, le plat principal ne m'a pas déçu. Même s'il y avait plus de beurre que je ne m'y attendais, c'était délicieux. J'ai tout fini sans laisser une goutte de sauce. La vieille dame a semblé satisfaite lorsqu'elle m'a apporté mon café avant de débarrasser la table.

Ce qui me touchait le plus, ce n'était pas l'excellence de la cuisine, mais la chaleur que j'y percevais. Je sentais la passion et le dévouement, réunis dans le moindre des plats.

— Le plus important, c'est l'amour qu'on y met, disait souvent ma sœur. Quand on cuisine pour quelqu'un qui compte et qu'on y met tout son cœur, l'amour transparaît.

J'ai enfoui mon visage dans mes mains, incapable de supporter une bouffée d'émotion soudaine. À cet instant précis, j'ai compris pourquoi j'avais le même sentiment déplaisant chaque fois que je pensais à M. Tsuda. Ce n'était pas un homme qui aurait pu la rendre heureuse. J'avais toujours su qu'il la blesserait.

Et elle avait bel et bien souffert. Pas une, mais deux fois. J'aurais dû la sauver. Ou, du moins, j'aurais dû la sauver lorsque c'était arrivé la deuxième fois.

— Ren.

J'ai senti une douce pression sur mon épaule. En levant la tête, j'ai vu que ma sœur me regardait.

— Ça va ? m'a-t-elle demandé.

— Je suis désolé. Désolé de n'avoir rien fait pour toi.

— C'est faux. Tu as fait beaucoup pour moi, Ren.

Elle a tendu les doigts pour me prendre les mains.

— Écoute-moi. Je suis contente. J'ai vécu une vie bien remplie. Même si elle n'était pas parfaite, je n'ai aucun regret. J'ai pris des décisions, et j'en accepte les conséquences. Ce qui m'est arrivé n'a rien à voir avec toi.

Je suis resté immobile, incapable de la regarder.

— Peux-tu me promettre que tu vas arrêter de t'en vouloir ? m'a-t-elle imploré.

Après un long silence, j'ai murmuré :

— D'accord.

— Merci, Ren, a-t-elle chuchoté.

Ses cheveux châtain foncé brillaient au soleil.

Mon cœur s'est serré.

— Maman m'a dit pourquoi tu étais venue à Akakawa.

Ma sœur a levé la tête.

— As-tu réussi à trouver ta vraie mère ?

— Non. Je n'ai pas beaucoup cherché.

Elle a marqué une pause pour inspirer profondément :

— Ça m'a pris longtemps, mais j'ai fini par comprendre que, la seule famille dont j'avais jamais eu besoin, c'est toi.

Même si ma sœur souriait, je voyais de la tristesse dans ses yeux. Ou de la solitude ?

J'ai repensé à sa chambre, chez les Katou, et à son bureau à Yotsuba. Propre et bien rangé, sans touche personnelle. Comme si elle n'avait jamais été là. Depuis son arrivée à Akakawa, elle avait déjà prévu de disparaître.

— Est-ce que tu vas partir ? ai-je demandé.

Elle m'a fixé avant de me répondre :

— Pourquoi cette question ?

— Je ne sais pas, ai-je admis en détournant le regard. C'est juste une impression.

Ma sœur m'a serré les mains.

— Je te promets qu'on se reverra un jour. Tu sais que je tiens toujours mes promesses, pas vrai ?

Je n'ai rien dit, elle m'a lâché les mains. Sa silhouette s'est dissipée peu à peu. Elle a disparu, un sourire aux lèvres.

— Jeune homme, vous allez bien ? s'est inquiétée la vieille dame.

Elle était revenue avec l'addition.

— Oui, je manque de sommeil, c'est tout, ai-je répondu en plaçant quelques billets sur le plateau en bois. Pouvez-vous m'indiquer l'arrêt de bus le plus proche ?

— Il est à une dizaine de minutes de marche. En sortant du restaurant, tournez à droite et suivez la route principale. Vous ne pourrez pas le rater.

Je l'ai remerciée et je suis parti.

En suivant ses indications, je me suis engagé dans la rue principale. Au bout de quelques minutes, j'ai aperçu une cabine téléphonique sur le bord de la route, que je ne me souvenais pas avoir vue à l'aller, quand nous étions arrivés en voiture. Pourquoi y avait-il une cabine ici ? L'endroit était si calme, qui s'en servirait ?

Je me suis arrêté. C'était peut-être le destin.

J'ai poussé la porte vitrée poussiéreuse de la cabine, dont la peinture s'écaillait. J'ai pris quelques pièces dans ma poche et les ai glissées dans la fente. L'écran s'est allumé et j'ai tapé les numéros que je connaissais si bien.

J'ai inspiré profondément en attendant que Nae décroche.

Note de l'auteure

Quand j'étais petite, je lisais énormément – au moins un livre par jour. Je passais mes heures de permanence à la bibliothèque avec ma meilleure amie. J'adorais me perdre dans de nouveaux mondes fascinants et j'ai vite su que je voulais devenir écrivain.

Cependant, quand je suis partie à l'université, mes études sont devenues ma priorité. J'avais tant de travail que je ne me plongeais plus dans les livres qui n'étaient pas au programme. Et, quand j'ai commencé à travailler dans le marketing, la lecture appartenait pour moi au passé.

Puis, un jour, un collègue m'a recommandé un livre.

« Je te prête le mien, m'a-t-il annoncé. Je suis sûr que ça va te plaire. »

J'avais refusé poliment :

« Je n'ai pas le temps de lire. »

Mais il a tant insisté que j'ai fini par céder.

Au final, ce livre a changé ma vie. Il a ravivé l'émerveillement que je ressentais jadis, il a ressuscité mon rêve d'enfant.

Merci d'avoir choisi *Lune d'automne.* J'espère que vous avez pris autant de plaisir à le lire que j'en ai eu à l'écrire.

Si c'est le cas, je vous demande de bien vouloir le partager avec quelqu'un. Un ami, un membre de votre famille ou un collègue – de préférence quelqu'un qui n'a rien lu depuis longtemps.

Dernières parutions

Domaine étranger

M. J. Arlidge
Oxygène

Marjolijn van Heemstra
Le Prénom de mon oncle

Emma Hooper
Les Chants du large

Jennifer Zeynab Joukhadar
La Carte du souvenir et de l'espoir

Hans Meyer zu Düttingdorf
De notre côté du ciel

Aimee Molloy
La Mère parfaite

Rosa Ventrella
Une famille comme il faut

Clemantine Wamariya
La Fille au sourire de perles

Domaine français

Harold Cobert
Belle-Amie

Brice Homs
Sans compter la neige

Achevé d'imprimer
par Normandie Roto Impression s.a.s.
61250 Lonrai
N° d'impression : 1900101

Imprimé en France